启航

邹元辉 著

中国工人出版社
浙江科学技术出版社

目录

一

1937 年 8 月 26 日，浙江省镇海县邮局大楼外墙上大钟才响完六声，火辣的太阳已悬空数丈。

此时，鼓楼城墙上青石泛起了亮闪的白光，不光垂柳纹丝不动像被定了格，连空气也黏稠得让人窒息。从城墙缝隙中生长出来的小草，悄无声息地耷拉着脑袋，萎蔫得似乎即将枯焦。只有知了伏在道路两侧的香樟树的阴凉处，不知倦意地聒噪，此起彼伏、声嘶力竭的和声让人听了越发烦躁。

出鼓楼北门向东三十步就是洋山庙弄。至于弄堂为什么取了个既有西洋韵味，又有本土特色的怪名，这一带三十多户没有一个人说得清楚，当然也没有人会去琢磨这件和吃喝无关的事。虽听起来这是条中西结合的弄堂，可这里既没有城堡、水池、喷泉，也没有庙堂、匾额、梁柱，甚至连黛瓦、粉墙、马头墙也隔了两条街。好在这里户户都有手艺人，没有一户住茅草房，沿街两排均是低矮的石房或木房。不过无论是石房还是木房，或因斑斑驳驳显得有点沧桑，或因墙角处长满青苔，仿佛正在腐烂中。当然，眼下这里也有令人赏心悦目的景象，许多不知名的花藤茎蔓攀爬上竹竿、木桩，在挨挨挤挤的稠密绿叶中，绽放着各色娇嫩鲜艳的花朵。至于用青石板和红石板铺成的整条洋山庙弄，更是成了四季的美景。传说这里原来住了户石匠，每次去大户人家干活，结完工钱后会把雇主家不要的碎石板拉回来，然后拼铺在街上。日积月累，居然拼完了整条街。历经岁月变迁，这些石板被踩得很光滑，尤其是雨天，像一条闪闪发光青红相间的绸缎，连接起这座县城的交通。

“李记铁铺”位于洋山庙弄最南端。此时，正躺在床上的李阿牛睫毛微动了两下，他不是被知了吵醒，更不是被屋外打铁声惊扰，而是又一次被热汗逼醒。阿牛刚想翻身继续睡，忽然觉得右眼莫名酸胀，迷迷糊糊抬手准备去揉，还没碰到眼睛，眼皮却蓦然连跳了三下，顿时吓得撑身跳下了床。记忆中，每次只要右眼跳，定有坏事要来。前年阿奶坠河淹死，去年铁铺夜里失火，阿牛都清楚地记得当天早上右眼连跳了几下，而且每次不多也不少，正好三下。

屋外“叮当”声此起彼伏，对于四季相伴、单调乏味的敲打声，阿牛从起初的烦躁到后来司空“闻”惯，充耳不闻。现在偶尔没了声音，反而感觉缺了些什么。也不知从什么时候开始，阿牛发现自己能通过声音变化猜到阿爸李大贵的用力大小，推测出铁块的厚薄，并十不离九地猜出阿爷李来祥现在让阿爸打的是铁块的哪个部位。阿牛虽不知道阿爸每一轮打铁何时开始，但绝对清楚即将结束的时间。果然，在一声沉闷敲击声夹杂微弱磨合声响起后，如同一首铿锵有力的乐曲快速收尾，室外瞬间安静了下来。

睡眼惺忪的阿牛刚走出房间，眼尖的李大贵就放下铁锤，边掸着身上的黑灰，边冲着儿子扯开了嗓门：“阿牛，快去地里浇点水。”

镇海人发音较硬，李大贵的嗓门本就像抡起榔头敲打铁块一般，这一急，吼出来的声音更加刮耳。也许李大贵意识到嗓音的沙哑，只见他说完走到水缸边，抬手移开缸盖舀了瓢水，仰起脖灌饮起来。

阿牛本想提醒阿爷和阿爸今天小心，但看到斜对面正在剥毛豆的郑爷后，立马改了主意。阿牛对郑爷并无多少的好感，那张瘦削且没有油性的脸配上两颗浑浊的眼珠，就像阿妈晒得干裂的枯鱼，怎么看都觉得不舒服。但每天晚饭后，阿牛会和街巷邻居的孩子们一样，搬来板凳围坐在郑爷身边听他说书。头天刚听完扣人心弦的《关羽过五关斩六将》，第二天郑爷又绘声绘色地说起《秦琼卖马》，隔天又变成跌宕起伏的《武松打虎》。只要不下雨下雪，大家夏天摇蒲扇，冬天捧铜炉，或露天，或在明堂屋檐下，有滋有味地听完郑爷说书，再意犹未尽地抱着板凳各回各家。阿牛很奇怪，郑爷一肚子的故事似乎永远讲不完，两片薄嘴唇就像他说唱中“抬腿一千里，话转一万年”那样，不但将人物表现得活灵活现、栩栩如生，而且气氛渲染得恰到好处，让听者如同身临其境。阿牛虽然记不全郑爷说的所有故事，但有的却让他刻骨铭心。记得郑爷曾告诫身边人，说人空肚不能说梦里事，不然会有大麻烦。虽然刚才眼皮跳并不是什么梦，但阿牛还是决定照例先去地里浇水，等回来吃过早饭再提醒阿爷和阿爸。打定主意后，阿牛应声提上铁皮桶，接过阿爸喝完水的水瓢，把水桶舀满水绕向屋后。

李大贵所说的地不过是沿街盖的房后的一块废地，仅三张床铺大小。当年李家祖上凭打铁手艺吃饭，日子过得还算惬意，自然看不上种地的营生。可到了李来祥这一代，由于连年战乱的影响，不但打铁生意惨淡，甚至一度连糊口也难，不得不逼自己学会务农。从此，这个三代单传的铁匠铺虽然敲打声少了，可也没有饿过肚子。李大贵18岁时，李来祥给他说了门亲事，女方为贵驷憩桥的贝招弟，其母因产后染疾，还没喂几次奶就去世了，别说是招弟，连再要个女儿也没了可能。招弟阿爸葬妻后，干脆远赴上海工厂做工，把招弟交给阿爷阿奶抚养。1925年秋，招弟阿爷莫名其妙地成了孙传芳组织的东南五省联军的一名士兵，并随第二师第三旅在江苏松江向奉军进攻。虽然浙奉战争以奉军北撤至山东结束，让浙军报了前两次大战之仇，但招弟阿爷却在松江一战中被炸得粉身碎骨，连遗骸也没法带回老家，只得荒地一埋了事。招弟从此和阿奶相依为命，好在上海做工的阿爸会定期寄钱回来，日子过得并不算太难。李来祥夫妻对这门不要彩礼的亲事极为满意，本想过两年就把婚事办了，但万万没想到1926年传来招弟阿爸被捕并被枪杀的消息。坊间传闻是招弟阿爸参加了反革命，被军警给镇压了。这把李来祥夫妇吓得不轻，招弟阿奶更是受到了惊吓，一病不起，不到三天就撇下孙女断了气。由于连丧家人，招弟一度被乡人看作是丧门星。李来祥起初也有心想退了这门亲事，但在识大体又有怜悯心的老婆极力劝阻下，干脆让儿子提前迎娶招弟进了门。进门后的招弟深讨公婆欢心，不但把家收拾得妥妥当当，还会算海潮时间，一旦退潮就扛上“泥马船”去海涂摸海鲜。两年过去后，看招弟肚子一直没动静，急得李来祥夫妇不时上招宝山拜佛求孙。又过了一年多，有天早上招弟突然恶心并呕吐，李大贵急得搓着双手不知怎么办好，李来祥夫妇却相视会意一笑。八个月后，招弟顺利生下阿牛，全家乐得合不拢嘴。一年后，招弟又怀了孕。虽然头胎生产很顺，可第二胎却难产没保住孩子，而且接生婆说今后再也没办法生育了，本想人丁兴旺的李来祥对于四代单传的事实只能认命了。虽处动荡年代，一家人生活还算安宁，不过近两年李家也连遇不幸，前年李来祥老婆一早去河埠头洗衣，不慎失足落水淹死；去年秋，李大贵收工封炉大意，没将尚有火星的炉灰倒进铁桶，结果进门睡着后，一阵大风将炉灰吹到煤堆上着了火。虽然人没什么大碍，火灾也没有殃及邻居，可火势借助风势，把自家的两间房子给烧毁了。

新一轮铁锤砸完后，李来祥举起铁钳，瞄了一眼铁块，旋即转身走到炉旁，将铁块重新插入耀眼的煤块中。对于突如其来的冷物，煤块立刻抗议似的连迸火星，并吐出尖细的红舌，上蹿下跳地舔舐铁块，直到铁块表面也同样变成耀眼的金红色才恢复了平静。李大贵拿起台子上的烟杆，从烟袋里捏起一撮烟丝往烟斗里一塞，再挤到炉旁用铁钳夹块煤，对上烟斗连吸两口，他边把闪着亮光的烟杆递到李来祥面前，边询问：“阿爸，这两件活儿干完是打犁还是蒸馏锅？”

“接方家的活儿。”对儿子拐着弯地问，李来祥直接说出答案后，接过烟杆抽了起来。

李大贵心有不甘，听阿爸这话，明明是知道方家的活儿不但难做，而且没什么赚头的。李家虽是常规农具，可利润却不少。李大贵把铁钳架回原处后，蹲身猛拉了几下风箱，微皱眉头压着声音试探：“阿爸，能不能方家和李家的活儿都接下？”

李来祥瞥了一眼儿子，虽然大贵身材并不高大，但壮硕得像堵墙，加上一头铁针似的根根竖起的短发，绝对是打铁的好身板。他长长吐了口烟，说："这种天气就算你能扛得住，炉子也扛不住。即便炉子扛得住，煤也跟不上。"说到这里，李来祥朝北努了一下嘴角，"听说日本人不但抢了东北的煤，连我们这里的煤也盯上了。"

李大贵起身瞄了一眼木棚下矮矮的煤堆，撩起搭在肩上的布巾，先狠狠往黑里透红的脸上抹了一把，接着干脆说出心中的担忧："阿爸，我担心打造蒸馏锅的时间太长……"

话还没说完，李来祥已毫不含糊地打断了儿子的提醒："方老板与吴老板、蔡老板联手创办中国国货联营公司，要继续抵制日货，这节骨眼上我们能不响应加配合？"

李大贵自然懂阿爸话中"节骨眼"的意思，现在中国已全面抗战，抵制日货自然会赢得国人普遍的赞许与尊重，如果有人违背，那就是冒天下之大不韪，即便赚了钱，也定会落下骂名。李大贵一时接不上话，只好假装为难缓了口气，反问道："阿爸，那怎么回复李家？方家能不能再谈谈价格？"

知子莫如父。李来祥早看出儿子的心思，他把烟杆往旁边台子上一搁，抬头看了看"李记铁铺"招牌，语气变得循循善诱起来："李家是老主顾，更是明白人，不用操心，把事挑明就行。方家的活儿不要再谈价，别看他是家境殷实的少爷，可人家办厂抵制洋货，以前亏了不少。"

李大贵这下没话接了。是的，据说方液仙对家里的钱庄、银楼没什么兴趣，痴迷于西洋的化学。趁在江南制造局兵工学堂学习之时，他拜上海公共租界工部局化验师窦柏烈为师，并在家里设立了简易的实验室。二十五年前，方液仙母亲拿出私蓄法币1万元，帮方液仙创办了中国化学工业社。虽然成功生产出雪花膏、白玉霜、花露水、牙粉等日用化妆品，但因洋货泛滥，结果不但没有盈利，反倒将1万元本金也亏光。后因日本发动侵华战争，国人掀起抵制洋货运动，方液仙这才打了个翻身仗。上月7日，日本在北平制造事端后，社会各界开展抗日救亡运动的情绪空前高涨。方液仙于是计划在家乡设立工厂，借助爱国力量继续与洋货抗衡。向“李记铁铺”订购的蒸馏锅就是办厂的设备之一。

看李大贵没有接话，李来祥知道儿子还有想不通的地方，但他觉得自己该说的已说，浪费口舌不如多干点活儿。于是重新夹起炉中那块铁，见儿子上来欲取铁锤，就摇手阻止：“去后面看看阿牛，这里我来。”

李大贵知道阿爸主意已定，也清楚阿爸一贯的处事方式。让自己去后面看阿牛只是借口，目的是要自己想明白了再来干活儿。所以李大贵顺从地应了一声，反手利索地解开绳扣，顺势一拉，把厚重的皮围裙往长凳上一搁，低垂着脑袋向屋后走去。

受父母的影响，李大贵不但会打铁，更会打理田地。与祖上想法不同，李大贵觉得会农活儿比打铁更重要，毕竟人活世上，吃穿第一要紧，会农活儿就等于是扎下了生存的根，无论世道怎么变，有一门种地的手艺在，就不愁吃不饱、穿不暖。虽然老婆赶海也可以填肚，但李大贵却看不上眼，认为那是真正靠天吃饭，有没有收获不是靠勤奋，更多的时候是靠运气。所以他即使不打铁，也不愿意陪老婆赶海，乐意侍弄那块荒地。通过铲草皮、割青草、采树叶、捞浮萍、挑粪便、烧木梗，硬生生把这点土培成了沃土。由于地处海涂附近，独特的咸地特性本就适合种植，因此无论种什么，都能有满意的收获。

李大贵转到屋后，见儿子阿牛正撅着屁股从一棵白菜里捏出

李
記
鐵
鋪

条大青虫，问道：“阿牛，地都浇过了？”

阿牛起身捏着大青虫朝鸡笼走去，空着的左手指着前面，说：“阿爸，就差前面这几棵白菜了。”

李大贵看铁皮桶已空，于是拎上桶去打水。等浇完地和阿牛回到房前打铁处，刚好看到招弟端着一盆已凉透的地瓜从房内出来。李大贵抬眼看了看天，不解地问道：“咦，今天怎么这么早就回来了？”

招弟眼睛都成了两条弯弯的细缝儿，她朝地上努了努嘴：“都装不下了，等一下让阿牛吃完饭先去西门菜市场卖了。”

看到满篮子的海货，李大贵有点小惊喜。他放下铁桶，扫了四周一眼，不解地问老婆：“‘泥马船’呢？”

招弟在支起的空桌上放下盆，旋即脚不着地地到炉旁拎来煨了一晚的稀粥，利索地盛上粥，招呼完公公和儿子吃饭，这才和李大贵解释：“今天货特别多，我得再去赶一趟海，‘泥马船’暂放在堤上。”

四人围桌坐定，李大贵端起碗才喝了两口，只见有个陌生年轻人骑着一辆自行车径直来到铁铺，瞄了一眼炉子，边停车边和李来祥打起招呼：“阿叔，这么早就开工了？”

看来人上身穿雪白衬衣，下身穿笔挺西裤，虽鼻梁微塌，但面皮白净，而且额头宽大，剑眉星目，嘴唇厚实。李大贵的心眼顿时活了，顾不得吃饭立马起身，可还没等开口，李来祥也已放下碗筷，仰头朝来人歉意地声明：“这位老板，我这边的活儿已排满。如果要打铁，您还得去别处看看。”

“阿叔，看来生意很好呀。”

见来人不但没有走的意思，反而健步来到桌前，李大贵赶紧乘机插话问道：“老板面生，哪里的？”

年轻人冲李大贵大大方方地抱拳回道：“我是大碶横河李家的二子，也算是本家人，老哥叫我侠民好了。”

“原来是李家少爷，怠慢了，一起吃点吗？”李大贵眼一亮，抱拳回礼后随手拉过空凳请对方坐。

“不了，我已吃过了，你们吃。”李侠民虽客气谢过，但仍朝空凳走去。

不等来客落座，李来祥又抢先解释：“李少爷，昨天李会长已派人来过小铺，我们实在时间不够……”

李侠民大大方方坐定后摇手打断，一脸笑意地说明来意：“阿叔，我们也是刚知道骆驼桥柏墅方老板的化工厂急需蒸馏锅，我今天是特奉家父之命来取消订货的。只要有利抗日，有利我们民族工业，所有中国人都应该无条件支持。”

一旁的李大贵立马泄了气，赌气似的往嘴塞了口地瓜。李来祥睥了一眼对方轻松的表情，揣摩李家应该也找到了干活儿的人，于是拿起空碗倒上凉开水，客套地说道：“真不敢劳驾李少爷亲自来，这种事让下等人来就行。”

不料李侠民双手接过碗，收起笑容纠正：“阿叔，人生来平等，没有什么上等人和下等人之分，你说是不是？”

不光是阿牛听了很新鲜，就连李来祥长这么大也是第一次听这种说法，一时不知如何回应，只好尴尬地点了点头。好在李侠民马上转了话题：“阿叔，阿哥，上海仗打得很厉害，你们有什么打算吗？”

李大贵心一紧，难道李侠民取消订货是假，前来游说自己当兵打仗是真？好铁不打钉，好男不当兵，我可不去当兵！看招弟停下碗筷一脸紧张地看着自己，李大贵觉得不能犹豫，于是端起碗喝了口稀饭，想尽快吞咽下嘴里的地瓜，可还没等他开口，李来祥已抢先断然回绝：“李少爷，我们世代打铁，打仗这事还真不会。”

与阿爷和阿爸的心情不同，当身旁这位客人提到打仗时，阿牛怦然心动，他喜欢听郑爷说打仗的故事，也憧憬自己将来能成为像三国时的赵云那样的英雄。可没想到阿爷一口回绝了，更令他失望的是李侠民又接着解释：“阿叔，我不是要你们去打仗，是问你们愿不愿意转到大后方？”

不光招弟重新喝起了稀饭，刚吞下地瓜的李大贵眉头上的“川”字也淡了下来。他想起月初县政府曾来人劝说他们举家搬迁重庆，说是那边急需工人，看来眼前这个县教育会会长二公子亲自跑腿必定还是为了此事。李大贵于是不紧不慢地从筐中抓起一个地瓜，老练地答复对方：“李少爷，我们家世代在镇海打铁为生，不是我们怕路途远，而是无论是重庆还是云南，我们都举目无亲，全家还一点儿也吃不了辣。”

阿牛没了兴致，只顾埋头喝粥吃地瓜。招弟扫空饭碗时，刚好听完男人婉转地表达完不想搬家的理由，于是放心地冲李大贵递了个眼神。李大贵会意地点了一下头，招弟就悄无声息地离开了桌子，她的心里可一直惦记着海涂上的小海货。

已把头转向李大贵的李侠民赶紧纠正：“老哥，不是去重庆或云南，而是到延安去。那里现急需有经验的铁匠，你们是这里最有名气的铁匠，如果同意，两个月后我们结伴一起走。”

李大贵对前面与自己有关的话题没兴趣，却对后面这句话吃惊不已，瞪大了眼睛问道：“你们李家不住这里要去延安？”

李侠民摇了摇头:“是我和三弟去，家人还是留在镇海。”

李大贵听了越发奇怪，李家怎么让两个最能用得上的壮劳力去延安，难不成是想去做生意?可他们世代耕读传家，就像自己家世代打铁一样，不太可能改行吧?李大贵想细问，可又不好意思开口。李侠民并没注意对方的表情变化，更没有接着刚才的话题说，而是改口解释:“为了长期抗战，蒋委员长这次主动往上海调重兵反击日本人的侵略。上海是我国的工业中心，国民政府正设法组织转移上海及周边的地方工业，要在大后方建立起新的工业体系，尽量满足抗战的需要。延安也一样，去年成立的兵工厂缺少各种能人，如果你们能去，那就真是太好了。”

虽然李大贵听不懂“工业中心”“工业体系”这些词，但终于明白李侠民的来意是想让自己去延安的兵工厂。他可不愿当兵，也不想当工人，更何况是和当兵的搅和在一起的工人。为当兵的服务的工人，那自然也处于极度危险中，说不定哪一天就挨了枪弹。这几年的战局，让李大贵打定了主意，宁可全家在镇海安安稳稳喝稀饭，也不愿意到有风险的地方战战兢兢吃大肉，而且听说大后方也穷得要命。看着对方雪白的衬衣和笔挺的西裤，李大贵心想，你们李家少两个壮劳力是无所谓，照样有吃有喝，但如果我和你们兄弟俩一样离家，能不能多赚钱不确定，但肯定会让家里的日子过得艰难。也许是心里有抵触，李大贵口气顿时生硬了许多:“别人怎么想我们不会干涉，但我们肯定不会傻乎乎跟从。”

李侠民似乎并没受李大贵情绪的影响，依旧慢声慢气地动员:“延安是共产党领导的地方，不知你们听没听说过?”

刚准备点头的李大贵看阿爸摇头，也就跟着摇了摇头。李侠民没想到面前这对父子连这也否认，只好顺着话题继续介绍："就在前几天，共产党领导的红军主力部队已根据国共两党达成的协议，改编为国民革命军第八路军，总指挥部就在延安。"说到这里，李侠民端起碗喝了口水，等放下碗又特意强调，"当然，奔赴延安的路漫长而艰辛，需克服重重困难，甚至有一定的风险。"

李大贵暗笑不已，我们担心的就是没了命，不过现在从你嘴里说出来更好，也就不需要我们再解释了。于是，他半调侃半好奇地放下碗筷，侧歪着脑袋问道："那你和三少爷为什么还要去延安？"

李侠民眼一亮，赶紧抹了一下嘴角答复："我虽然还没到过延安，但知道那是个倡导全民族抗日的民主政府。那里既没有贪官污吏，也没有土豪劣绅，且人人有理想、有信仰。那里不光是我梦寐以求的理想所在地，越来越多的青年都愿意奔赴延安，只有到了延安，你才能找到生活的真正意义。"

李大贵越听内心越抵触，生活的真正意义那不就是能够安全活着且有饭吃有衣穿吗？什么理想、信仰，是不是你们李家有吃有穿，闲得慌瞎折腾？见多识广的李来祥看出了儿子的情绪，放下碗筷起身拱手，眯着眼睛打起了圆场："呵呵，少爷，我们一辈子只知道打铁，见识少，等您去了延安回来再和我们细说吧，现在我们得抓紧时间干活儿。"

对于阿爸关键时刻展示的推托话术和逐客令，李大贵佩服得五体投地。果然李侠民神情瞬间黯淡下来，他不甘心地起身回礼，抱着最后一丝期望问李大贵："大贵哥再考虑一下吧，即便我们先去了延安，你也可以联系八路军上海办事处，他们会想办法送你去延安。”

李大贵心想，除非把我绑去，不然我是不可能去找八路军上海办事处的。不过既然对方知趣地准备收场，不妨乐得做个假人情。于是，李大贵也站起身，皮笑肉不笑地拱手迎合：“好的，李少爷的话我记下了。”

见对方迫不及待地送客，李侠民知道自己多说无益，只好再次朝李来祥父子拱手：“打扰了。”

李来祥父子相继还礼。李侠民转身刚支开自行车脚架撑，只见阿牛一只手吃力地提着竹篮，一只手捏着秤杆，上来招呼道：“阿爷、阿爸，我这就去西门菜市场了。”

李来祥转脸问大贵：“招弟呢？”

“又去海涂了，说是还可以赶一次海。”李大贵说完故意赌气似的叮嘱儿子：“快去，这些天活儿多，早点回来帮拉风箱。”

“噢。”阿牛含混不清地应了一声，心里惦记着一早眼皮跳的事，想等李侠民走后再告诉阿爸。

没想到李侠民却重新支上自行车脚架撑，转身走到阿牛面前，手搭着对方肩膀弯着腰亲昵地夸道：“这么小不光要帮着打铁，还会做生意，真行！”

“哎——”李大贵忍不住叹了口气，说，“这小子买卖一教就会，打铁却老提不起兴致，真担心日后李家断了这门手艺。”

“打铁苦，不传阿牛也行。”

李侠民直起腰对开明的李来祥说道：“其实生意有的是人做，但中国工业太弱，我们李家可不能把这门手艺给断了。”

对于李侠民的前半句，李来祥还是认同的，更何况阿牛做的也不是什么大生意，只是卖点儿赶海小水产。当然，他也希望中国多些方老板这样的人，生产出可与洋货媲美的东西，让老百姓也买得起、用得起。但后半句却让他心里特别扭，什么我们李家？我这打铁的李家和你教书的李家能一样吗？就怕我愿合，你们还怕真合呢。李来祥觉得没必要再费口舌，再次拱手送客："谢谢李家的关照，少爷走好！"

李侠民觉得自己今天的劝说很失败，对方竖起的那道无形栅栏注定一时无法跨越，再谈下去只会自讨没趣，于是抱拳回礼："那就告辞了，等大贵哥的消息。"

李大贵故意装作没听到，回转身催一脸磨蹭的阿牛："快去，早点儿回来。"

李侠民灵机一动，冲阿牛招手："正巧，我路过西门菜市场，搭我的车去吧。"

阿牛连自行车都没碰过，更别说坐了，心里自然是雀跃不已，可没有阿爷和阿爸的示意，只能耐着性子眼巴巴地等他们表态。李大贵虽觉得李侠民是好意，嘴上却客气地说道："全是泥，不能脏了李少爷的车。"

对于这种客套的提前申明，李侠民当然听得懂，只见他大气地挥了挥手，说："车算什么，就算脏了，洗洗不就可以了。"旋即又朝阿牛热情招手："快过来呀。"

接连的诱惑让阿牛再也控制不住情绪，眉眼含笑地急步来到李侠民身边。李大贵嘴里叫嚷着"真是不听话，别弄脏了车"，双臂却已伸到儿子的腰上。

在阿爸的帮助下，阿牛提篮抱秤稳稳地坐上了自行车后座。

也许是过度紧张和兴奋，等快要拐过一条街时，阿牛才想起没和阿爷、阿爸打一声招呼，只好象征性地扭头补了一句："我会马上回来。”

李侠民把车踩得又快又稳，阿牛觉得自己像在飞奔，可马上又觉得不对劲。是的，提篮抱秤不可能跑这么快，更不可能跑这么长时间，此时他早忘了一早眼皮跳的事儿，更没觉得有什么可担忧的。沿路李侠民讲了几个故事，可阿牛日后回忆却记不得具体内容了，反正大概意思就是延安比这里要好，在那里生活的人都非常幸福。

到了西门菜市场，两人刚下车，前面突然传来嘹亮的歌声。这一年来，阿牛常听有人唱这首歌。记得第一次是去年盛夏，阿牛跟阿爸送货时，看到广场有人站在台上打着拍子，教周围的人唱这首歌。阿牛从来没有听过如此高亢激昂的歌声和明亮雄伟的旋律，更从来没有见过唱歌的人群如此激动。他们眼里冒着一股无法遏止的怒火，面红耳赤，握拳于胸，用力吼着，唱着，就像阿爸高举大锤用力向下砸，有种势不可当的气势，所以阿牛一下子就被吸引住了。可刚一驻足，阿爸就转头拉着他快步离开。后来在家门口多次看到游行的人群拉着横幅，手挽着手走过，唱的也是这首歌。还有不远处的学校，几乎每周都能听到有人在唱。阿牛曾想跟着学唱，可刚哼唱两句，阿爸就上来阻止。阿牛本想问为什么不许唱，可看到阿爸铁青的脸，刚要出口的话又咽了回去。

“太好了！”李侠民似乎一下子兴奋起来，叫了一声好后扭头问道，“阿牛，会唱这首《义勇军进行曲》吗？”

阿牛本想回答说能跟着唱，可睥了一眼菜市场里面的人，还是摇了摇头，毕竟他的确是今天才知道这首歌的歌名。

“你应该学会，等以后我来教你。快进去吧。”

李侠民似乎比阿牛还急，说完不等阿牛道谢，转身跨上自行车，用力一蹬就走了。阿牛一脸羡慕地望着穿梭于人群中的李侠民的背影，直等他拐进另一条胡同，才折身提上竹篮走进菜市场。阿牛今天没急着摆摊叫卖，而是先到几个摊位前悄悄打探过行情，才找了个地方放下竹篮。还没等他招呼生意，几个熟客立马围了过来：“阿牛，今天有什么新鲜货？”

阿牛蹲身刚揭开竹篮上面的湿布，一粒粒肥硕的海瓜子就迅疾地缩回了两条长长的乳白色肉足，合紧了灰红色的薄壳，像是刚揭开新娘子的头盖，她又垂头羞涩地抬起袖子遮掩。

“多少钱一两？”穿翠绿色旧布襦裙的大娘拨开人群，挤上前蹲下身问道。

阿牛抬头伸出食指：“嬷嬷，老价钱，三十法币一两。”

“啥？这叫老价钱？比昨天要贵上五元！”大娘仰起头紧皱眉头，惊诧地张开五指，似要把阿牛的食指压住。

阿牛收回手指，歪着脑袋不紧不慢地申辩：“嬷嬷，你去问问，人家都卖三十多法币一两，可货还没我的好呢。”

“唉！”一名穿素色长衫的中年男子叹了口气，掏出手绢擦了擦脸上的汗抱怨道，“这法币天天贬值，真不知道将来日子怎么过！”

“该怎么过还是怎么过。”开口问价的大娘把眉一松，起身指着竹篮催道，“阿牛，给嬷嬷称八两。”

“好，八两。”阿牛从竹篮里捧了一把海瓜子，往秤盘上一搁，边拉秤砣，边将秤花一端给对方看，“嬷嬷，你看，刚好八两。”

“太平了，太平了。”

“好，再加一些。”阿牛放下秤，熟练地从竹篮里捏了几颗海瓜子，连同秤盘上的全倒进对方提篮中的大口碗。

大娘边付钱边调侃："阿牛，你爸打铁，你妈赶海，你又这么会做买卖，估计家里积攒了不少钱，可以给你娶老婆了吧？"

阿牛早习惯了这种调侃，脸不红心不跳地回敬道："嬷嬷，你家里要是有闺女，记得和我爸妈说。"

大娘没想到调侃对方不成，反被怼得下不了台，又好气又好笑地说道："你这小子真是越来越鬼精了，谁做你丈母娘都得赔本。"

在众人的调笑声中，阿牛很快卖完了竹篮中的货。点整齐钞票后，阿牛往怀里一揣，刚拎上秤和竹篮准备回家，空中突然响起了警报。顿时，大街上的人们就像是听到了发令枪，乱成一团，争相朝防空洞跑去。当然，也有人或着急或漠然地仰望天空，似乎要查验敌机是从哪里飞过来的。

阿牛本来也随着人群向城中防空洞方向跑，可才跑了几步，突然想起一早右眼皮乱跳的事儿，于是转身拼命朝家的方向跑去。距家还有两条街时，远处开始传来高射炮声，旋即空中响起隆隆的马达声。阿牛和路边没去防空洞的人们一样，驻足循声，手搭凉棚仰头观望。不一会儿，空中飞来两架飞机，几乎同时扔下一排排炸弹。伴随着尖厉的呼啸声，这些炸弹向地面砸来。

"不好，鬼子扔炸弹了，快逃呀！"也不知谁喊了一声，人们开始争相奔逃。顿时，男人的咒骂声、女人的尖叫声和孩子的啼哭声伴随着嗡嗡作响的飞机马达声和"嗞嗞"的炸弹呼啸声，不但让镇海街面乱成一锅粥，也让嘈杂的现场变得恐怖起来。

虽然一只手提秤，一只手拎篮，但阿牛还是跑得飞快。当第一枚炸弹落地的爆炸声传来，阿牛吓蒙了，即便爆炸声较远，可巨响还是令脚下的大地明显震了一下。

连续的爆炸声刚过，伴随着高射炮声，空中再次传来日军飞机的马达声，只是这次飞机不是自东向西，而是在前面掉了个头，开始由西向东航行。当然，不变的是照样扔下一排排炸弹。就在阿牛发愣之际，有人上来迅速把他扑倒在地。就在他们倒地的瞬间，一枚炮弹在近处爆炸了。阿牛只觉得眼前亮光一闪，一声震耳欲聋的轰隆声后，灼热的气浪一下子将他的脸舔得发烫，同时夹杂着火药和尘土的怪味也瞬间充满了他的鼻孔。阿牛吓得紧闭眼睛，不敢看四周，更顾不上看身上压的是谁。

等飞机马达声和炸弹爆炸声终于消失后，压在阿牛身上的人这才起身。阿牛睁眼扭过头一看，原来是李侠民救了自己一命。李侠民一把扶起阿牛，边上下打量，边急切地问道："阿牛，有没有受伤？"

阿牛吓得牙根发紧，根本说不出话来，只能摇了摇头。

李侠民松开抓着阿牛肩膀的双手，转身弯腰扶起自行车，蹲身倒摇脚踏板。自行车应该没啥问题，连脚链都没脱落。这时，阿牛才回过了神，赶紧找起了自己的东西。竹篮虽然发黑，但还算完整，只是那把秤不光秤砣不知去向，秤杆更是断成了两截。

"阿牛，快回家看看有没有事！"

经李侠民提醒，阿牛这才意识到日军轰炸机首次投弹的落点应该是家的方向，结合早上莫名其妙眼皮乱跳的预兆，他顿时就慌了，顾不得断秤和发黑的竹篮，也顾不上谢过李侠民，拔腿就往家跑去。还没跑出二十来米，骑车追上来的李侠民拍了拍后座："上来，我带你去。"

阿牛也不客气，扶着李侠民的腰跟跑了几步就跳上后座。坐上自行车后，听着耳边不时传来的呼救声，阿牛这才留意观察起了狂轰滥炸后的惨状：只见左边的邮政局大楼的外墙水泥像雪崩一样坠落在地，右边南北干货店的木屋门框则如火把一样正在熊熊燃烧，几张被烧得面目全非的残破钞票被风一吹，刮起黑色的细小灰烬，如同幽灵般在空中漫无目的地飞舞。阿牛下意识地低头摸了摸口袋，那沓厚厚的钱仍稳妥地贴着胸口，他心中稍微踏实了些，想着家里应该也是有惊无险吧。

可离家越近，阿牛的心就揪得越紧。他发现这里不但倒塌和着火的房屋比来时路上更多，连死者和伤员也增加了许多。

当李侠民刹车停稳后，跳下车的阿牛简直不敢相信自己的眼睛。马路中间，早上还在剥毛豆的郑爷，此时被弹片削去了小半个脑袋，脸被熏得像煤球似的郑爷家人正围着他血肉模糊的躯体哭号，场景极为瘆人。再一看，熟悉的打铁铺也已成了一堆废墟，也许是因为有煤堆，铁铺的余火明显要比周围大不少。看到残壁处挂了一条血肉模糊的人腿，阿牛忍不住打了个寒战，连退了两步，马上又本能地发疯似地冲向废墟。

“阿牛，危险，快回来！”

此时的阿牛哪里还能听到声音，即便听到李侠民的警告，也不可能退回来。他急着要找到阿爷和阿爸，希望他们也和自己一样侥幸活着。可刚冲上废墟，阿牛一眼就从烟雾中认出倒在血泊中的阿爷。只见李来祥面朝地，双手死死捏着从腰间翻上来的猪皮围裙，就像撑开的一面旗帜。阿牛顾不得还在燃烧的余火，准备冲进去救阿爷出来，不料脚被断木一绊，扑倒在地上，右手瞬间被一枚铁钉扎得鲜血直流。紧跟在后的李侠民一把抱住阿牛想往外拖，也不知道阿牛哪儿来的力气，一把挣开李侠民，左手按住铁钉上的残木，咬牙拔出后一扔，旋即不顾一切地冲到阿爷旁边，跪下推摇着李来祥："阿爷，你醒醒，快醒醒，咳咳——"

李侠民没有再强行拉走阿牛，他蹲下身，用手试了试李来祥的鼻息，又在脖颈处摸了摸。片刻后，转头望着急切的阿牛，摇头遗憾地说道："阿牛，你阿爷没了。"

阿牛愣了片刻，眼泪如泉涌般从双颌滑落。随后，阿牛拔下插在阿爷脖子上的弹片，把还有余热的染血弹片塞进了口袋。

当李侠民把李来祥翻过身准备抱离废墟，阿牛突然趴下身子，拼命去扒余烬未息的瓦砾，全然不顾双手被划得鲜血淋漓。李侠民挥散眼前的烟雾，终于看清李来祥下面是被炸得只剩下一条腿的李大贵。猪皮围裙遮挡住了大贵的脸，虽没有被烟熏黑，却让原来黑红的脸没了血色。

在李侠民和好心邻居们的帮助下，李来祥和李大贵的遗体被从尚在燃烧的废墟中抢运出来。阿牛抱着父亲那条血肉模糊的断腿，跪在地上凄厉地哭喊："阿爸，还给你的腿，你快接呀！"

李侠民请邻居们舀来一盆清水，找了条干净布巾，替阿牛洗净右手后用手绢压住伤口，再用布巾扎紧。刚忙完这些，有邻居指着前方叫道："阿牛他妈终于回来了。"

李侠民松了口气，向通海涂方向的马路望去，只见一名妇女扛着"泥马船"和提篮疾步朝这边走来。李侠民总感觉不对头，来人无论是走路姿势还是所穿衣服，都和早上见过面的阿牛妈不同。果然，有邻居纠正："这是后海塘郑剃头的女人，不是李铁匠的老婆。"

郑剃头的女人还没走到跟前，就上气不接下气地叫唤："不好了，李铁匠的女人被鬼子炮弹炸没了。"喊完，仿佛完成了使命一般，脸色发白的她双腿一软，跌坐在地，"泥马船"和提篮也像她人一样，同时无力地滚落在地上。

就一炷香工夫，铁匠李家居然连丧三命。几位正好心帮忙的邻居大惊失色，顿时忘了自家所遭的苦难，就在大家担忧成为孤儿的阿牛日后怎么生活时，只见阿牛发了疯地捶打自己的脑袋，仰天哭着吼道："我为什么不早点告诉他们我眼皮乱跳的预兆！"

可能带着哭腔的声音太重，大家都没听清阿牛在喊什么，只能你望我，我瞧你，一时不知该怎么办。李侠民上前一把抱住阿牛安慰道："阿牛，别难过，坚强起来。"

阿牛一头埋进李侠民的怀中，接着甩开手臂用力捶打对方，似乎要把怒气全撒出来。李侠民捏住阿牛那只受伤的右手，任由他的另一只手捶打在自己背上。

不过，对于前来报信的妇女口传的消息，李侠民心存怀疑，他判断鬼子炸弹虽然不长眼，但投弹地点理应不会偏离那么远，或许阿牛他妈只是被吓晕在了滩涂上，所以现在得赶快去现场找找。

还没等李侠民开口，阿牛蓦然止住痛哭，从李侠民怀中挣脱后央求："叔叔，我阿妈应该还在，你能不能再带我去海边？"

"走！"李侠民应声后赶紧去推自行车。

当两人来到海边，只见海水刚好漫到堤岸，远远可见一架"泥马船"正随着海浪有节奏地起伏，就像一匹骏马在草原上静静等待主人归来。李侠民细看周边，只见堤岸上还真有一处弹坑，估计是日军战机在躲避高射炮时，有几枚炸弹偏离了目标，将厄运降在了李铁匠一家。李侠民皱紧了眉头，在镇海能打犁、耙、锄、镐、镰的铁匠不少，可能打蒸馏锅的铁匠，估计还找不出第二家，也不知道方老板的化工厂能不能如期开工，更不知道能不能为延安兵工厂找到好铁匠。

“叔叔，我会打铁，我要去延安。”

阿牛的请求让李侠民颇为意外，扭头看到这个才及胸口高的男孩紧抿双唇，眼里噙满了泪水，怜悯之心瞬间从胸口溢出，轻声地问道：“你是想打日本鬼子？”

阿牛脸色铁青，从牙根蹦出四个字：“我要报仇！”

“去延安既艰辛又危险，你还太小。”

“我不怕，我懂打铁，我可以帮着师傅给兵工厂老板造枪。”

看着仰头一脸认真望向自己的阿牛，李侠民哭笑不得，没想到早上请李大贵同去延安无果，甚至还令对方生出抵触之心，不料两个小时后他儿子却主动要求去。考虑到阿牛还是个小孩子，李侠民自然不可能带他去延安，于是只好连劝带哄地商量：“阿牛，延安是个好地方，没有老板和雇工之说，大家都是平等的。不过兵工厂不收不识字的孩子，你看这样行不行，你今天起住到我家，白天上学，晚上帮着干些杂活儿，等我去延安和兵工厂领导说好了，你再去行不行？”

阿牛觉得眼前这个好心人虽然相识还不到半天，但经历了刚才的变故，证明是个值得信赖的人。当然，阿牛心里也十分清楚，自己不光没了亲人，且家也被日军炸毁，根本没有选择的余地。现在有人能收留自己已是万幸，更何况这个李家的少爷还答应日后带自己去延安，所提条件不过是晚上帮着干些杂活儿。阿牛觉得自己虽小，但应该有能力干好杂活儿，想到这里，他含泪点头：“好。谢谢叔叔！”

“我们家里人多，你以后就叫我侠民叔吧。”

“嗯，侠民叔，我听你的。”

二

在李侠民的帮助下，阿牛不但入住到小港李家，而且半个月后，由李琯卿老先生亲自安排，顺利进了当地小学读书。

虽然吃住不用愁，而且还有书可读，所谓的晚上的杂活儿也只是些扫个地或擦个桌子之类的，根本没有阿牛原先想象的重活儿，对于这样的日子，阿牛心中却喜忧参半。

原先起床后，他不是滩涂挖货、上街叫卖，就是煤炉鼓风、侍弄田地，除了吃饭几乎没有停顿。现在完全变了样，每天按时到学校后，必须老老实实坐在课桌前听老师讲课。头一天他还蛮开心，感觉很新鲜，语文第一堂课就跟着柯老师学了“人”和“大”两个字，一横一撇一捺，读和写都还比较容易。轮到上算术课，阿牛同样感到非常轻松，法币上的数字他早就认识，加减法也绝对不会出错。体育课阿牛更是成了孩子王，即便是第一次踢足球，也能玩出点儿花样。只有上音乐课时，阿牛才觉得费劲，不光唱出的音总是怪怪的，跳起舞来每个动作也总是让人看了捧腹大笑。但随着课时的推进，柯老师教的字的笔画越来越多，阿牛心情逐渐变得烦躁。前面“红”“黄”“蓝”“黑”“白”这些字还没有掌握，又教起了“碗”“盆”“几”“桶”“椅”等新的字。阿牛觉得这些字又难认又难写，作业本上不是这个字少了一横，就是那个字多了一点。

不久，阿牛头更大了，他能在滩涂上凭一点儿蛛丝马迹判断出下面躲藏的是螺还是蛏子，也能辨别出看似相同的铁块不同的铁质成分，可是，他却分辨不出相似汉字在意思和写法上的差别。对阿牛来说，“大”和“太”、“于”和“干”、“士”和“土”等相似汉字已不易区分，而在还没搞明白“夫”“天”“夭”的差别与读音时，又要接着掌握“戊”“戌”“戍”及“己”“已”“巳”等几组相似汉字的不同。

阿牛每天最期盼的就是放学铃声了，放学后不但能从枯坐朗读背诵中解脱出来，而且只要李侠民在家，就可以学骑自行车。只是李侠民似乎每天都在忙，阿牛有时甚至一整天都见不到他的人影。不过好在阿牛身体协调性强，虽然才学骑了一周的车，且因个子小无法坐上车座，只能双脚分叉于三角档两边，斜着身子踩脚蹬。不过这并不妨碍阿牛的骑速，也不影响他打着车铃在人群中穿梭。有时骑累了，阿牛还会把右脚从三角档处收回，旋即向后一跨，屁股顺势坐在自行车后座上，接着上身朝前一趴，努力抻直双臂把稳自行车把手，双脚则费力踩蹬。在人们羡慕的眼光和惊讶声中，阿牛感觉很是快乐，似乎已忘记两个月前家人遭遇的不幸，就像眼前的景物，飞速向身后退去，前方各种新景物让他双目应接不暇。

这天学校教唱《义勇军进行曲》，也许是因为旋律听熟了，也许是这歌词触动了阿牛的内心，反正阿牛唱得是荡气回肠、气势磅礴。因得到老师的表扬，阿牛很是兴奋，想起侠民叔曾在西门菜市场门口说要教会自己这首歌，就决定回家唱给他听。不料，这天一直等到上床睡觉，李侠民都没回来。就在阿牛迷迷糊糊快睡着时，门外传来李侠民进门停自行车的声音。阿牛从床上一跃而起，打开房门冲了出去。

“咦？阿牛你怎么还没睡？”

“侠民叔，我会唱《义勇军进行曲》了。”

“嘘——”李侠民竖起食指放在唇上，随手招呼阿牛，“哦，到我房间去。”

等李侠民关上门，阿牛就压着嗓门唱了起来。合着拍子哼唱的李侠民等阿牛全曲唱完，带着一脸兴致招呼他坐下，问：“喜欢这首歌吗？”

阿牛坦言：“侠民叔，不知为什么，其他歌我提不起多大的兴趣，这首歌我特别喜欢。”

“正常，我也是。”李侠民眉眼全是笑意，可刚说到这里，脸色又一下子变得严峻起来，“可你知道吗？为了能传唱这首体现出中华民族的灵魂、呐喊和意志的歌，我们曾走过艰辛之路。”

“艰辛？”阿牛听糊涂了，传唱一首歌还有什么艰辛之路，这一年多来不是到处在唱吗？

“对。《义勇军进行曲》是一首极富创造性的歌曲，不但作词的田汉先生把歌词写成了口语化的散文诗，作曲的聂耳先生更是按照乐理知识，把旋律处理得非常简洁生动、铿锵有力，容易让广大群众学唱，使这首歌发挥了巨大的鼓舞士气的作用。”

对于李侠民的解释，阿牛听了越发困惑，既然容易让广大群众学唱，那还有什么艰辛可言？他眨着眼睛脱口而出：“那传唱艰辛在哪里？”

“阿牛，去年的 7 月 9 日，距离卢沟桥事变刚过去两天。在上海的外滩公园，一群来自宁波、苏州、广州的青年因为唱这首歌，被上海公共租界工部局警务处巡捕房抓捕，有七名青年入狱。最后迫于强大的舆论压力，巡捕房才不得不把人全部释放。”

阿牛虽听明白了传唱艰辛的原因，但更想打听清楚侠民叔提到的宁波人，于是再次追问：“有宁波人？侠民叔认识吗？”

“我不认识，但记得报纸上说是18岁的学生徐美方和分别为19岁和16岁的江湘如和江永如，他们俩都在上海当学徒。”

阿牛又提出另一个疑问：“那这歌后来又是怎么传唱的？”

“因为这首歌唱出了中国人救亡图存的时代心声，于是当年的7月17日，也就是在聂耳先生逝世二周年纪念大会上，上海爱国人士以《义勇军进行曲》作为大会结尾歌，全场高声同唱三遍。7月31日沈钧儒等‘七君子’出狱时，前来迎接的爱国人士也是同声高歌《义勇军进行曲》。”

阿牛这下彻底明白了那天侠民叔在西门菜市场口听到歌声会那么兴奋的原因，也清楚了为什么侠民叔急匆匆去找唱歌的人群，更了解了侠民叔为什么要教会自己唱这首歌。他还想问“七君子”是谁，可还没开口，看到李侠民打了个哈欠，于是改口告别道：“谢谢侠民叔，我回去了。”

“你也早点睡，明天还要上课呢。”

“嗯。”阿牛应声退出，拉上了房门。

秋分刚过，李侠民与三弟李健民告别家人，如期踏上西行之路。李侠民一走，阿牛每天像是打蔫的茄子，加之挨了老师几次训斥，开始对学习失去了信心。碍于李家人的好心，他每天还是照常去学校上课，只是心思再也不在课堂上，而是飘到了操场那棵大树上的鸟窝中，甚至是厕所门口被粘在蜘蛛网上的小虫上。

因为老是背诵不出课文，默写更是难过关，于是阿牛就成了柯老师眼中的稗草，即便他的数学成绩是班里的佼佼者，体育课更是全校的示范生。

转眼快到立冬。这天李琯卿手头有急事，因一时叫不到人就从书房走到明堂，看到阿牛挑水回来，正在往水缸倒水，就顺口提醒："阿牛，挑水的事让别人来干，你还小，平时要用心多……"

李琯卿"读书"两字还没说出来，阿牛马上抢话敷衍道："李会长，这事我能干，我等会儿就去读书。"

李琯卿点头，转身打算继续去找人，却听放下水桶的阿牛又说道："李会长，侠民叔说过，不论年龄大小，人人都要爱国抗日。所以我现在事情不分大小都得会干，这样日后才能为抗日做事。"

李琯卿没想到自己儿子对阿牛的影响这么大，更没想到阿牛会随时引用李侠民的话。想到阿牛会骑自行车，李琯卿思忖片刻后举着手中的信问道："阿牛，能去县政府送趟信吗？"

阿牛刚才的话本意就是让李会长别老盯着自己读书的事，现在有这样的机会自然乐意至极，虽然路程有点儿远，但比起枯燥地关在房间内读书写字，那简直是逃出牢狱奔向天堂。对了，按侠民叔的说法，那就是挣脱枷锁投奔自由。唯恐李会长变卦，阿牛双手快速在衣服两侧抹干后，急步上前接过信说："李会长放心，我跑得很快，一定能快速把信给送到。"

李琯卿一愣，不解地问道："你不是会骑车吗？干吗跑去？"

正小心把信塞进口袋的阿牛也愣了，仰起头反问："侠民叔不在，没他同意能骑吗？"

“东西就是拿来用的，放着不用就是最大的浪费。”

即便这话有点哲理，但阿牛还是能听明白，他瞪大了眼睛求证：“李会长，我可以骑车去县政府？”

“当然，不过骑车时要注意安全。”

眸子里闪过一道光，阿牛一跃而起道：“谢谢李会长，快告诉我，信交给谁，我马上就去。”

李琯卿不慌不忙地从口袋中摸出一张法币，笑着交代：“把摆渡钱收好。到了县政府把信交给门房就行，他们会及时转交给收信人。”

“明白了，交给门房就可以。”阿牛接过钱转身就去推自行车，可才走了两步，突然一个急转身，朝李琯卿鞠了一躬，“李会长，您去忙吧，我回来后立刻来找您。”

李琯卿善意地挥了挥手：“好，骑车小心。”

去县城不但路程远，还得坐摆渡船过江，所以当阿牛来到县政府时，已临近午餐时间。

县政府门房的门子正准备吃饭，听外面有动静，抬眼一看，一辆自行车停在门外，一个小孩正用力抬起后轮支上脚架撑，就赶紧放下筷子，起身走出门房，挥手驱赶道：“哪儿来的小孩，这里是县政府，不能在这儿玩，快走。”

刚支好自行车的阿牛把头扭过来，没好气地回道：“谁说我是小孩，我可不是来玩的，是来送信的！”

“噢，原来是阿牛。你来这里干啥？”虽然阿牛不认识面前这个瘦脸老头，但对方显然认得他。

“我不是说了来送信吗？”阿牛边说边从口袋取出信向对方递去。

门房瞄了一眼信封上“江志航县长亲启”的字样，就接过信说道：“行，交给我吧。”

“谢谢！”

“回去吧。”门房说完转身进了门，他惦记着自己的那些饭菜。

阿牛故意不紧不慢地走到自行车面前，慢吞吞地支开自行车的脚架撑。可直到自行车掉完头，还是没看到瘦脸老头去送信。

踮起脚尖一看，阿牛来气了。记得李会长说过，门房会及时把信转交给收信人的，可眼下这个门房老头却慢悠悠地吃上了饭，根本没有送信的意思。阿牛推测李会长一早急着找人，又让自己骑车来送信，那么信里肯定有急事，而且极可能是件重要的事，绝不能让门房给耽误了。打定主意后，阿牛重新支上脚架撑，快步走过去，推开房门催问：“大爷，你怎么没去送信？”

“这个时候江县长也去吃饭了，下午我会送到他办公室。”瘦脸老头说完挥了挥拿筷子的手，埋头又吃了起来。

得知李会长的信是写给江县长的，阿牛越发觉得这封信极为重要。他顾不得失礼，冲进去站在瘦脸老头面前追问：“大爷，你又不确定江县长是不是在办公室，为什么不现在去送？”

吃个饭连着被打断不说，眼前这个不知天高地厚的小子居然责问起了自己，瘦脸老头立马拉下脸呵斥：“这里的事用不着你多嘴，马上给我出去！”

阿牛不但没有丝毫的胆怯，反而梗着脖子顶嘴：“吃饭比送信还重要吗？你现在不去给江县长送信，我就不走了！”

“滚出去，你这个没爹娘的兔崽子！”瘦脸老头没想到眼前这个毛头孩子竟敢这样对自己说话，恼得“啪”的一声把筷子往桌上一摔，推椅起身要赶阿牛出门。

阿牛本就对瘦脸老头光惦记吃饭不去送信有点儿气恼，现在听对方骂自己是没爹娘的兔崽子，更加恼怒不已。他暗扎马步，屏气顶住瘦脸老头的双手。也许是年龄大又在气头上，也许是阿牛比较壮实，瘦脸老头铆足了劲也没推动阿牛，反被对方顶着后退了两步。

“老邓，怎么了？”

没等阿牛回头看来人是谁，瘦脸老头先告起了状：“江县长，这人来闹事，我正要赶他走。”

听到来人就是江县长，阿牛立马松开劲，转身申辩道：“他骗人，我不是来闹事的，我是给江县长送信的！”

来人正是江县长，只见他推了推鼻梁上的镜架，上下打量阿牛后和蔼地问道：“我就是江志航，信呢？”

不等门房接话，阿牛转身气呼呼地从老邓桌上取回信，双手递到江县长面前。江志航接过信扫了眼信封，边拆边问：“你是李会长什么人？”

“我是李侠民收在李家的孤儿。”

刚展开信的江志航把目光又转到阿牛身上：“你就是李阿牛？”

阿牛一脸惊奇地反问：“你怎么知道我的名字？”

江志航没有回答，轻叹一声后腾出手摸了摸阿牛的头。阿牛不明白江县长为什么叹气，只是觉得对方眼神很特别，摸在自己头上的那只手很大，张开的手掌几乎要盖住自己的头顶。当江志航收手回头重新看早已展开的信时，阿牛仰头盯着对方，努力想从对方随信纸内容上下仰俯的眼神中揣摩些信息出来。可直到对方读完信，开始叠信纸重新入封，阿牛还是没能从那平静如水的神情中得到任何有用的信息。阿牛正琢磨如何打探江县长对信件的态度，以便向李会长交差时交代得更清楚。没想到江县长把信重新交给站在边上的老邓，顺口指示：“下午把这封信交给民政科王得志科长，让他尽快草拟个方案给我！”

门房老邓接过信连连点头：“好，我下午一上班就交给王科长。”

阿牛暗喜不已，现在不但把信亲自交到江县长手上，还听到江县长阅信后的处置意见，他终于放心地朝江志航鞠了一躬：“谢谢江县长，那我先走了。”

看江志航点头，阿牛转身朝外走去。可刚推上自行车，只听江志航从后面追上来问道：“阿牛，你还没吃饭吧？”

阿牛点头应道：“嗯。”

“那你跟我去食堂吃饭吧。”

“真的！”阿牛眼一亮，他以前可是连进县政府大门的机会也没有，今天不但进了门，现在县长还同意让他进食堂吃饭，无论吃什么，足可以和同学们吹上半天了。可一想到李会长还在等自己的消息，就又马上摇头说道，“今天不行，我得马上回去禀报李会长。”

江志航笑了：“不错，年纪不大，很有责任心。回去路上小心。”

“谢谢江县长！”

阿牛满心欢喜地告别江志航，继续以独特的姿势骑上自行车往回赶。

回到小港李家把自行车停好后，阿牛急着向会客厅跑去，远远看到李琯卿正和一个背对自己的人说话。阿牛正犹豫着是不是晚点再来找李会长，可能是听到了阿牛的脚步声，只见李琯卿抬眼看了一眼，冲着那个客人一笑：“你看，说曹操，曹操就到。”旋即扬手招呼阿牛：“阿牛，快进来，看谁来了？”

“噢。”阿牛这下不再犹豫，大步向会客厅走去。当背朝自己的客人扭过头来，阿牛傻眼了，万万没想到居然是教语文的柯老师。想到刚才李会长说的“曹操”，明摆着在说自己。那柯老师在李会长面前说自己什么呢？估计没什么好话。阿牛边走边想，急促的脚步逐渐变得迟缓，向上扬起的嘴角也垂了下来。迈过会客厅门槛的瞬间，阿牛偷眼打量屋内两人，李琯卿像往常一样，捋着灰白的胡须，慈爱的眼神中带着一丝关切。但柯老师整张脸绷得像一张鼓皮，两道眉毛不但竖起，且在中间挤出一个深深的“川”字，眼神中带着一丝严厉。两道截然不同的眼神让阿牛很不是滋味，关切早被不满吞噬，就像是乌云遮蔽了阳光，冰水浇灭了火焰。阿牛极不情愿地向柯老师鞠躬问好：“柯老师好！”

正襟危坐的柯老师没有回话，反而气不打一处来地对李琯卿埋怨：“会长，你看他这副模样，还像个学生吗？码头搬运工也不过如此！”

听柯老师不问青红皂白开口就指责自己，阿牛越发窝火。心想，既然平时你老说我顶嘴，现在刚好有李会长可做证，干脆与你辩解一番谁对谁错。可还没等阿牛张嘴，李琯卿已在一旁笑着打趣：“子期，你这次可真冤枉阿牛了，他刚去县上送信回来。”

“送信？”柯老师一时反应不过来，毕竟跑一趟县政府起码要大半天，更何况是个小学生。

“对！早上一时找不到其他人，就让阿牛辛苦骑车跑了一趟。”

柯老师听懂了，他捋了一把山羊须，言不由衷地说道：“怪不得这副模样。”

为了不让阿牛难堪，李琯卿故意指着阿牛打趣：“如果捐碑一事县上能同意，阿牛也算有功之臣。”

联想前后发生的事，阿牛揣摩出了今天信上的内容。想到江县长看完信后说的话，于是就说道：“李会长，信送到县上了。”

“嗯，好。”

“江县长看完信让门房下午交给民政科的王得志科长，说要尽快安排个方案。”

从阿牛进门那刻起，李琯卿就知道信已送到县上。但听了阿牛的补充后，他马上离开椅背倾身向前，推了推鼻上的眼镜，瞪大眼睛问道：“你怎么知道这信是给江县长的？又是如何送到江县长手中的？”

“也是巧，我到县政府把信交到门房时，刚好江县长路过，于是就转交江县长了。”阿牛不想多说中间的波折，简单比画着就把过程说清了。

“如果阿牛所说不假，江县长已批示交民政科，那捐资建造纪念碑的事定然能成。”

对于柯老师的假设，阿牛故意加重语气强调：“柯老师，我可是听得清清楚楚。”

李琯卿知道柯老师因为阿牛成绩不好心存偏见，故意转移话题道：“子期，明天就是立冬，你辛苦一下，尽快拟好碑文，我这边也马上回复中共镇海县委，努力让这事成为民族大团结的引子。”

“好，五天后必定交给会长。”柯老师胸有成竹。

李琯卿略一思忖后拍板：“那就定周五晚七时在学校会堂商议，届时我组织人过来。”

“好，静候会长大驾。”柯老师说完准备起身告辞，可还没抬起屁股，看到面前的阿牛，猛然想起今天来李家的目的，于是继续阿牛还没进门时的话题，“会长，阿牛要不就再晚一年上学？”

“早一年晚一年还不是一个样？我的意见还是不停学。”李琯卿定调后，挪了一下上身继续说道，“阿牛聪明机灵，平时再用心些肯定能跟上。”

柯老师觉得刚才全白费口舌了，既然李琯卿这个态度，也就只能顺着话题申明：“会长，我在他身上花的精力比别的学生多不少，可稗草……”

李琯卿当然明白对方想说什么，于是打岔道：“今天刚好有点空，让我和阿牛谈一谈吧。”

柯老师见该说的已说清，就不再多费口舌，拱手道：“那我先告辞了。”

等柯老师走出会客厅，阿牛从口袋掏出法币交到李琯卿面前：“会长，这是摆渡找的零钱。”

李琯卿扫了一眼，问：“你没吃饭？”

“嗯。”话音刚落，阿牛肚子传来一阵“咕噜咕噜”声。

李琯卿挥手道：“快到后面让张婶弄点吃的，吃完后再来这里找我。”

“好。”

看阿牛转身跑出会客厅，李琯卿又扫了一眼桌上的钱，自言自语道："看来侠民蛮有眼光，阿牛这孩子若能用心读书，日后必定是块好材料。"

没过多久，阿牛重新走进了会客厅："会长，我吃好了，您还有事吩咐吗？"

李琯卿摘下眼镜，乐呵呵地问道："我叮嘱什么你都能做到？"

虽然阿牛不爱学语文，但还是弄得清吩咐和叮嘱的差别。从李琯卿语气上的细微差别及柯老师离开前的对话，阿牛猜得到接下来谈话的内容，于是直截了当地抢先申明："会长，除了学语文，其他事您尽管说，我一定会做到。"

李琯卿没想到阿牛抢先一步用话堵住了自己，于是不得不调整思路，缓缓地问道："你将来有什么打算？"

"侠民叔答应回来后就带我去延安。"

李琯卿估计儿子是哄阿牛说说而已，但话到这里，忍不住好奇地问道："你去延安干吗？"

"我懂打铁，可以协助别人给兵工厂造枪。"

李琯卿故意追问："造枪干吗？"

阿牛眼圈一红，咬着牙根说道："杀日本鬼子为阿爷、阿爸和阿妈报仇！"

看李琯卿摇了摇头没接话，阿牛一脸愕然地问道："会长，我说错了？"

"想为家人报仇的话，就凭你这点儿知识可做不了什么。"看阿牛张口要辩解，李琯卿抬手示意对方挨着自己边上的空椅坐下，继续说道，"日本鬼子这些年不断侵略中国，可我们到今天也没法把他们赶走，知道为什么吗？"

二

阿牛从来没有考虑过这样的问题，只能反问：“为什么？”

“器不如人！一国的军事实力强弱，归根到底由综合国力，尤其是工业生产能力来决定。”

即便阿牛听得晕晕乎乎，但李会长所表达的中国不如日本的意思还是能听得懂，他连挠几下腮，急切地问道：“那我们怎么办？”

“想打赢这场正义保卫战，赶走日本鬼子，我们必须想办法让工业强起来。这次淞沪会战为上海和长江下游工厂与物资内迁赢得了宝贵的时间，为中国坚持长期抗战起到了重大作用。”

“长期？”阿牛以为自己的耳朵听错了。

“阿牛，中国不可能一两年就把日本鬼子赶走。”

阿牛听了，瞪大了眼吃惊地问道：“那要多久？”

“估计要等你成年。”李琯卿没说具体的数字，毕竟他也不清楚中国究竟要熬多少年才能打败日本，才能赶走这些野蛮的侵略者。3 个月前，中国几乎把最精锐的军队全派往了上海战场，可最后，80 万人还是抵抗不了日军 20 余万人的进攻。庆幸的是中国军队的顽强抵抗精神赢得了世界的认可，更赢得了民心，彻底粉碎了日本“三个月灭亡中国”的计划。更令人振奋的是八路军临危出征，在平型关与日本号称“钢军”的板垣征四郎第 5 师团第 21 旅团一部及辎重车队浴血奋战，取得了首战的胜利。不但有力配合了第二战区正面战场的防御作战，还迟滞了日军的战略进攻，彻底打乱了敌人沿平绥铁路右翼迂回华北的计划。这场战役，不仅打破了日军“不可战胜”的神话，更有力地粉碎了国内一些人的“恐日病”和“抗日亡国论”，鼓舞了全国军民的抗战士气，激励了散落在东南亚各国的爱国华侨的爱国热情，许多华侨因此纷纷捐钱捐物支援祖国抗战。前天，李侠民在来信中告知，八路军将士浴血奋战的事迹既提高了中国共产党和八路军的威望，更增强了全国人民坚持抗战的信心和决心。这次他随军在晋南招兵，仅一个星期就有3 000多人报名参加八路军，这对敌后根据地的建立，起到了非常直接的支持作用。

阿牛由于年纪尚小，总觉得李会长所说的日子有些模糊不清，似乎还有点儿遥远，于是只能应上一句："那希望我快点成年。"

李琯卿紧皱的眉头舒展了一些，盯着阿牛，转回正题道："我们这一代人就是输在器不如人，如果我们的工业生产能力能有日本的一半，必定能战胜这些鬼子。阿牛，这也是为什么柯老师希望你们这些学生要学好知识，你得多听柯老师的话。"

阿牛终于明白了"器不如人"的大致意思，可还来不及回味，会长随后提到的柯老师又让他头疼不已。看着对方带着殷切期望的目光，阿牛只好躲闪着眼神表态："会长，我会认真学习的。"

虽然阿牛来到自己家已数月，但由于日常事务繁忙，李琯卿没和阿牛有过多的交流。从以往李侠民所述和今天阿牛的处事能力来看，李琯卿觉得这孩子不但聪明机灵，而且理智自律。既然响锣不用重敲，响鼓不用重锤，那就点到为止吧。想到这里，李琯卿点了点头："我相信你。"

见会长起身打算离开，阿牛赶紧把刚才冒出的念头说了出来："会长，平时休息的时候我想学打铁，您能不能帮我找个师父？"

本欲转身的李琯卿迟疑片刻后反问："你不是说会打铁吗？"

二

“我只是跟着阿爷和阿爸学了点儿，也就只能打打下手。我决心要学成他们那样的水平，为日后中国工业出力。”

“好，你们这些孩子若都有这样的心，不怕中国日后不强大。”说到这里，李琯卿加重语气强调，“但你必须要学好课堂上的知识，如果柯老师觉得你学习没过关，那就不能去学打铁，没知识肯定打不好铁。”

阿牛的脸立马垮了下来，他想不通课堂学习和店铺打铁之间有什么联系。阿爷和阿爸都是斗大的字不识半筐的人，不也照样成了全县最好的打铁匠吗？他挠着下巴支吾道：“嗯——”

李琯卿似乎看出了阿牛的心思，开口问道：“阿牛，打仗和认字有没有关系？”

打仗和认字能有什么关系？关羽能熟读诗书，张飞却认不得几个字，他们不照样都是流芳后世的大将军？虽有这样的想法，可阿牛不敢顶嘴辩论，只是摇了摇头，等李琯卿来解释两者的关系。

李琯卿干脆不再坐下，双手比画着说道：“现在我们不少军官打仗全凭血气之勇，只会不惧死亡地冲锋。这种战术虽然有时能成功，可大多数情况下，会被敌军的优势火力打倒一片，继而溃不成军。你知道吗？现在有的基层军官连花名册都点不了，更不用说去研究战术了。”

阿牛从李琯卿的话中听懂了意思。他又联想到爱说书的郑爷常讲的《三顾茅庐》，印象中三国故事中最让人佩服的就是诸葛亮，孔明先生为什么能连打胜仗，应该和他读了很多书有关。所以李琯卿话音刚落，阿牛就由衷地连点了两下头。

手捋灰白胡须的李琯卿继续说道：“阿牛，现在日本每年可以造 1580 架飞机、330 辆坦克，可我们中国别说飞机和坦克，连汽车也造不出一辆。还有，一发子弹等于七斤半大米，我们制造工业落后，平时训练往往只能打空枪，即便上战场，每个士兵也就配发 20 发子弹。而日军规定新兵入伍每月都要进行实弹射击，并规定步枪不得低于 150 发子弹，机枪更是超过 300 发子弹。当这样的两支军队作战，我们怎么能不输？”

阿牛对坦克还没有直观的认知，只是听说这会跑的铁疙瘩冲锋时所向披靡，但飞机的威力他已领教过。想想两架日本飞机就可以肆无忌惮地把镇海炸成这样，若上千架飞机一起来，那还得了！于是他惊恐地问道：“那中国还有赢的可能吗？”

“当然，我们肯定能打败日本侵略者。”李琯卿说到这里，松开捋胡须的手，在阿牛眼前用力挥了一下。

暗舒口气的阿牛又想起了去世的家人，咬着牙根说道：“我一定要让鬼子赔命！”

李琯卿重新皱起眉头，语重心长地告诫：“阿牛，若你们这代人还是没有知识，那不但打不赢日本，还会继续挨打。你要明白，即便有了你阿爷的打铁水平，照样还是造不出枪炮。部队要的可不是锄头镰刀，而是能和敌人交战的现代化武器装备。”

会长最后两句话犹如飞机上扔下的炸弹，一下子让阿牛惊醒过来。是呀，若说阿爷和阿爸能打的武器装备，不过是些刀剑斧类的兵器，别说是造枪炮，估计连枪炮的真实模样都不清楚。阿牛有些急了，以前自己的小算盘是，先学会打铁，一旦李侠民回来后，就可以让他带自己去延安。可现在看来即便学会打铁，那也照样不会造枪，去了延安，人家能要自己吗？而造不出好兵器，如何为阿爷、阿爸和阿妈报仇？想到这里，阿牛也像李琯卿一样拧紧了眉头，急切地想找到答案："会长，那我该怎么办？"

"努力把课堂上的基础知识掌握好，日后争取多学几门外语，把国外的技术学回来，让中国工业也强大起来。"

工业？看着李琯卿挥舞的手臂，阿牛似乎对今天连续听到的这个陌生词语有了些感悟。好，就算为了给阿爷和阿爸报仇，就算为了日后不挨打，我也要好好学习。可李琯卿后半句的话让他哭笑不得，自己连国语都学得这么累，如何按会长所要求的再学外语，而且还是几门外语，这怎么可能做到？他思索着如何回复，可当目光撞上李琯卿的眼神时，顿时慌了，镜片后的那双眼睛即便带有血丝，但依然是那么明亮、那么清澈，眼神中对他寄予厚望，他不由自主地急忙应允道："好，好，我会好好学习！"

"好！"

看李琯卿没有再说话的意思，阿牛知趣地告退，可前脚刚迈过门槛，后面传来李琯卿的声音："等一下！"

阿牛回头一看，见李琯卿正招手让自己过去，就转身重新回到李琯卿面前："会长还有事吩咐？"

"这对书画轴原本是赠给柯老师的，刚才他走得匆忙给忘了，现在就送给你吧。"

阿牛定睛一看，果真李琯卿手上不知什么时候多了一对书画轴。阿牛接过后，在李琯卿的配合下，缓缓打开。上面的字阿牛认不全，好在李琯卿分别指着两行字念道："门尽冷霜能醒骨，窗临残照好读书。"

这副对联阿牛听得云里雾里，摸不着头脑，只能听懂后一联中的"好读书"这个词。李琯卿一边将书画轴重新卷起来，一边解说："这是宋朝诗人紫金霜的诗句，意思是门前覆盖了冰冷

窻臨殘炤好讀

的霜雪，可寒气刺骨让人更加清醒。有几道阳光透过窗户照了进来，正好方便我读书。阿牛，明天就是冬至，要懂古人劝人读书的用意。”

阿牛捧着卷好的书画轴，躬身谢道：“谢谢会长，我会挂在床边督促自己。”

“阿牛，你要永远记住，中国的文化绝不能断！”

面对李琯卿瞬时肃穆的表情，阿牛再次莫名恐慌起来，连忙应道：“我一定记住会长的话。”

李琯卿满意地点了一下头，重新捋起胡须：“回去吧。”

阿牛鞠躬后重新向外走去，也许因为今天需要思索的事太多，过门槛时居然被绊了一下，趔趄了几步才走稳。

回到自己房间放下书画轴，阿牛感觉背上有点凉，反手往背上一摸，发现湿了一片。他顾不得擦上一把，望着桌上的书画轴发起了愣。自从失去阿爸后，他再也没有怕过谁，即便在课堂上，也从来没有怕过柯老师，只是想躲开对方，免得自己不痛快。可现在却居然惧怕起了从来没有和自己红过脸，更没有打过自己，甚至连呵斥也没有过的李琯卿。虽然阿牛想不通为什么，但他的心里没有丝毫的难堪和忧伤，甚至还有点小窃喜。是的，这种怕不是恐惧的怕，它不同于日本战机投弹轰炸的惊惧，不同于失去家人后的惶恐，而是因为有人关心自己而感动，有人对自己寄予信任而感恩，有人给予自己期望而感激。当这种感动、感恩与感激掀起的潮水漫过情感堤岸后，引发的是不曾有过的胆怯、发怵与惊慌。阿牛突然埋头闷声哭了起来，他心里明白，这流的是幸福的眼泪，虽然在李家已居住近三个月，可他今天才真正体会到家的感觉，那是一种无法抑制的依恋与寄托。

三

这之后，阿牛的学习热情可谓空前的高涨，背诵默写成绩也明显进步了很多，这让柯老师颇感意外的同时困惑不已，甚至还一度怀疑当初的“稗草”是不是被偷换成了“稻苗”，或者是自己看走了眼，误将“稻苗”当成了“稗草”？当然，无论是哪一种答案，柯老师内心都是高兴的，毕竟他不用再操心阿牛的学习成绩了。

半年后，见阿牛所有功课的成绩都变得很优秀，李琯卿兑现了当初的承诺，联系上了小港范记打铁铺，允许阿牛每周日去那里学习打铁。

范记打铁铺也只有范师傅和许师傅两人，但他们不是父子关系，而是一对年龄相差较大的师徒。精瘦的范师傅虽然眉毛胡子已花白，但紫红的脸庞就像熊熊燃烧的炉膛，时时绽放着巨大的能量。阿牛以前听郑爷说张飞身长八尺，豹头环眼，燕颔虎须，他一直想象不出那是什么模样。但看到健硕的许师兄的第一眼，阿牛恍惚间便觉得此人就是张飞再世。只是许师兄说话不像个猛将，声音别说像张飞那样声若巨雷了，甚至都比不过普通人，离上三米远，便听不清许师兄在说什么；而且那慢条斯理的语气，让人听了就干着急。另外，许师兄年纪轻轻却习惯紧锁眉头，似乎心里头总有什么心事或不快。以上这几点特征都和他粗犷的外表颇不相符。

开始正式学习打铁后，也许是因为从小耳濡目染，当范师傅教了一遍打铁全流程后，阿牛就掌握了要领。知道自己该什么时候拉风箱，什么时候给范师傅递主锤，什么时候替许师兄打下大锤。

一日，当范师傅打完三个铁镐后，阿牛主动请缨：“师父，能不能让我来当下手？”

不等范师傅开口，正在铁料中选料的许师兄一改慢条斯理的说话习惯，当即否定：“阿牛，先看上三天再去想接我大锤，别以为跟着主锤用力砸就行了。”

阿牛听了很不乐意，睥了许师兄一眼，心想，什么先看三天，我可是从小看这活儿长大的，按时间我比你入行还要早，若不是我来此拜师学艺，你还得叫我声师兄呢。还有，这砸锤的活儿有什么难的，只要有力气都能干，想必是许师兄担心我抢了他的饭碗。因为心里有情绪，所以阿牛耷拉着脑袋，带着一副极不情愿的表情坐到板凳上拉起了风箱。

范师傅察觉到阿牛的不满情绪，冲他招手说道：“阿牛，等一下就让你试一把吧。”

“谢谢师父！”阿牛谢过范师傅后，故意挑衅似的睨了一眼许师兄，手上拉风箱的劲儿也大了许多，炉膛内的火苗呼呼作响，直往上蹿。

许师兄闷声不吭地夹了一块铁料放进炉膛，不时翻动长柄铁钳，使铁料在充分受热中渐渐软化。过了一会儿，只听范师傅点头说了声“可以了”，许师兄马上把通红的铁料夹到铁墩上。范师傅一只手用短钳夹住铁料，一只手举起主锤敲打铁料。早就准备妥当的阿牛按范师傅的节奏，效仿许师兄的模样，信心十足地举起大锤，照范师傅敲打的位置打去。第一下虽没打中指定位置，可好歹也是打在了铁料上。第二下，阿牛特意调整了方向和力度，却不料反而打在铁料边缘，也许是力用得过大，铁料一下子变形扭曲了。范师傅夹起铁料朝阿牛扬了一下，没说一句话，旋即重新扔进炉膛。

一脸窘迫的阿牛觑了许师兄一眼，只见他若无其事地用长柄铁钳重新加热铁料，好像手中这块铁料从没出炉过。阿牛这下服气了，知道许师兄刚才是好心提醒，没有吓唬或排斥自己的意思，更不是担心自己抢他饭碗。为了让自己有个台阶下，他主动上前去取搭在许师兄肩膀上的布巾：“许师兄，我给你去搓一把。”

许师兄还是没搭话，而是专注于炉中的铁料，但搭布巾的肩膀向阿牛倾了倾，方便阿牛抽走。等阿牛把范师傅和许师兄的布巾搓净回来，刚才那块铁料已完成锻打，范师傅正把成品往水盆中插去。只听“刺啦”一声，一道水汽迅速腾起。阿牛适时地递上布巾，让范师傅和许师兄抽空抹了一把汗。

“阿牛，给左边这盆水加点儿水。”

范师傅刚吩咐完，阿牛马上应道：“我这就去取水。”

阿牛从水缸舀了一桶水，利索地给左边的盆加满。看旁边的盆也只剩半盆水，阿牛就准备也加满，许师兄抢上前一把夺下桶：“阿牛，这盆是盐水，不能加井水。”

盐水？阿牛好奇地问道：“打铁还要盐水？”

三

“最后一次要用盐水淬火。”

“为什么？”

“盐水淬火后，铁器的光泽度会更好。”

回想刚才范师傅打的三个铁镐最后都是放进这个盐水盆，阿牛低头特意对比了一下两盆水，想不出为什么放在盐水里淬火光泽度会更好，于是忍不住又追问：“师兄，既然用盐水淬火可以增加铁器的光泽，那为什么不全用盐水？”

许师兄愣了，他打了这么多年的铁，师父只是告诉他打铁的每一步该怎么做，自己也只是用心记住了要领，根本没想过为什么要这样做，师父更没告诉他为什么。

也许是不知道该如何解释，只见许师兄眉头上的“川”字更深了，他努了一下嘴角，嘟囔了一句：“去问师父！”

想搞明白原因的阿牛既没看出许师兄的情绪，更没听出许师兄不满的口吻，扭头就问范师傅：“师父，为什么我们不每次都用盐水淬火？”

范师傅早就听到了两个徒儿的对话，其实他也不明白其中的道理，只知道自己的师父就是这么做、这样要求自己的，或许一代又一代打铁人都这么做，但不清楚究竟是哪个老祖宗发现用盐水淬火可以增加铁器光泽。就像豆腐要用卤水点，即便不知道谁最早这么干的，但后人都知道该这样做。范师傅记得有一次自己忘了将一把菜刀放入盐水中淬火，后来特意对比了打出来的其他菜刀，的确光泽度逊色不少。由于解释不了新徒弟的提问，又不想失去师父本有的威严，更不希望阿牛再提什么怪问题，范师傅绷紧脸呵斥：“废这么多话干啥？按我规定做就行了！”

阿牛没想到自己问个问题居然让范师傅瞬间变了脸，不过他可不知道师父的心思，而是误以为范师傅不肯传授技术，就像当初阿爷和阿爸一样，可以和围观人群天马行空胡吹海侃，一旦有人问到打铁的技术，绝对是闭口不言。看来只能靠日后偷学了，也只有早点学到这些“秘技”，去延安后才能有些立身之本。所以，阿牛缩紧脖子弱弱地应了声：“是，师父！”

中午吃完饭，阿牛像范师傅和许师兄一样，只穿了件贴身短褂，并没有感到寒意。收拾完碗筷，阿牛看范师傅杯中茶水快见底了，就从炉上提过水壶给师父续水。范师傅随口问道：“阿牛，学得挺快。听说你还在学校上学？”

阿牛猜测范师傅是想问自己其他时间来不来学打铁，于是解释道：“是的，师父，我还在上学，只能周日来这里跟您学。”

“学打铁干吗？”

“我想去延安。”

这下轮到范师傅暗吃一惊。去年李家两个少爷来店铺说马上要去延安，问自己有没有意向一起去延安。当时为了打消对方的念头，他当即一口回绝。虽然在镇海日子过得也挺苦，但毕竟还算太平，四方邻里又熟，范师傅可不想搬到人生地不熟的外地。记得前年有好心人给他牵线，说前街有家糕饼店准备全家迁往南洋，拟低价出让店铺。谁都认为那个店铺地段好、门面宽敞，而且还有几乎全新的炉子和不少的存煤，对于打铁铺来说，这简直是捡便宜的好事。但谁也没料到，范师傅等好心人说完后，梗着脖子硬生生回了一句：“你说得这么好，那为什么你不买下来？”气得那人再也不理范师傅。后来，范师傅无意间从来打铁的客人处得知，延安距离镇海有三千多里，是共产党领导的地方，那里没有海，只有黄土地，吃的也不是米饭，而是自己从来没见过的一种面食——馍。当时范师傅就愣了，不明白李家两位少爷为什么有这样的疯狂举动，现在眼前这个新徒弟居然也有这样的想法。他既想不出打铁和去延安有什么关联，更想不出那么远的延安有什么吸引力，便好奇地问道："为了去延安？"

"对，延安急需会打铁的人。"

正在边上修铁钳的许师兄慢吞吞地说道："这里打铁的人又不多，干得好好的为什么要跑那么远？"

"延安是让打铁匠做武器。对了，打日本鬼子不能没有工业。"其实阿牛还不太明白工业的意思，但他知道李会长说的话肯定有道理，于是便引用了。

许师兄没接话，低头继续修理手中的铁钳子。范师傅喝了一口茶后，好心提醒阿牛："知不知道打铁、撑船和磨豆腐是人生三苦？"

"以前我阿爷也说过，所以他并不强迫我接班。"

范师傅放下杯子追问："你阿爷也打铁？在哪儿？"

"镇海老城的'李记铁铺'。"想起惨死的家人，阿牛眼圈红了，乘转身把水壶重新架上炉子之机，偷偷抹了下眼角。

"李记铁铺"当时家破人亡的惨事宁波几乎家喻户晓，范师傅瞅了眼阿牛的背影，暗自叹了一口气后说："干活吧，我会教会你的。"

打过几件活儿，范师傅将主锤交付许师兄，安排他独自打八个门插后，示意阿牛拿上大锤跟他到另一个铁墩前。范师傅拿起另一把主锤，开始陪阿牛练大锤力道和着力点。阿牛这才知道当初阿爷和阿爸看似简单的打铁动作，其实是在两人默契的紧密配合下完成的，也只有大锤跟准主锤的意图，才能打出高质量的铁器。

转眼阿牛的首个暑假就要结束了。虽然这个假期他比同学们要苦，流的汗更是数倍于他们，但他终于掌握了拣料、烧料、锻打、定型、抛钢、淬火、回火和泽油等打铁所有工序的要领，不但成为范师傅的得力助手，还把从阿爷脖子上拔出的弹片混在铁中，给自己打了一把贴身小匕首。这天傍晚，收工告别范师傅和许师兄回到李家，还没进大门，就听到里面传来一个熟悉的声音。阿牛愣了一下，旋即箭步蹿过门槛，差点撞上从走廊过来的李健民。

“健民叔，侠民叔回来了吗？”

李健民被突然蹿到面前的人吓了一跳，定睛一看是阿牛，笑骂道：“你这头牛怎么乱窜，差点撞倒我。”

阿牛拉着对方的衣角催问：“健民叔，侠民叔在哪儿，他回来了吗？”

李健民钩起中指弹了弹阿牛的脑门，佯装生气地问道：“怎么就光惦记侠民叔，连面前的健民叔都不想着问好？”

阿牛脸瞬时就红了，松开对方衣角挠着头皮狡辩：“健民叔，我只是看到您，可还没有看到一起去的侠民叔，所以有点着急。”

“阿牛，不得无礼！”

阿牛这才发现李健民边上还站着柯老师，赶紧转身鞠躬问好：“柯老师好！”

“怎么还不向健民叔问好？”柯老师的语气听起来是责怪，但更多的是提醒。

“健民叔好！”

阿牛刚躬身弯腰，李健民已轻手拍了拍阿牛脑袋：“行了，快去书房吧，你侠民叔就在那里。”

“谢谢健民叔！”阿牛刚拔腿要往里冲，蓦然想起边上的柯老师，连忙向后正了正身体，这才重新向柯老师和李健民鞠躬告辞：“柯老师、健民叔，那我先走了。”

见柯老师没接话，李健民佯装生气地挥了挥手：“我可留不住你，快去吧！”

听到这话，阿牛如蒙大赦般跃下台阶向书房冲去：“侠民叔——”

此时，李侠民正趴在书桌上写信，才起了个头，就听到阿牛的叫声。放下笔抬头看的当儿，阿牛已闪进了书房。

“阿牛！”

李侠民刚推椅起身，阿牛已健步冲到他面前，双手紧紧抓住他的一只胳膊，激动地喊道：“侠民叔！”

李侠民抬起另一手在阿牛头顶比画了一下：“没想到你长高了这么多。”说完，一拳打在阿牛胸上，点头肯定，“嗯，不错，比我小时候结实多了。”

“侠民叔，我会打铁了！”

“我听说了。”

“你什么时候带我去延安？”阿牛边说边摇李侠民的手臂。

“我们暂时不去延安。”

阿牛愣了，想到侠民叔和健民叔返回了老家，旋即松开双手求证：“那里不好？”

李侠民笑了：“延安怎么可能不好？天天都能看到宝塔山，时时可以和大家在一起奋斗，我都不想回来了。”

阿牛越听越糊涂，问：“那你和健民叔为什么要回来？”

“这里更需要我们，我们要做头等大事。”手握拳头一挥，李侠民语气明显加重。

阿牛似乎听明白了，侠民叔说的我们应该也包括自己，整句话的意思难道是说这里也要准备造枪弹？于是，他一脸憧憬地问道：“侠民叔，是不是镇海也要开兵工厂？”

“嗯——”李侠民没说话，但拖长的语气声加上摇头动作，说明阿牛的猜测是错的。

“那这里更需要我们什么？”阿牛刚问完，突然被闪出的一个念头吓了个激灵。是呀，现在是抗战，头等大事就是打退日本人的侵略，若不是在后方造枪弹，那必定是冲向前线杀敌。要真端枪打仗，阿牛还是不敢。所以话音刚落，阿牛情不自禁哆嗦了一下。

“开办学校，让更多人知道共产党，团结起来共同抗日。”

开办学校？阿牛越发糊涂，脑袋像是被人搅晕了，这里不是有学校吗？我不就是你侠民叔帮着进的学校吗？就算是办学校，那算是什么头等大事，按这说法，那这里早就办成了头等大事。也许是心里这样想，阿牛口气也不屑起来：“办学校算头等大事？”

李侠民没有答复阿牛，而是反问：“阿牛，你说中国能不能打败日本？什么时候能打败日本？”

“即便一时还不能把日本鬼子打败，但最后中国肯定能打败日本。”阿牛脱口回答道，同时心想，若侠民叔在李会长和自己谈话前抛出这两问，那自己肯定不知如何对答，好在李会长已告诉了自己的答案。不过对于侠民叔的后一问，阿牛还是回避了，李会长曾说等到自己成年后日本鬼子就能被赶走，但用这个回答侠民叔显然有些不对。

看阿牛说完轻拧眉头若有所思，李侠民加重了语气：“对，阿牛，我们任何时候都要坚信中国不会亡，我们一定能打败日本。”

阿牛眉头一松，迫切地追问：“那我们能不能马上打败日本鬼子？”

李侠民摇了摇头，说：“当然不能，我们要做好打持久战的准备。”

持久战？阿牛第一次听到这样的说法，回想去年日本飞机轰炸的惨景，阿牛莫名有种恐惧感。他暗自思忖，既然不能马上打败日本，那不如去延安，至少能离日本鬼子远点。看李侠民盯着自己，阿牛的心里话脱口而出：“侠民叔，那我们更应该去延安。”

“错！如果我们都去了延安，那这里谁去抵抗日本侵略？”说到这里，李侠民转身走到桌前，拿起一本刊物，递给阿牛，“这是中国共产党发行的《解放》杂志，这期刊登了毛泽东主席的《论持久战》演讲稿，里面系统地阐述了中国通过持久战获得对日作战胜利的战略。”

阿牛上前接过一看，是本抗战一周年和中国共产党建党十七周年的纪念专刊。经过一年的上学和读报，阿牛已基本能识字。只见刊物封面有个题词，上写“坚持抗战，坚持统一战线，坚持持久战，最后胜利必然是中国的”，落款虽然字认不太全，可仅从毛姓可以断定，这题词之人必是李瑄卿常提到的毛泽东主席。为了证实自己的猜测，阿牛指着题词问道：“侠民叔，这是毛泽东主席题的字吗？”

李侠民没想到阿牛能准确说出“题字”而不是“写字”，他用手指着刊物上的落款，反问：“你知道毛泽东主席？”

“常听李会长说起。”

“对，这就是毛泽东主席题的词，我刚才说的持久战就是他在分析中国国情后得出的结论。阿牛，我们当下遭受战争灾难，每一个为着自己民族的生存而奋斗的中国人，无时无刻不在渴望战争的胜利，去彻底打败日本鬼子。延安相比这里是安全些，但我们现在不是要躲避到安全区，而是要想尽办法在前线组织民众齐心抵抗日本的侵略。你看，现在无论是八路军还是新四军，都在努力冲向前线抗敌。我们自然也要尽己所能，为抗日做一些事。”

李侠民最后一句“尽己所能，为抗日做一些事”，让阿牛又兴奋了起来，问：“那我们什么时候造武器抵抗日本的侵略？”

“马上就要行动了。”

“太好了，侠民叔，我可以当主锤。”

李侠民笑着摇了摇手：“阿牛，我们不用锤子。”

“那用什么？”阿牛觉得自己又听糊涂了。

“我们是要打造思想武器，把所有人团结起来一起抗日，这就是我们要办学校的原因。”

回想侠民叔刚才说的办学校，阿牛瞄了一眼手中的刊物，似乎听明白了什么，又好像还是没有搞懂。但可以肯定的是，侠民叔所说的学校肯定不同于自己正在上的学校，里面所学也绝非只讲课本上的知识，于是就手拉对方衣角央求：“侠民叔，我能不能转到你的学校？”

“阿牛，不用转，我们的学校是专门为工农服务的，为了不影响白天的工作，我们晚上才上课，你晚上来听就行。”

“太好了！”

阿牛的话音刚落，刚刚送柯老师出门的李健民快步走进书房，兴奋地说道：“二哥，事办妥了。”

“这么顺？”

“真是太顺了，我和柯老师刚把办学校的想法说完，鱼行丁老板不但一口答应下来，还说学校不能挨着鱼鲜集散中转地，这里不但吵闹，而且鱼腥味充鼻，不利我们的教学，他会另选好地方。”

“太好了。”李侠民两道浓眉挑了一下，眼睛也睁大了不少。他刚想开口说什么，又像想起了什么，转身叮嘱阿牛：“阿牛，明天就是开学日，你早点回房收拾准备吧。”

“嗯，那我先走了。”阿牛猜李家兄弟肯定还有事要商量，赶紧起身告辞。

“对了，阿牛，这本杂志我还有用。”

“噢，差点忘了。”经李侠民提醒，阿牛才想起《解放》杂志一直在自己的手上，马上将其平整地放在了桌上。

阿牛离开书房没多远，隐约听到身后李侠民忧心忡忡地说：“三弟，建造抗战将士纪念碑现在缺口还不小，你有没有好办法？”

阿牛一愣，这事县长不早就安排了吗？怎么还没有办成？出于好奇，他干脆猫腰贴着窗户悄悄蹲下，竖起双耳听书房传来的兄弟俩对话。

“二哥，父亲只是发动乡绅捐资，可现在大家过得都不容易，刚才路上我还听说叶家钱庄也倒了。唉——”李健民的叹气声仿佛让四周的空气都变得压抑起来。

“上海被日军占领后，无论是钱庄还是工业，都受到了重创。如果没有资金，这事还得往后拖。”

“二哥，此事是纪念为国捐躯的英灵，我觉得尝试以镇海县抗日自卫委员会的名义发动全县人民来参与捐资，并让共产党员带个头，这样不但扩大了资金来源，也可以成为一次宣传抗日爱国思想、凝聚民众力量的契机，更可以提升抗日自卫委员会的影响力。”

短暂沉默后，李侠民终于对这个建议表态道：“我看行，那就试试看。”

蹲在地上的阿牛眼珠一转，像是打定了什么主意，然后起身蹑手蹑脚离开了书房。

四

1939年清明节前一天，在李侠民等人的努力下，由江志航县长题写“抗战阵亡将士纪念碑”的纪念碑终于耸立在县政府前。望着用梅园石雕凿成的四米高抗战纪念碑，李侠民终于舒了口气。不过随着这桩难事的办成，李侠民下定决心全力去处理另一件烦心事。

李侠民的烦心事与阿牛有关，并不是因为原先提过的夜课阿牛一堂也没来，而是据柯老师反映，阿牛新学期刚开始，不光没了学习的劲头，还旷课，甚至提出要休学半年去学打铁技术。不但柯老师重提“朽木不可雕也”的老调，连父亲李琯卿也连连摇头叹息，说阿牛这孩子玩心太重，看来还真不是读书的料。那天晚上李侠民与深夜才回家的阿牛谈过一次心，可效果并不是很理想。阿牛不但听不进自己的劝，而且一口咬定说将来要继承祖业，既然现在有这么好的拜师学艺机会，一定要抓紧时间把技术学得更好。李侠民听了不但不恼火，相反心里还有点儿感动，毕竟阿牛这个想法，于他个人来说是不忘本的孝心，于国家来说也算是振兴工业信心的好事。也正因为有这样的想法，当阿牛保证一旦抗战阵亡将士纪念碑建成，就不再去学打铁，而是重返学校好好学习时，事务缠身的李侠民觉得，即便阿牛暂时学习跟不上，日后也完全可以补上。所以看着一脸困意的阿牛央求的眼神，李侠民心一软，点头认同了对方的想法。

立碑仪式结束后，李侠民并没有急着去找阿牛，而是来到了县抗日自卫委员会。有人告诉李侠民，说这次给纪念碑的募捐中，有数笔捐资无法落实捐赠人。李侠民听了甚是奇怪，捐赠人怎么可能会落实不到，难不成钱从天上掉下来？进了委员会财会室，工作人员听说李侠民是来询问此事的，就争相介绍起这桩怪事。原来这几个月来，每月底办公室门口都会收到一个黄草纸包，里面有厚厚一沓小面额的钱。大家也想找到这个热心捐款人，可一直没成功。李侠民知道这次民众的捐赠热情很高，可没想到还有这样刻意不留名的捐款人。他推测小面额钱应该来自普通老百姓，估计是每月积攒下的辛苦钱。也由此，李侠民对“依靠工农群众、团结一切可以团结的人”有了新的认识，于是请财会人员继续留心，发动更多人努力找到这个捐款人。

办完事后，李侠民就匆匆骑车回家。快到家时，远远看到有个人坐在门口台阶上，垂着的脑袋几乎埋进了两腿间。来到跟前，李侠民才看清这人竟然是阿牛。阿牛这半年和自己一样早出晚归，有时甚至比自己还要勤快，自上次谈话后，两人还没碰过面。李侠民不明白阿牛为什么垂头丧气地坐在门口，是因为父亲对他的责骂而赌气？不过这可能性很小，父亲虽然对阿牛学习态度不满意，但很同情阿牛的身世，更高度认可阿牛吃苦耐劳的精神。父亲甚至一度自责是自己误了阿牛的前程，若当初没有答应阿牛去学打铁，哪至于造成目前的“恶果”。李侠民蓦地心一惊，难不成这家伙尝到打铁的小甜头后一发不可收，特地来和自己告别的？也许是听到了动静，阿牛抬头一看是李侠民，赶紧起身打招呼：“侠民叔。”

对方的神情让李侠民放下心来，认为自己的两种猜测应该都不对。他下车打量一番越发结实的阿牛，扶着车把问道：“阿牛，怎么了？”

“侠民叔，能不能帮我补下课，我明天想去上学。”

李侠民虽然要的就是这样的结果，但觉得不能这么爽快答应阿牛，得给他一个教训，不然以后这种老毛病再犯如何收拾。想到这里，他拉下脸极不乐意地说道：“学校又不是想进就进，想不去就不去的地方。”

“侠民叔，我不是说纪念碑落成后就去上学吗？”

对于阿牛不知错地倒过来责问的态度，李侠民顿时气不打一处来：“你以为学校是公园啊，想去就去，想走就走？如果你过几天想下海摸螺，是不是又可以不去学校？”

阿牛急得上前拉住李侠民的衣袖：“侠民叔，我保证以后一定会好好学习，不再分心。”

望着黑黝黝脸皮上两颗明亮清澈的眼睛，李侠民有点心动，但嘴上却依然带着呵责的口吻问道：“你凭什么让我相信你？”

“侠民叔，这半年来，我越发想要学习了。”

李侠民认为阿牛在胡编乱造，如果真想学习，难道一定要等到今天？也许因为真动气，所以口气越发严厉：“想学习还会不听劝坚持去打铁？我今天倒是要看看，你还想胡说什么？！”

阿牛一惊，虽然认识李侠民时间不长，且平时接触又少，但自从前年日军轰炸机把家炸毁后，作为孤儿的他一直把李家当作自己的家，把李侠民当作自己的亲人，现在这个亲人不但不答应帮自己，还连连责怪自己、怀疑自己。看来不该把这里当作自己的家，更不该把侠民叔当自己的亲人。阿牛抬手倔强地一抹眼角涌出的泪水，紧抿嘴唇，转身就向外跑去。

李侠民一愣，想叫阿牛回来，可刚抬手张嘴，还是放下了手。他认为阿牛今天从门外拦截自己，到提要求想复学，全过程都是极其的自我，根本没有认识到自己的错。既然如此，断不能惯坏了阿牛，如果现在还无原则、无规矩，日后反而会有更多的麻烦。所以，望着阿牛渐远的身影，李侠民还是心一硬，扭头转身推车进了家。

吃晚饭时，李侠民发现阿牛还是没回来。好在除了自己在关注阿牛外，其他人都没注意这个孩子在不在，也许是这半年阿牛早出晚归，谁也没想到还有个人要吃饭。临睡前，李侠民特意走到阿牛房间外，见屋内一片黑，就顺手推开了房门。借着月光往里一瞧，房内空无一人。李侠民开始担心起这头“小倔牛”，毕竟阿牛是个无依无靠的孩子。可在关门那一刻，李侠民想起这些日子阿牛每天在打铁，猜测今夜应该就在范记打铁铺落脚，也就放心地摇了摇头回去睡了，想等明天跟父亲扫墓后再去找阿牛。

次日天还没亮，李侠民就被用人叫醒了，说是龙山守墓人有急事要见他，现就在门口等。睡眼惺忪的李侠民听后越发发蒙，龙山守墓人这个时候找自己干吗？自家祖坟都在江的南边，龙山墓地找我会有啥事？穿好外衣推门那一刻，李侠民突然想起不光阿牛的阿爷和阿爸都葬在龙山，连阿牛阿妈的衣冠冢也安在那里。该不会阿牛做了过激行为吧？这一想，李侠民一个激灵，人瞬间清醒过来，甩开双臂向外跑去。

守墓人认得当初好心帮阿牛处理家人后事的李侠民，所以李

四

侠民刚迈出大门，一直不停来回踱步且喃喃自语的守墓人就像是溺水者看到木板，急步迎了上来，边绞着双手，边口齿不清地说道：“二少爷，阿牛他……”

“阿牛怎么了？”李侠民一急，一把攥住了守墓人的手臂。

“哎哟，二少爷，轻点。”

李侠民这才发现自己用力过了，赶紧松开手急切地追问：“阿牛怎么了？慢慢说。”

守墓人叹了口气，双手比画着说道：“阿牛昨天晚上来找我，说今后想跟我一起守墓地，我觉得年纪轻轻不能干这活儿，就劝他回去。原以为他连夜回了您李家，没想到半夜墓地有动静，我闻声过去一看，这小子居然把他阿爷和阿爸墓边的地给弄平整了，活生生躺在那里，把我都吓了半死。”

听守墓人夸张表情下讲完这瘆人的故事，李侠民反而放下心来。虽然对阿牛又好气又好笑，但毕竟人是安全的，于是招呼一声“你等我”后，转身回了屋。

也许是惊动了家人，已起床的李琯卿站在院子问李侠民发生了什么事，李侠民就把昨天下午阿牛提出想复学到现在守墓人来报信的事大致说了一遍。李琯卿听后不但没有生气，反而劝起儿子：“看来阿牛的确是块好料，就看我们能不能引导好。你去把他带回来，扫墓祭祖你就别去了。”

有了父亲这句话，李侠民顾不得洗漱，推上自行车欲往外赶。蓦然想到守墓人赶夜路还没吃饭，阿牛肯定也是饿着肚子，于是又停好车溜进厨房，把盒子内的糕饼打成两个包。一包放进自己的公文包，一包出门给了守墓人，然后载着守墓人向龙山赶去。

路上，千恩万谢的守墓人告诉李侠民，说阿牛近半年来有点不对劲，每隔一个月就来墓地一趟，把身上带来的钱往家人墓前一摊，跪下磕完头带上钱就走。守墓人说他这辈子从来没见过有人把真钱当祭祀品，阿牛真是让他开了眼界。

一个月一次？钱？联想到昨天抗日自卫委员会工作人员说的无名捐赠人的事，再加上阿牛上次谈话保证抗战阵亡将士纪念碑建成，就不再打铁重回学校学习，李侠民心里一下子明白了。可越是搞明白，越对自己昨天下午鲁莽回绝阿牛的央求愧疚不已。

当李侠民满头大汗地赶到阿牛家人墓地前，天色已开始发白，天上的星星若隐若现，阿牛却仍蜷缩在空地上酣睡。守墓人上前拍醒阿牛，当阿牛翻身睁眼看到李侠民后，又赌气地扭过身继续装睡。

“想不想回去读书？”李侠民蹲下身问道。

阿牛动了一下，可旋即又无动于衷地不接话。见守墓人生气地伸手去拉阿牛，李侠民急忙一手挡住对方，摇着另一手示意别动。守墓人两颗眼珠不解地上下扫动，觉得今年清明眼前一蹲一卧的两个活人，似乎要比埋在坟地的死人更为诡异。李侠民则没再理会守墓人，继续轻声问阿牛：“你还没看过抗战阵亡将士纪念碑吧？我现在就带你去看看。”

阿牛虽然还是紧闭双眼，但泪水早已涌出眼眶。李侠民掏出手绢，边替阿牛擦眼泪，边说：“纪念碑有你的功劳，有你的心血，你该去看看。”

话音刚落，阿牛像是受了极大的委屈，抽搐着哭出了声。

“好阿牛，是我不好，我错怪你了。”

“噌”的一声，阿牛猛然坐了起来，把守墓人吓得跌坐在地上。他惊魂不定地看着阿牛扭身趴在李侠民身上放声大哭起来。李侠民搂着阿牛轻轻拍打对方的肩膀，他知道这个时候不需要言语，这种肢体语言能传递一切，能消除一切误解和隔阂……

又一个暑假到了，阿牛再次用实力让柯老师改变了对自己的看法。不但李侠民惊喜不已，连李琯卿得知情况后也暗暗称奇，他实在想不到一个学生荒废半年后，不但能跟上学习进度，还能取得如此优秀的成绩，而这一切还是在阿牛坚持每天参加夜校的前提下。

放假第一天，阿牛本想白天还去范师傅那里打铁，可刚和李侠民提出想法，对方却把头摇得像拨浪鼓一样，随后问道："阿牛，你在铁铺还能学到新知识吗？"

阿牛也像李侠民一样摇了摇头。他想既然打出的各种农具卖出去评价不错，那就是已学到了这门打铁技术，即便自己还没有打过门环、泡钉、门插等物件，但那也不过只需精细打磨而已。

"阿牛，我们的生命是有限的，可需要做的事却很多。我们不应该停留在原地，也不应该做重复简单却对国家意义并不大的事，而是要想尽办法、竭尽全力多做对这个国家和这个民族有意义的事。"

如果早一年听这些话，阿牛不是听不懂就是觉得空洞无物，可自参加由李侠民发起的横河抗日救亡工作团后，阿牛每次听到这样的话都觉得血液在胸膛沸腾，他重重点了点头后，为自己的暑假无奈安排申辩："侠民叔，我也想制造工业用的容器，可镇海没有这样的厂。"

制造、工业、容器，这可都是当下的新名词，已完全超出打铁铺所能涵盖的概念。李侠民为阿牛思维上的快速成长而庆幸，人一旦视野得以开拓，必定会有更高的格局，也注定日后越发有为。李侠民指了指前面的凳子招呼：“阿牛，坐下说。”

阿牛猜测李侠民已对自己的暑假有了安排，于是隔着桌子和李侠民面对面坐了下来，单手老成地托着下巴，静等对方开口。

“阿牛，中国现在虽然工业很落后，但急需的不是工业振兴，而是思想上的觉悟。”

阿牛并不认可李侠民的观点，他想起学打铁前李琯卿曾说过的话，于是松开托下巴的手引用道：“侠民叔，中国现在军事实力弱，就是工业生产能力不行。如果我们一再器不如人，那就没办法打败日本鬼子呀。我觉得想打赢这场正义保卫战，赶走日本鬼子，必须让中国的工业强起来，这也就需要我们每个人尽最大能力去参与中国的工业振兴。”

李侠民颇为意外，没想到阿牛会反驳自己，虽然没有直接否定自己的观点，但却已间接阐述他的想法才是对的。他忍不住笑着夸道：“阿牛，没想到你这两年进步这么大，很有思想。”

阿牛反而被夸得有点不好意思，脸一红，刚想说明这些都是李会长教的，可还没开口，李侠民已抢先问道：“你应该知道中日平型关和台儿庄这两场战役吧？”

阿牛猜想侠民叔会用这两个胜仗来佐证思想觉悟的重要性，只是在对方还没有进一步解说前，自己只能简单回应提问，所以只是点头应了一声：“嗯。”

“这两次胜仗我们用的是一样的武器，却打败了日本，就因为我们能够团结一心。”

“噢。”阿牛觉得这样的解释实在牵强，可又不好意思顶撞，只能眼神闪烁地又应了一声。

李侠民自然看得懂阿牛的心思，就盯着对方笑着鼓励：“如果觉得我有说得不对的地方，要敢说出来争论。”

见阿牛欲言又止，李侠民只能继续笑着说道：“早在两千年前，西汉的贾山就提出过广开言路能使国家变得强大的论断。我刚才所说的思想觉悟，其实就是让各方在沟通中让思想升华，并最后达到口号一致，行动一致，目标一致。这样我们民族就不会像一盘散沙，而是凝聚成一道坚不可摧的城墙。”

李侠民在说最后一句话时，猛地拍了一下桌子。好在阿牛习惯了侠民叔等人在激动时的行为举止，只见他平静地眨了一下眼皮，开始说出自己的想法：“侠民叔，我觉得你说得都没错，但我更觉得乘现在日本还没有对镇海发动侵略，我们应该抓住机会想办法搞好工业生产。”

“你的想法非常好！”李侠民肯定阿牛后，道明了之前紧张工作的原因，“淞沪会战前，我们抓紧时间内迁上海和长江下游工厂与物资，其实就是避免工业在战争中毁于一旦。现可以证明当时的决策完全正确，这为中国这两年坚持抗战起到巨大作用。”

“嗯，对。”阿牛这次应声后又加了肯定词，这些话不但当初听李琯卿说过，而且事实也证明这样做是对的。

“但从历时四个半月惨烈卓绝的武汉保卫战失败后，我们就暴露出致命的问题。”

阿牛只是在学校听柯老师痛心疾首地讲过武汉保卫战的失败，可没听到有什么问题，更不用说是致命问题。于是顺着话题好奇地追问：“侠民叔，是什么问题？”

“思想觉悟，我们无法统一起思想！”李侠民说到这里停顿了一下，打开桌前的地图，比画上面图形说道，“你看，国民党名义上是统一了中国，可实际上内部派系林立，加上国民党军队目前丧失了抗战初期的锐气，这就让正面战场有着大溃败的风险。”

由于在学校学过怎么看地图，所以面对这张标有不同人名的地图，阿牛心里暗惊了一下，强咽了一下口水，终究还是没有说话。

“现在，随着我军和日军进入相持阶段，加上国民党政府至今还是没对日本宣战，日本已改变侵华方针。他们不但对国民党政府制定以政治诱降为主、以军事打击为辅的方案，更开始集中力量对付中国共产党领导的敌后战场。宁波地理位置非常重要，镇海更是被誉为‘浙东门户’，我们要做好守卫镇海的思想和心理准备，能不能打赢这场战争，就看我们所有人能不能团结一心。只有所有人懂得全民族抗日救亡的意义，才知道自己应该要做什么，并能知道应该怎么去做好。”

即便李侠民话中没有点明，阿牛还是听懂要发挥县抗日自卫委员会的作用，努力把各方力量统一起来。于是阿牛神情凝重地请示：“侠民叔，我听明白了。那我接下来该做些什么？”

正如阿牛入座时的猜想，李侠民其实早就对阿牛的假期有了安排。只见他合上地图，随手抽出一沓纸，说：“阿牛，我们已决定编印《战时镇海》和《镇海儿童》，这几天就会印刷出来。现在人手很紧缺，我想让你帮我们尽快把这两本刊物发放到全县各乡镇和学校去。”

发放全县各乡镇而且要快？阿牛马上想到了自行车，可转念一想，当时给县长送信是因为侠民叔在延安，自行车是闲着没有用。现在侠民叔回来了，而且他也时常忙得要到处跑，没有自行车怎么行？考虑到各乡镇和学校交通不便，何况刊物重行走更加不便，阿牛探问：“侠民叔，要求多少天内送完？”

“你骑我自行车送刊物，五天内全送完，这任务还是比较辛苦的。”李侠民特意补充强调了一句。

阿牛听了又喜又忧，喜的是又可以骑自行车了，忧的是要五天骑遍全县，这时间要求的确有点紧张。阿牛担心的不是辛苦，而是一旦半路自行车发生轮胎漏气或断链条，那就有可能完不成任务。不过他现在想不了太多，毕竟骑自行车的乐趣能驱散所有的不快或忧虑。所以他愉快地表态：“侠民叔，我是横河抗日救亡工作团成员，辛苦算什么，我保证完成任务。”

“那就这样说定了。”李侠民快言快语结束了此次的会谈。虽然他清楚今天还没有说服阿牛，但李侠民知道对阿牛强灌理念或观点只会起反作用，倒不如让阿牛在实际工作中去体会，这样反而会更理解并拥护中国共产党切合实际的政策与方针。

一周后，随着第一期《战时镇海》编印完成，阿牛开始骑上自行车，把挂在后座上的两袋沉甸甸的刊物一一送往各乡镇和学校。起初，李侠民还担心阿牛能不能顺利完成任务，可第五天中午刚过，阿牛就骑车返回，说所有的刊物已送完。一问，原来阿牛提前将镇海全县按江南和江北规划骑行线路，两条路线不但避免了重复骑行，还设了中间过夜点。每当到这个过夜点，就在乡政府会议室和衣睡上一晚，第二天再接着向下一站行进。李侠民没想到阿牛如此机灵，也就更加放心把这两份刊物交给阿牛发放。

完成首期《战时镇海》和《镇海儿童》发放任务后，阿牛发现家里来了不少陌生人。有时他们在书房围着一人听他读一本书；有时一帮人拿着本子对话，就像自己曾在学校背诵不出课文需偷看一眼；有时这些人聚在院子里，一起在某个人指挥下高声合唱。阿牛跟了一段时间后才明白，大家一起学的是马列著作。虽然刚开始听起来晦涩难懂，但听着听着也有了些感悟，似乎书本说的就是与自己有关的事，告诉自己该怎么做，每段话总能扣人心弦，点燃心中的豪情。暑假快结束前，李侠民给大家读起了阿牛早就想学的《论持久战》。听了一些内容后，阿牛蓦然想起了李琯卿会长曾和自己的一次谈话。对，当初李会长只是说中国不可能一两年把日本鬼子赶走，但为什么会这样却没讲明。而毛泽东主席的这篇演讲稿却说得清清楚楚，正如侠民叔所说，《论持久战》论证了抗战的发展规律，阐明了争取抗战胜利的道路。不但有力批判了中国国民党内部分人的“中国必亡论”和“中国速胜论”的错误认识，也指出了中国共产党内部分人轻视游击战的错误倾向，坚定了中国人民争取抗战胜利的信心。

这个暑假，让原本怕上音乐课的阿牛喜欢上了唱歌，这里所唱的歌和学校不同，似乎人人都在激昂旋律中饱满深情地，或表达愤慨，或宣泄情感。就像是自己打铁时高举起主锤向下砸的那一刻，已积攒起全身向下不可遏制的爆发力。至于那些人集体“背课本”，阿牛从抵触到爱好的过程完全是因为对话太精彩，也终于明白了大家是在准备演话剧。阿牛觉得话剧有点类似郑爷的说书，只不过后者是一人讲，前者是多人表演，而且还添加了道具，使演出场景不再单调乏味，更加引人入胜。也因为喜欢，所以阿牛即便开学，也会抓紧时间完成作业，争取晚上为李侠民新成立的海鹰剧团和海燕歌咏团在横河乡政府前广场演出时打个下手。

一次《乱钟》公演，表演沈阳东北大学在宿舍内念英文学生的演员因家有急事需要晚点到场，看到现场正在帮忙搬道具的阿牛，李侠民临时决定让阿牛顶上。当听完李侠民的决定，阿牛为能在乡亲们面前露脸而兴奋不已。可得知是表演念英文学生时，他顿时畏惧了，别说是念英文，他连听英文的机会都只有近期《乱钟》的排练，更何况自己从没留意这个念英文的演员，毕竟他在这场戏中就念几句，还是混在两个同样演学生的读报声中。在闹腾的现场布景中，阿牛提出要和读报的演员对换，说是自己是中国人，永远不想学说英文。李侠民听完理由后，顿时被气乐了，问："阿牛，你是不是想把中国工业搞好？"

阿牛一愣，李侠民怎么把话剧演出和工业搞在一起了？但头还是情不自禁地点了一下："是呀。"

"中国的工业能和西方的工业比吗？"

阿牛还不明白李侠民为什么要拿中国的工业和西方的工业比，只是这次答复对方不是点头，而是摇头："不能。"

"如果我们不懂英文，能学到他们的技术吗？"

阿牛这下明白了，只好直接道出困难："侠民叔，可我一句英文也不会，上台我怎么办？"

李侠民想了想，说："我教你一句话，上台后你反复说就行。"

"嗯。"阿牛也觉得这是个好办法，一下子有了信心。

"Manufacturing can help us resist Japan and save the nation."

阿牛听得云里雾里，实在是拗口。好在他记忆好，李侠民教过四次后，他居然用中文默记下了发音："买内饭吃泪开恩好炮丝叫盼恩爱得内旬。"

“行，就这样。”听了对方毫无节律的发音，李侠民觉得也只能这样，于是说完又去忙其他事了。

虽然阿牛这次上台不到五分钟，可浑水摸鱼式的沉稳表演还是赢得了大家的肯定。乡长等演出结束后，还特意问阿牛什么时候学会的英文，说日后要请阿牛翻译一些东西。不但海鹰剧团成员笑翻了，阿牛更是羞得抬不起头。

回家路上，阿牛终于找到机会向李侠民讨教：“侠民叔，今天你教我的这句英文啥意思？”

李侠民突然止住了脚步，仰望着正从蝉翼般透明的云里钻出来的那轮银盘似的明月，说：“制造工业可以帮助我们抵抗日本，救我们国家。”

联想到演出前的对话，阿牛自然明白对方的用意，喃喃说道：“中国的制造工业一定会强大起来。”

李侠民觉得阿牛的话和天色很应景，低头看着闪着银色清辉的阿牛的脸，抿紧嘴唇抬手拍了拍对方，阿牛会意地笑了。两人重新迈步后，阿牛又央求道：“侠民叔，以后你能不能教我学英文？”

李侠民挠了挠头皮，笑道：“我可只会几句，今天这句话是我在延安时听马海德说的。”

“中国人说外国话？”

“呵呵，马海德不是中国人，是美国医学博士乔治·海德姆取的中国名字，他不但加入了中国共产党，还是中央军委卫生部顾问。他在给陕北老乡看病时，还能讲陕北话。”

“侠民叔，外国也有好人？他们愿意帮我们？”

“不是所有外国人都是坏人，而且有很多国家的友人不计名利地在帮助我们。”

“侠民叔，我一定要想办法学好英文。”

李侠民扭过头睥了一眼阿牛，觉得现在得给阿牛一个学英语的平台，就像父亲曾介绍阿牛到打铁铺学打铁一样。

一眨眼，学校又进入了寒假。这天早上，阿牛正在房间学习李侠民刚抄来的《上海战争》剧本。现在，阿牛已背熟《保卫卢沟桥》《塞上风云》《国家至上》《台儿庄》《一年间》《我们的家乡》多部剧本，随时可以替代他人上台演出。当他为《上海战争》彰显出的中华儿女面对日寇侵略杀戮，不屈不挠求生存、谋解放的坚定信念而热泪盈眶时，突然有人敲响了门。只见李侠民推开门没有进来，而是招手催促："阿牛，快跟我出门。"

“噢。”阿牛赶紧放下手中剧本，用布巾擦去眼角的泪水，利索地拎上挂在衣架上的外套，边穿边疾步跟着李侠民向外走去。刚迈出大门，只见一辆摇下前后车窗的小车停在街上，李健民坐在前排和司机正说着话。

“上车！”李侠民拉开后车门示意阿牛先进车厢。

阿牛第一次坐小车，笨手笨脚地钻进车厢坐在司机后面。看李侠民上车关好车门，李健民边摇车窗边说："张师傅，可以走了。"

“好。”司机张师傅回过头和李侠民点头打过招呼后，点火启动了小车。

车一下灌进了冷风，李侠民摇上了车窗。看着车窗外不断闪过的物与人，阿牛按捺住狂喜的内心，表情平静地问道："侠民叔，我们去哪儿？"

“去见‘大王’。”

李侠民话音刚落，前排的李健民和张师傅都乐了。李健民笑着补充道：“没错，方老板就是‘大王’。”

阿牛扭过头求证：“侠民叔，是带我去见‘国货大王’方液仙老板？”

“嗯。”李侠民只是简单应了一声，没做解释，似乎有什么心事。

对于声名显赫的方液仙，阿牛记忆还是很深的，除了在《战时镇海》里面读到过，更是因为阿爷和阿爸去世前接的活儿就是方老板定制的蒸馏锅。只是阿牛不明白，为什么侠民叔要带自己去见这个“国货大王”，即便当年家里接活时，出面谈的也不过是方老板的伙计。就在阿牛不解今天的行程目的时，李侠民开口问道：“阿牛，坐小车感觉怎么样？”

“又舒服又快。”对于另开的话题，阿牛还是极有兴致，而且猜侠民叔接下来会讲点知识。

“阿牛，这是美国产的‘福特’牌小汽车……”

阿牛蓦然想起李会长之前曾说过中国连汽车也造不出一辆，不知两年过去了，中国现在有没有能力造小车。于是刚放松身体往后靠在座椅上的他又直起上身，打断了李侠民：“侠民叔，我们中国能生产吗？”

“唉——”李侠民叹气后摇了摇头，“我们还没有这个能力。”

阿牛又追问：“那世界上有哪些国家可以生产小汽车？”

“这……”李侠民一下子被问住了，拍了拍前面的座椅，“三弟，你知道吗？”

李健民只好侧过身，边想边掰手指：“美国、法国、英国、德国，嗯，好像只听说这些国家有。”

“还有苏联、加拿大、捷克、比利时，不过这四个国家产量少。我们中国开的大都是美国的福特和雪佛兰及法国的雪铁龙和莱纳脱。”张师傅插话补充后，右手脱离方向盘，指着李健民的方向说道，“对了，法国车方向盘在右边，开惯了美国车，一时还不会开法国车。”

等张师傅话音一落，李侠民赶紧把话题转到正题上：“阿牛，这下你该更清楚学习英文的重要性了吧？”

“不。”

见阿牛摇头否定，李侠民暗自奇怪，还没等他反应过来，只听阿牛又说道：“侠民叔，我认为不光是英文，所有外文都值得学，只有这样我们才能学到更多的先进知识。”

“好，有志向！”不等李侠民接话，李健民先扭过头夸起了阿牛。

“说得不错。”李侠民肯定后，终于说起今天行程的目的，“阿牛，方老板看了我们编的《战时镇海》后，非常认可。今天特安排张师傅接我们过去，他想把每一期的《战时镇海》译成英文赠送在上海的洋人。”

原来侠民叔是想让自己在参与翻译的过程中学好英文，阿牛马上表态：“谢谢侠民叔，我一定会抓住这个机会学好英文。”

“希望方老板能收下你。”李侠民发现自己说没提前和方老板打招呼后，阿牛那明亮的眼神黯然许多，他只好佯装没看见，伸着脖子问张师傅：“张师傅，现在上海是美国车多还是法国车多？”

“哎呀，这我倒是不太清楚。不过身边司机大多是开美国车。”张师傅挠着头皮说到这里，又饶有兴致地加了一句，“我们真希望有一天能开上中国自己生产的小车。”

李侠民像是回应张师傅，又像是在自言自语：“相信这一天不会太远。”

“二哥，你看，下雪了。”

阿牛抢先接了一句：“瑞雪兆丰年。”

“好，瑞雪兆丰年，但愿中国越来越好！”望着车窗外飘落的零星雪花，李侠民若有所思。

当方液仙和李家兄弟谈妥《战时镇海》翻译与编印发放工作后，李侠民这才把阿牛叫到前面介绍给了方液仙：“方理事，请允许我给您介绍一下，他就是原镇海城关‘李记铁铺’的李阿牛。”

方液仙一直以为黑瘦精干的阿牛是李侠民的跟班，还一度奇怪李侠民怎么找了一个半大的孩子帮忙。听完介绍，方液仙马上想起当年打蒸馏锅的事，盯着阿牛问道：“你就是李大贵的儿子？”

三年多来，阿牛第一次听到有人提阿爸的名字，眼一红，点头回应：“方老板，我就是李大贵的儿子，叫李阿牛。”

方液仙点了一下头，旋即掉过头对李侠民表态：“谢谢你把他带来，这孩子我愿意抚养。”

李侠民啼笑皆非，没料到方液仙以为自己是请他抚养阿牛，于是赶紧说明带阿牛的来意：“方理事，您误解了。阿牛这几年就住在我们家，现还在上学。这次带他来是想趁翻译《战时镇海》的好机会，让他学习学习英文。”

“哦？”方液仙扭身回头重新打量一番阿牛，问，“你想学英文？”

“希望方老板能给我机会。”阿牛不亢不卑地说完后深深鞠了一躬。

李侠民也在一旁帮腔：“方理事，别看阿牛年龄不大，首期的《战时镇海》全县送刊任务都是他独自完成的。”

方液仙拿起茶几上的酒杯，边摇杯中红酒边问：“如果在我这里学英文，那学校怎么上学？”

“阿牛天资聪明，家父也同意先学英文，日后再补学校课程。对了，方理事，阿牛自从知道中国工业不如西方后，就想要学好英文，待日后有机会为中国工业发展出力。”

得知这是李琯卿的决定，方液仙本就要卖这个面子，现在听了李侠民对阿牛志向的介绍，自然顺水推舟点头肯定：“难得这个年纪有这样的想法。”

“谢谢方老板的肯定。”阿牛适时大大方方又鞠了一躬。

“那就后天晚上到宁波轮船码头，跟我一起去上海吧。”

见方液仙快言快语说完端着酒杯起身，李家兄弟也赶紧端起各自面前的酒杯起身。听着三个酒杯相碰所发出的清脆声，阿牛感觉就像是鞭炮声，只是更加悦耳，更加喜庆。

道别方老板后，李侠民一行坐上车向横河返程。阿牛突然发现有道光照进车厢，俯身向外望去，不知什么时候雪已停，此时的天空没有一丝浮絮，湛蓝得让人心旷神怡……

五

伴随着海关大楼悠扬的钟声，天渐渐放亮，沉静一夜的码头也因为轮船的到来，瞬间鲜活起来。几个行李简单的船客冲下船板就向外小跑起来，也有挑箩夹担的嘴里嚷嚷着借光，不时灵巧地从人群空隙处穿过，脚不着地似的冲向前。出口处被木栅栏拦住的接客人群，纷纷踮起脚尖，迎着凛冽江风伸着脖子努力从人群中寻找自己要等的人。惊喜招呼声、呵斥吵骂声、生意买卖声、揽活呼叫声不断充斥双耳，这里既有石骨铁硬的宁波话，也有轻巧软糯的上海方言，偶尔还夹杂着几句洋文。

一直等出了上海十六铺码头，阿牛仍觉得这三天就像是一场梦，一场让自己不敢相信的美梦。但眼前的景物毫无疑问地告知自己，这一切都是真实的。阿牛暗暗提醒自己，一定要记住侠民叔的话，不但人要勤，嘴也要甜，抓住机会努力学到更多的知识。

方液仙把阿牛带到一所公馆内，这里是美国人阿乐满的住所，也是他的日常工作场地。公馆内的壁炉烧得房间很暖和，阿牛也学方液仙脱了外套交给一旁的用人。虽然方液仙聘请了两名美国人为董事，但由于安迪生临时去了南洋，方液仙自然就把翻译《战时镇海》的工作委托给了阿乐满，并让阿乐满教阿牛学英文。阿乐满似乎很乐意帮做这两件事，不但一口答应下来，且爽快提出让阿牛就住在公馆。

阿牛以前在镇海也见过洋人，但这么近距离接触还是第一次，而且还和对方拉了手。好在李侠民提前教了阿牛与洋人交往的礼节，所以阿牛给阿乐满的印象较好，不像以前交往的那些中国孩子，见自己要么满脸的惊恐，要么一脸的麻木，不像眼前这个落落大方且体格强壮的男孩。

阿牛对阿乐满印象也挺好，对方白皙的脸庞棱角分明，深眼窝下那对眼珠就像一对蓝宝石，闪烁着智慧的光彩。阿乐满不但双眉浓密，且鼻梁高挺，使本就身材高大的他看上去更威猛。通过两天的交流，阿牛知道阿乐满来中国已有二十四年，当初还只是美国驻中国公使馆翻译学生的他，现在除了担任过万国商团美国骑兵队的队长，还是上海扶轮社的社长。

这天，阿牛整理完阿乐满的《战时镇海》翻译稿，正准备送往方液仙处，不承想门房来报，说方老板来了。阿乐满听后推椅起身走出书房相迎，阿牛也就捧上翻译稿跟在后面。

到客厅入座后，方液仙简明说了来意。原来方液仙去年又新开了一家设备最新、规模较大的化工厂，不但可以制造肥皂，还可以生产甘油、薄荷素油等。由于负责经办商标的职员大意，未发现英商中国肥皂公司注册了“剪刀”商标，结果在向商标局申请注册“剪刀”商标时，被当场驳回。为了不影响前期的宣传工作，方液仙亲自登门向中国肥皂公司董事长托拉斯解释冒牌并非本意，希望对方能转让此商标。可托拉斯却提出另一方案，即以特价供应甘油为条件，让方液仙放弃生产肥皂，并允诺承担一切投资费用所带来的损失。

阿乐满听明白了，叉开修长的拇指和食指，托着下巴向方液仙确认："托拉斯先生确定不同意转让商标？"

"是。"方液仙一脸无奈地点了点头。

阿乐满双手一摊："那就没办法了，这是游戏规则，中国人不也有句'先下手为强'嘛。"

"可我们前期市场调研和宣传推广时，一直使用'剪刀'牌，而且现在用过我们生产的肥皂的顾客，都非常认可质量。"

对于方液仙的强调，阿乐满耸了耸肩，并摇头表示不认可这种解释后，又竖起食指说道："如果方老板坚持想用'剪刀'牌，那还有一种可能性。"

方液仙眼睛一亮，倾过上身讨教："社长先生有什么高见？"

"让托拉斯先生同意你使用'剪刀'牌，但生产厂商标明用英商中国肥皂公司，也就是贴对方公司的牌。"

阿牛发现方液仙听到这里，收回上身往椅背一靠，双肩耷拉，虽然像是被泄了气，但语气很坚决："这断不可能，我投资建厂就是要打中国品牌。中国工业落后，化学工业实为当今切要之际，绝无退路可言。"

一句"绝无退路可言"让阿牛想起了话剧中的抗日台词，而感动之下又突然冒出一个念头，于是大胆开口建议："方老板，您看剪刀的剪是否可以改成弓箭的箭？"

不等方液仙表态，阿乐满以中国通的身份抢先否定："不行，中文没有'箭刀'这个词。"

方液仙却垂下眼帘思忖片刻后说："这倒也是一种办法，读音一样，反正国人还有许多人不识字，传播的只是我们中化社生产的‘剪刀’牌肥皂，用箭刀应该可行，虽不能说是称心如意，但好歹也算是补偏救弊的妙招。”

没想到阿乐满突然也点着头迎合：“这倒也是，剪刀用于肥皂品牌本就不伦不类，还不如新造个词。”

一个觉得可行，一个从反对到肯定，阿牛情绪高涨起来，转过脸问阿乐满：“先生有没有听说过箭刀草？”

“箭刀草？”阿乐满虽然喜欢花草，但从来没听说过箭刀草。

“箭刀草是一种中药材名。”

阿牛话音刚落，方液仙已兴奋地比画着手说道：“之前调研时，家庭主妇希望我们生产肥皂做到‘三不’，即‘不缩布料、不易变形、不伤皮肤’。箭刀草不但可以除湿，还有止痛功效，用这个牌子不就代表不伤皮肤吗？太好了，我回去就通知改用‘箭刀’商标。”

“祝方老板新国货再获追捧。”阿乐满说完，努嘴示意阿牛把翻译稿递给方液仙。

阿牛刚上前，突然客厅走进一人，阿牛见来人顿时就脸红了。那是个年轻的洋女人，衣领开口很低，有些暴露，让人不敢抬头。只见那女人进门后，冲方液仙点了个头，旋即对阿乐满说了几句洋文。由于阿牛英文才学了十多天，只能在连猜带蒙中，大概听懂了上周才从美国来的露丝要阿乐满陪着去香港。

方液仙对洋装早已见怪不怪，但看到阿牛尴尬的表情后，决定今天就带阿牛离开这里。这不仅仅是对托付的李侠民负责，更是对这个反应机敏的阿牛有呵护并培养的责任。于是在心照不宣的一阵寒暄后，方液仙留下翻译费带走了阿牛和翻译稿。

上车后不久，方液仙看了一眼阿牛，好奇地问起刚才不解的问题："你以前学过中医？"

"没有。"

"那你怎么知道箭刀草？"方液仙越发不解与好奇。

"以前邻居说书时听到的。"

方液仙饶有兴致地问道："想不想学中医？"

阿牛记得郑爷说书中扁鹊和华佗最后的结局都很不幸，加上已在李氏父子影响下决定学工业技术，自然把头摇得像拨浪鼓："不想。"

"为什么？"方液仙眼神中不经意滑过一丝遗憾。

阿牛不想说明原因，随口应了句："觉得没什么意思。"

方液仙挪了一下身子，一脸正色地说道："中医是中华民族最为耀眼的瑰宝，通过'望闻问切'四诊合参的方法，运用药材、针灸、推拿、拔罐等手段，或让病人恢复健康，或让人保持阴阳调和。现在西方对病人的治疗方法对中医冲击很大，但这不一定是坏事，就像产品竞争，只会促使我们从西医中学习技术方法，从而更好地发挥中医的优势和疗效。而想做到这点，首先就是我们不能认为中医没意思、没用，更不能一弃了事，千年的中医文化可不能在我们手上断了！"

经方液仙这一说，阿牛红着脸认错并表态："方老板，我错了，如果有机会，我会学好中医。"

"你真想学？"

"我一定会好好学！"

"行，我知道了。"

在方液仙的亲自安排下，阿牛进入生产肥皂的第四厂学习。在这家中国规模最大的日化生产企业中，阿牛见识到远比家乡宁波三根半烟囱要强上好几倍的大型设备，并在营销部门接触到大量的外国人。他不但学会了更多的英语对话，还掌握了许多化工专业的英文术语。其间，方液仙还让阿牛参加了几场和英美商人的谈判。阿牛对这个一心打造国货、敢与洋货轻工产品相抗衡的领袖人物产生了仰慕之心，更体会到了办企业的不易。

与此同时，方老板每周去“清澜堂”调理时，都会带上阿牛。阿牛在名医世家赵烺彦问诊和开方时，学到了不少的中医知识。

虽然工厂看上去平稳运行，可局势一天比一天紧张。转眼到了 1940 年 3 月的最后一天，这天一早，阿牛到厂发现很多人围在一起热议，上前一听，居然是汪精卫于昨日在南京成立“中华民国国民政府”。又过了一个多月，传来汪精卫于 5 月 6 日经日本轮船登陆上海虹口码头的消息。据说，汪精卫按日本军部指定，入住于江湾重光堂的行馆。阿牛判断汪精卫来沪停留肯定有事。果然，12 日晚上，阿牛把新一期《镇海战时》翻译稿刚交到方液仙手上，门房急匆匆来报，说是傅筱庵来访。

傅筱庵？难道就是那个当了“上海特别市政府”伪市长的傅筱庵？阿牛还在想是不是该回避，只听方液仙极不耐烦地挥了挥手：“不见，就说我不在！”

“哎哟，传沅兄好大的架子，不但不接，还打算闭门拒客嘛。”

话音刚落，阿牛见会客厅外走来一位花甲老人，冬瓜脸，虽然架着一副圆圆的黑框眼镜，但还是无法遮盖镜后那对小眼睛冒出的奸诈、虚伪的眼神，而最让人一望生厌的是此人鼻下居然留了撮小胡子，怎么看都像个日本人或汉奸。来者明显不善，其身后还跟着三人，一人身材瘦小，身穿西服提着包。而另两人不但身材高大威猛，而且腰上挂枪，显然是傅筱庵的卫兵。

“傅市长来我这里有何事？我可正忙着呢。”方液仙仍然不动声色地坐在椅上。

傅筱庵似乎毫不在意对方变味的逐客令，大大咧咧往会客厅客座上一坐，打趣道：“我给你带来好消息，你不至于连杯茶也不上吧？”

方液仙只好无奈示意门房下去，吩咐用人进来送茶。一旁阿牛见状也鞠上一躬准备退下，不料方液仙却叫住了阿牛：“阿牛，你留在这里。”

“是！”阿牛应声后伫立在原地。

等用人送上茶，傅筱庵并没有端茶碗，而是转身接过拎包男子递上的水杯，拧开喝上一口后，才悠悠地责怪道：“传沅兄，你不光厂里没挂五色旗，居然这院子还插青天白日旗和红旗是啥意思？”

“我已安排人后天在各厂挂旗，到时候请傅市长来现场指导。”

傅筱庵没听出方液仙在揶揄，淡淡一笑：“这就对了，识时务者为俊杰嘛。”

方液仙狡黠一笑，像是刚想起一件事拍着脑门说道：“对了，我得告诉傅市长一下，我们公司已改为美商美联实业公司，各工厂届时挂的可不是五色旗，而是星条旗。”

傅筱庵一愣，把水杯向后递给拎包男子，抬手看了一下手表，看似漫不经心地道明了来意：“汪主席现就在上海，这几天我一直在他面前为你美言，汪主席已答应委任你当政府的实业部长。”

“哈哈，承蒙您厚爱，但我这人只会经商，不懂政治。”

“呵呵。”傅筱庵皮笑肉不笑地干笑了两声，犀利眼神依旧紧盯对方，“能经商就能从政，我以前不也是个商人吗？”

“日军未离中国国土，言和皆为汉奸。以前有很多人骂商人是奸商，现在我明白了，有的商人真的是奸。”

傅筱庵勃然大怒，猛地拍了一下桌子。两名卫兵迅速拔出手枪，并拉开了保险。方液仙贴身保镖陈浦生箭步挡在方液仙前面，手握腰间的手枪，一副随时拼命的样子。阿牛也不知哪儿来的勇气，居然上前叉开双手毫不犹豫用身体挡住了陈浦生，气氛陡然紧张得随时要爆炸。傅筱庵吁了口气，皱起眉头挥手示意卫兵退下。几个人刚各自回到原来的位置，只见一名日军军官不等门房通报就跑了进来，径直走到傅筱庵面前，递上一张纸就匆匆走了。傅筱庵扫了一眼笑了，抬起头笑眯眯地问方液仙：“传沆，日军刚执行完‘101 号作战协定’，知道是什么事吗？”

“我怎么知道。”说完，方液仙突然抬手指着日本军人消失的方向加重了语气，“但我可以肯定他们一直在干坏事！”

傅筱庵并不在意方液仙的情绪，拍着那张纸条说道：“我也是刚得知，日军今天空袭了重庆。你我都清楚，重庆是不可能扛住的，长则三个月，短则一个月……”

看对方那副为自己妙算如神的得意样，方液仙毫不客气地打断对方：“你连这都能笑出来，简直是人鬼不分！”

傅筱庵脸色一沉，明着威胁道：“传沆，我今天可是念同乡之情才屈尊来府上劝你。我们十分清楚你在中日两次上海冲突中干了什么，你不光在厂内及胶州路申园救助抗日伤员，还积极支持中共上海地下党组织领导的‘益友社’，甚至担任名誉理事，日军早将你列为惩治名单。你应该也清楚日本人的手段，这应该不用我再提醒你吧？！”

毫无惧色的方液仙反劝起傅筱庵：“我也念同乡之谊劝你一句，千万不要附逆投敌，历史一再证明，当汉奸绝无好下场！”

傅筱庵觉得没法再谈下去，起身气恼地指着方液仙呵斥：“传沆，你可别敬酒不吃吃罚酒。这步棋如果走错了，那可绝对没有后悔的机会！”

“我倒是想劝你好自为之，别再连下臭棋！”方液仙说完脸一沉，手一抬，“送客！”

“骑驴看唱本——你等着！”也不知是傅筱庵故意改了歇后语，还是气恼之下糊涂，反正他一跺脚，推椅起身，朝三名随从手一挥，“走！”

卫兵护送傅筱庵刚迈过会客厅的门槛，突然后面传来方液仙的声音：“起来！”

傅筱庵一愣，转身发现方液仙笔直站在椅前，正放声歌唱：“不愿做奴隶的人们……”

“你——”

不等傅筱庵再说下去，阿牛也跟着唱响了熟悉的《义勇军进行曲》，陈浦生见状也加入其中：“把我们的血肉，筑成我们新的长城……”

气急败坏的傅筱庵哭笑不得，手哆嗦着连指方液仙等三人，却说不出一句话来，只能又狠狠跺上一脚，转回身扬长而去。

全曲刚唱完，激昂的歌声还在客厅回荡，方液仙突然冲到傅筱庵坐过的椅子前，不等阿牛和陈浦生反应过来，只见他举起椅子狠狠地往地上一摔，红木椅应声断了一条腿。方液仙似乎还不解恨，踹上一脚后下令陈浦生：“把这把汉奸坐过的椅子给我拿到厨房马上烧了！”

“是，老板！”

陈浦生一只手拎上破椅，另一只手捡起断腿向厨房走去。阿牛不知如何劝方液仙，又不知道自己该干什么，只好眼巴巴地看着对方。好在方液仙重新坐下后恢复了平静，扭过头和蔼地问阿牛：“你刚才为什么要挡在陈浦生前面？”

阿牛想也没想，很自然地把当时心里的想法说了出来：“当时只有生哥安全了，您才会安全。”

“你不怕死？”方液仙虽然问得心平如镜，但内心颇为吃惊。

“怕。但我恨日本人，也恨汉奸。”

“嗯。”对于阿牛的坦率答复，方液仙应声后收回了眼神，并扭回头靠在椅背合眼思索片刻，等再次睁开眼，说出了对阿牛的新安排，“阿牛，现在上海也不安全，如果你还想学英文，我马上安排你去美国。”

方液仙的临时决定让阿牛暗吃一惊，自己是想学英文，可学习的目的是让中国工业强大起来，能够一举打败日本。如果去美国，那远隔万里根本不可能有为家人报仇的机会。再说去美国需要很多的费用，自己认识方老板才四个月，既没有为他做过事，又一直麻烦他给自己学习机会，怎么好意思花他的钱。想到这里，阿牛很干脆地摇了摇头，并找了个很牵强的理由进行解释：“方老板，我没有其他亲人，不想离开侠民叔。”

“行，我知道了。今天起你就住在这里，跟着我。”方液仙说完叫来管家，让他安排一个房间给阿牛。

从第二天起，方液仙出门都会带上阿牛，连陈浦生也笑侃阿牛："现在你也是方老板的贴身保镖。"也许是跟着方液仙久了，阿牛慢慢懂得了如何采购设备和原料、如何核算成本等公司管理，也了解了化工厂的生产风险，尤其是一次工厂存放原料的缸体发生裂纹，渗出的液体导致现场异味刺鼻。方液仙马上安排人抢修，只见有人取来两包东西，一包阿牛认出是石灰，被顺利倒入准备好的桶内。另一包阿牛不认得，颜色发黄，像土，可黏性很强，只能用铲子挖上几坨，再把它和桶内的东西搅拌均匀。那人把拌好的东西往裂纹处一抹，果然不再有液体渗出。看阿牛很好奇盯着那包黏土，方液仙告诉阿牛，这东西叫胶泥，可以堵漏，也可以用于机械上减少震动。阿牛刚记住了这东西的作用，不料方液仙又叮嘱："阿牛，为人可不能像胶泥，不能让他人在手里揉来揉去任意摆布。"

"对，中国人的命运就该由我们自己来掌握。"

看着阿牛心领神会的答复，方液仙微笑着含蓄地点了点头。

一眨眼又过去了一个月。一天下午，阿牛跟方液仙从外面回厂，刚走进办公室，秘书就送来一沓当天收到的信和报刊，方液仙接过用人递过的毛巾，擦手时瞄了一眼那叠信件，对阿牛说道："上面这个是李侠民的来信，你打开吧。"

"是！"阿牛上前拿起信封，撕开封口取出信纸。

看阿牛读着读着乐出了声，放下毛巾的方液仙好奇地问道："有什么好事？"

阿牛再也控制不住，一下子蹦了起来，边把信递向方液仙，边指着信纸说道："方老板，真的是大好消息。鬼子于 7 月 17 日侵犯镇海，国民革命军第 194 师师长陈德法率军防御，经过四天的奋勇抗击，21 日晚上，鬼子被迫登舰败退，镇海县城光

复了。”

不料，方液仙不但没有高兴，他接过信纸后反而平静地补充：“对，大前天国军在戚家山阵地与日军白刃肉搏七次，战斗极为惨烈。好在不但击败日军，还缴获‘武运长久’旗一面，让日本《朝日新闻》《每日新闻》《读卖新闻》和同盟新闻社等随军涉水登陆的记者和摄影员、报务员乘兴而来，逃命而归。”

阿牛收回信纸诧异地问道：“方老板，您怎么知道信上内容？”

“自日军侵犯镇海后，各大报纸都做了报道，这些天我让秘书把有关日军侵犯镇海战事的报道给收了，怕你担心。”

“谢谢方老板！”阿牛很是感动，没想到方液仙工作那么忙，竟然还为自己操心这种小细节的事。

第二天一早刚用过早餐，方液仙让阿牛通知司机张师傅去国际饭店，说昨晚从南洋来了一个采购日化品商人，经朋友牵线约定八时见面。不料轿车刚驶出大门，突然街面冲出多名持枪者挡住了去路。见状不妙的陈浦生赶紧掏枪，可还没来得及开枪，冲在最前的匪徒居然隔着车窗朝副驾驶连开七枪，陈浦生当场倒在血泊中。张师傅早已吓得抱着脑袋浑身哆嗦，方液仙也被这突如其来的袭击弄蒙了，呆坐在后排不知所措。倒是经历过日军炸弹的阿牛从恐慌中惊醒过来，他一边催张师傅开车冲过去，一边死死拉住车门。但遗憾的是张师傅不但没有改踩油门，反而吓得连踩离合器的脚也软了，小车熄火后静静趴在原地。阿牛见开枪匪徒绕过车去拉方液仙这边的车门，赶紧移身去拉紧另一道车门，但终究人手不够，眼睁睁地看着匪徒拉开车门，另几名匪徒上来拖出方液仙，挟持他向停靠在边上的轿车赶去。阿牛不顾一切地冲出轿车，想阻止他们，不料被开枪匪徒用枪柄击中后脑，一下子扑倒在地。开枪匪徒刚拎起阿牛欲再次行凶，只听边上有人呵斥：“76 号只要方液仙。快走，租界巡捕来人了。”

开枪匪徒手一松，阿牛软绵绵地倒在了地上，但他看清了那个说话人的背影。对，就是那天给傅筱庵送纸条的日本军官，虽然他换了便装，但矮墩结实的身材和走路罗圈腿的模样，还是一眼就能认出来。

虽然方家迅速向公共租界巡捕房报案，请求缉拿匪徒营救方液仙。可一个月过去后，还是没有任何的消息。情急之下，阿牛陪方夫人戴氏到上海特别市政府求见傅筱庵。再次看到傅筱庵那张冬瓜脸，阿牛见他像演员一样打了一通电话，最后很认真地告知戴氏，说上海近期没发生过匪徒抢人案。如果真的是男人找不到，那肯定是跟别的女人跑了。见方夫人既得不到安慰，更得不到方老板的信息，反被戏弄一番，阿牛恨得牙根痒痒，可又拿这个皮笑肉不笑的汉奸没办法。

方液仙遗体最终还是找到了，虽然已开始腐烂，但还是能辨得出在世时吃过不少苦头。因为没有证据，更因为无处可告，方家只能安葬方液仙了事。

没有了方液仙，阿牛觉得自己待在方家既学不到什么，也帮不上什么忙，只是给方家添一张吃饭的嘴。加上李侠民得知方液仙被杀消息后，也来信说现在人手很紧张，让阿牛尽快返回镇海。

于是双十节刚过，阿牛就告别方夫人戴氏踏上了返乡的路。当他进船舱刚坐定，见门外一个皮货商模样的人从面前走过，正得意地和身后人卖弄消息：“听说没？今天凌晨傅筱庵在家被用人朱升源用菜刀砍死了。”

“不会吧，家里用人怎么会杀傅筱庵？”

“是国民党军统局特工策划干的。”那个皮货商虽然压低了声音，却掩饰不了自己消息灵通的得意。

“又是戴笠他们？”

“应该是！”

阿牛突然冲出船舱，一把拉住皮货商衣袖，瞪大了眼睛问道：“傅筱庵真的被杀了？”

皮货商吓得一身冷汗，打眼一看拉自己的是个半大的孩子，身后也没有其他人，于是警觉地反问：“你是谁？”

“我是方液仙先生的跟班，请问傅筱庵是真的被杀了？”

“千真万确。”皮货商松了口气，为了证明自己没有说谎，他又补加了消息的来源，“我有一个亲戚就住在傅筱庵家旁边，早上来送我时告诉我的。”

阿牛松开了对方的衣袖，流着眼泪念念有词：“附逆投敌，当汉奸绝无好下场！”

皮货商莫名地看着这个半大孩子，觉得对方自报的身份甚是可疑，可又看不出他的真实身份。当身边朋友用肩轻蹭自己后，他终于反应过来，转身疾步向前走去，生怕惹上麻烦事。

六

回到镇海的阿牛立即恢复了以往的生活，还是住在小港李家，还是白天上课读书，晚上到海鹰剧团和海燕歌咏团帮忙。《战时镇海》和《镇海儿童》只需配合做好编印工作，原本发放事宜已委托邮局的投递员，似乎生活又回到了原有的轨迹。这些日子阿牛每次看到侠民叔就觉得心疼，每天忙得不见人影，即便有时在海鹰剧团或海燕歌咏团碰面，也顾不上说几句话。阿牛很想多替侠民叔分担一些事，可往往才开口，侠民叔都以“我这边你不要操心太多，千万不要耽误学习”搪塞了回来。好在虽然侠民叔人消瘦得有点憔悴，但精神还是很饱满。

才过了半年的平静生活，1941 年 4 月 17 日，镇海局势突然又紧张起来。早上去学校路上，阿牛不时看到全副武装的国军和游击队员从身边经过，甚至还看到两辆军车拉着两门大炮疾驶而过。中午放学吃过午饭，阿牛正准备去上学，意外看到李侠民皱着眉头从外面推着车进来。

“侠民叔！”

“噢。”李侠民应声止步看了一眼阿牛，似乎想说什么，可旋即又摇了摇头。

看侠民叔有心事，阿牛自然追问："侠民叔，有什么事？"

李侠民迟疑片刻后还是说出了心烦的原因："阿牛，新一期《战时镇海》已编印好，虽然昨天投递员西线已全送达，可今天因病无法再骑车去东线。这期《战时镇海》事关镇海防御动员，现一时又找不到合适的人……"

阿牛听明白了，自信地拍着胸脯打断对方："侠民叔，我就是最合适的人，既懂手续怎么办，又知道路线，这事就交给我办吧。"

李侠民急着要到县抗日自卫委员会处理其他事，内心是希望阿牛能帮助完成《战时镇海》的东线送递任务，可考虑到阿牛下午要上课，总觉得欠妥。阿牛看出了李侠民的顾虑，打趣道："侠民叔，我早不走晚不走，恰恰这个时候碰到你，看来天意就是安排我来送《战时镇海》的。"

"那你上课——"

阿牛歪仰头自信地说道："下午的数学和地理我早就会了，不上课也保考满分。"

"行，那我去给你请假。"李侠民紧锁的眉头松开了。

"侠民叔，刊物就在后面吗？"

李侠民取过后面工具，边调低自行车坐垫，边说："对，后面还备了些干粮。"

等配合李侠民调好坐垫高度，阿牛把车锁钥匙往口袋一放，招呼了一声："侠民叔，你快去忙吧，我先走了。"

看对方利索骑上车蹬行，李侠民突然想起了什么，手做喇叭状大声叮嘱："阿牛，现在时局乱，路上一定要小心！"

"放心！我晚上就回家。"阿牛说完腾出一只手朝李侠民挥了挥，脚上依旧用力踩蹬，自行车车轮飞转着向前。

这天阿牛骑行非常顺畅，下午三时已过柴桥，他计划骑过穿上段，摆渡去大榭岛时吃点干粮垫肚。刚到穿上段，发现前面有个男人斜挎包，叉开双腿坐在支上脚架撑的自行车后架，上身伏在坐垫上。阿牛觉得很奇怪，这人干吗停在马路上？是自行车坏了还是人不舒服？好奇的他不由得定睛多瞧了几眼。等再骑近些，阿牛发现这个斜挎包男人居然是在坐垫上写字。怎么在马路上写字？是什么事这么急？阿牛这下多了个心眼斜睨对方。也许是骑车声惊扰了对方，只见那个斜挎包男人扭头看了阿牛一眼，马上收起本子放进包，旋即下车朝即将超过自己的阿牛招呼："小歪（宁波方言，指小孩子），侬过来一下。"

见对方叫自己，阿牛把住车把，在距斜挎包男人还有一米远时，稳稳当当刹住了车。阿牛单脚撑地问道："你有事找我？"

"自行车没气了，你有打气筒吗？"

原来如此。阿牛应声后当即跳下车支起脚架撑，从后面包内取出打气筒递给了对方。斜挎包男人弓身很客气地伸手接过打气筒，细心的阿牛发现对方的虎口和食指跟陈浦生一样，居然有厚厚的老茧。

等斜挎包男人打完气收好打气筒，阿牛正准备重新骑车赶路，斜挎包男人又叫住了阿牛："小歪，认不认得去大榭岛的路？"

"我正是要去大榭岛，要不你跟我走。"

"太好了。"

阿牛先行上车踩起了脚踏板。斜挎包男人赶上阿牛并排后问道："你叫什么？"

"阿牛。"

“车架上装啥？”

“一些刊物。”

斜挎包男人朝后瞄了一眼阿牛的后车架，又追问：“什么刊物？”

“我不识字，只是给学校跑腿送货。”也不知为什么，阿牛故意留了个心眼，不提《战时镇海》。

“你没上学？”

“家人全死了，没钱上学，给人打工。”

“那自行车哪儿来的？”

“是我老板的，专门送货用。”

“你住哪？”

“就住柴桥。你住哪儿？”阿牛第六感告诉自己不能说真话，而且提醒自己不能老让对方发问，于是答复后马上找准机会反问。

“噢，我住城关，离这儿有些远，你有没有去过？”斜挎包男人很老到，又抢过了主动权。

“没去过。我只听说那里东门菜场比西门菜场大，城关江阿狗店每天停满了黄包车。”阿牛故意把球踢偏，想试试看对方能不能纠正。

斜挎包男人兴致勃勃地回应：“对，东门菜场东西更多，江阿狗店我也常去，他们做的汤团特别好吃。”

撒谎！这人肯定不是住城关。东门菜场规模远不如西门菜场，江阿狗店在宁波城内，县城根本没有分店。阿牛这下更为警惕，这人到底是哪里人？他为什么要撒谎？刚才他在写什么？为什么看到我马上收起本子？他去大榭岛干吗？阿牛正想如何摸清对方底细，只听斜挎包男人突然叫道：“阿牛，停一下，我要小便。”

阿牛刹车单脚撑地，看着斜挎包男人停好车迈着罗圈腿走向路边，心里蓦然一惊。日本人多罗圈腿，给傅筱庵伪市长送字条及谋害方液仙老板的那个日本军官不就是罗圈腿吗？这人该不会就是日军奸细吧？

当斜挎包男人钻进路边的芦苇地，阿牛越发觉得不对劲，男人小便用得着这样复杂吗？对着路边就可以解决，怎么可能费劲去钻芦苇地，这里面肯定有猫腻。阿牛环视一圈，心生一计，停好自行车快速爬上路边一棵树，果然能够清清楚楚看到斜挎包男人正从包内取出本子，边看前面的滩涂，边飞快记着什么。看斜挎包男人停笔收本子，阿牛赶紧溜下树，提前回到自行车旁。看着晃动的芦苇，阿牛决定见机行事，既不要搞错好人，又不能放跑日军奸细。他转身背朝芦苇地悄悄摸了摸贴身的小匕首，心里默念“阿爷帮我”。不一会儿，斜挎包男人从芦苇地钻了出来，朝背对自己的阿牛招呼：“阿牛，我来了。”

“那我们继续赶路？”阿牛淡定地回转身，并给对方一个灿烂的笑脸。

斜挎包男人揉了揉小腹，佯装一脸轻松地推上自行车：“好，继续赶路。”

到了摆渡口，两人推车上船后，阿牛发现斜挎包男人很兴奋，绕着船打量四周环境。阿牛向船家要了一碗水，看似无聊地坐在甲板上埋头吃干粮，其实是在暗中观察斜挎包男人的一举一动。等又上来四人后，船主终于吩咐帮工开船。斜挎包男人这时又移到船头，一直到船快靠岸，才匆匆从包里悄悄拿出本子记了两笔，等再次回到阿牛旁边，边推自行车边说：“阿牛，船到了，再见。”

阿牛早就打了主意，故意起身热情地招呼：“改天我去城关找你玩。”

“好，好。”斜挎包男人有口无心地应了两声，手按着车把，眼睛盯着船头，急着要上岸。

乘船靠岸轻微晃动之际，阿牛故意人一歪，把新打的满满一碗水全泼在了对方的斜挎包上。

“哎呀，你怎么……”斜挎包男人没防备，急得一时说不出话来，赶紧把自行车往甲板上一倒，掏出手绢抹去包上的水渍。

“真不好意思，看看有没有弄坏你的东西？”

斜挎包男人没接话，打开斜挎包，也没检查其他东西，只是翻了一下那个本子，旋即往里一塞，也不知嘴里嘟囔了一句什么，不再搭理阿牛，起身推上自行车抢先上了岸。但就这么匆匆翻页，阿牛已看清了里面的字迹，记录的不是中文，也不是英文，而是自己在方老板那里看到过的日文。阿牛这下可以断定斜挎包男人就是日军的奸细，来这里应是探窥我军沿海的军事部署。看着对方急促离去的身影，阿牛并不着急，大榭岛现在就剩这一处可摆渡，日军奸细必定插翅难飞。于是，阿牛把碗还给船主后，告诉对方刚才那个和自己一起上船的人是日军的奸细，现在他上岸去找保甲长汇报，万一奸细回来要回渡，请船主一定要想办法拖延时间，确保保甲长带人来抓住这个奸细。

不料船主一听就急了，望了眼已几乎看不到的斜挎包男人身影，指着船尾帮工跺着脚责怪阿牛：“你干吗不早说？刚才船上我们俩不就可以绑了他？”

阿牛原先还担心船主胆小怕事，不肯答应自己的要求。现在看来船主既不是怕事人，还有侠肝义胆的热心。于是在和船主道别后，阿牛拼命蹬车向保甲长驻地冲去。

听了阿牛气喘吁吁的报告，保甲长不敢怠慢，立即下令所有壮丁带上家伙，随他沿街查找阿牛所描述的骑自行车的斜挎包年轻男子。阿牛赶紧劝阻，说奸细不但是个老枪手，身上斜挎包较沉，极有可能藏有枪。如果贸然行动不但会有风险，且可能由于打草惊蛇反而让奸细溜了。

“那怎么办？”保甲长把阿牛当成了参谋长。他原只是担心到嘴的肉给飞了，这样不但得不到该有的奖赏，反而会被上面问责。可现在听了阿牛的分析，又生怕出了人命难向乡亲交代。

“保甲长，我们只需安排三五个壮实汉子，去渡船口守株待兔，等他上了船我们再动手。只要我们控制住了他包内的枪，哪怕他有三头六臂，必也逃不出我们的手掌心。”说到这里，阿牛用力捏紧摊开的手掌。

“好，妙计，就这么办！”保甲长旋即亲自选了三名保丁，四人携带贴身利器跟已换了衣服的阿牛往渡船口赶来。

到渡船口一问，奸细果然还没有回来。在船主的帮助下，阿牛先把自行车塞进舱底，几个人挤进逼仄船舱。因为不时有人要摆渡，船主只好又来回开了两趟。眼看太阳将要西沉，保甲长开始担心日军奸细会不会从其他地方已离开岛，正犹豫着是不是马上派人向上汇报，前面马路突然响起车铃声。

坐在保甲长后面的阿牛伸长脖子向岸边望去，心中窃喜不已，来人就是斜挎包男人。他收回脖子，压低帽檐轻声说道：“保甲长，就是他！”

“好，大家做好准备，不要看他。”

几个人开始按原定的方案比画着聊天。站在船头的船主也认出了来人，佯装弯腰收缆绳准备开船。果然斜挎包男人急得远远摇手大喊：“船家，等等我——”

船主抬头拉紧缆绳也吼着催促：“快点，马上要开船了。”

斜挎包男人加速向渡口冲来，快到岸边才紧急下车，一边拎起自行车交给船主，一边忙不迭地谢道：“谢谢，谢谢，让你久等了。”

“快上来！”

等斜挎包男人箭步跳上船，船主把车交给对方，迅速收起缆绳和帮工用力一撑船篙，船如离弦之箭般迅速向南岸靠去。斜挎包男人瞥了一下船舱里几个男人，推着自行车往船舱空处走去。保甲长见时机已成熟，使了个眼色，四个人相继冲出船舱。斜挎包男人见势不妙，把自行车一扔急欲掏枪还击。可手还没有摸进包，冲在最前面的保丁已一把拉住了包带，并顺势用力一拉，随着包带断裂，包内物品散落在甲板上。此时，飞扑上来的保甲长和另两名保丁已死死将斜挎包男人压在身下。就在众人庆幸之际，斜挎包男人突然操着本地话呵斥并自报起身份：“大胆！放开我！我是国军新编第三十四师特务连连长，奉师长之命勘察地形。”

保甲长吓得一哆嗦，为刚才的鲁莽决定和行为后悔不已。他暗自自责，自己今天这是怎么了？怎么会听信一个半大孩子的判断？这下真不知道该如何收场，但可以肯定的是接下来自己必定是吃不了兜着走。看保甲长发愣松了手，两名保丁也停止发力，斜挎包男人轻松地把三人推开后站了起来。还没站定，斜挎包男人发现散落的手枪和本子在阿牛手上，边扑上前边吼道：“还给我！”

阿牛早就料到斜挎包男人会扑过来，一边效仿陈浦生迅速拉开保险，并把枪口对准斜挎包男人，一边厉声命令：“站住，再走一步我就开枪！”

斜挎包男人大为意外，没料到这个不起眼的孩子会懂开枪，虽不得不在黑洞洞的枪口面前停下脚步，但手指着对方气势极为严厉地呵斥：“你想造反不成？赶紧把枪给我放下！”

“不用演戏，跟我们去县城！”阿牛说完，朝保甲长扬了扬手中的本子：“他就是日军奸细，这是证据，赶紧捆起来！”

就在保甲长稍做犹豫之际，斜挎包男人乘人不备，纵身一跃跳入江中，旋即潜入水中不见了踪影。

“奶奶的，关公门前耍大刀，我看你是敬酒不吃吃罚酒，那就让老子给你灌上一壶。”在旁不敢妄动的船主这下确信眼前跳江想逃的必是日军奸细，利索地脱掉外套，屈腿双手举过头，随着一个漂亮的弧线，也跃入了江中。

还没等阿牛等人反应过来，又是“扑通”一声，船主帮工也随着溅起的水花沉入江中。就在船上四人望着江面不知所措之际，远处终于荡起一圈水花，旋即冒出一个人头，接着又是一个人头。保甲长看得真切，那两人是船主和帮工，唯独不见那个日军奸细，急得伸着脖子催问：“日军奸细呢？”

“在这儿呢。”

船主应完声一把揪起一个人头，大家定睛一看，正是那个日军奸细，只是这时的他毫无挣扎之力。当软成一团的日军奸细被拖上船，阿牛挤上前吃惊地问道：“死了？”船主没接话，呵呵一乐后，把日军奸细拖到一边，翻过身子，肚子顶着船舷，上身倒悬江上，随着船主用力在日军奸细背上一推，只见对方“哇”的一声喷出一大口水，旋即又连吐了几次。等对方有了呼吸后，船主这才拎住衣领往甲板一扔，日军奸细仰面倒在地上。

“再跑老子灌死你！”

面对船主的威胁，已清醒过来的日军奸细自知无力逃脱，叹了口气闭上眼睛不再说话。保甲长这下来劲了，上去骑在对方身上左右开弓就是两个巴掌：“他 × 的，你小鬼子居然敢冒充国军糊弄本保甲长。”也许觉得还不过瘾，又起身踢了一脚才下令保丁，“捆了，一起领功去！”

船主觉得自己是捕奸首功，怕保甲长人多势众上岸带走日军奸细，马上撑竹竿招呼：“好，坐好船，去县上领功啰！”

保甲长还在为没让日军奸细逃成而侥幸，船主这一嗓子自然让他高兴附和：“好，坐好船，去县上领功啰！”

渡船分开水，轻盈得如同一只掠水的海鸟，把映在水面的金色光划得粉碎。望着像一面巨大红绸在空中飘扬的晚霞，阿牛既紧张又兴奋，他想象不出江县长会怎样表彰自己，有可能会给自己戴上大红花，甚至有可能让自己骑上高头大马，押着日军奸细全县游行。

当船靠上镇海码头，天色已黑。阿牛觉得前面传来的声音很耳熟，还来不及上岸的他扭头向岸上看去，果真是李侠民陪江志航县长和另一艘船上的人在道别，于是兴奋地摇手招呼起来：“侠民叔——”

李侠民闻声扭头向这边看来，确认是阿牛后颇为惊讶。阿牛怎么坐船来镇海码头？算时间，此时应在白峰一带住下呀？就在他愣神片刻，只见阿牛身后突然蹿出一个被五花大绑的男子，快速跃过船栏，头朝下纵身一跳。

无论是保甲长还是船主，都没想到躺在甲板像死人一样的日军奸细会蓦然再次纵身一跃。只是这次他不是跳进江，而是将头撞在一块尖石上。等众人爬下江堤七手八脚把日军奸细拖上来，对方已断了气。掰开流淌鲜血的嘴巴，李侠民发现对方居然咬断了舌根，估计是存了必死之心。

在听完保甲长抓奸细全过程后，江志航决定要大张旗鼓对这六位市民进行表彰并奖励。而明白阿牛为什么没送完《战时镇海》的原因后，李侠民更深为阿牛的机智勇敢而欣慰，看来这一年阿牛在上海的历练效果非常明显，真是士别三日当刮目相看。

“侠民叔，既然日本人对穿山这般关注，我们得提防他们的偷袭。”

阿牛的提醒让李侠民眼睛一亮，他看了一下怀表，再过半小时就要召开县抗日自卫委员会第 19 次会议，如果带阿牛参加，不但会让国民革命军 194 师的长官听到日军可能从穿山偷袭的情报，而且抓捕日军奸细的消息还可鼓舞委员会成员的抗敌信心。于是在征得江志航同意后，两人带上阿牛往县政府赶去。

在县抗日自卫委员会的会议室，几盏马灯把与会人员的脸照得红通通的，两种不同的声音似乎不用争论已成定局。以国民革命军 194 师许参谋为首的一方，坚持认为日本采用直攻镇海招宝山的战术。其依据是无论是倭寇还是英军或法军，所有侵略军都是从甬江口进犯。因为只要占据了招宝山，就等于是掌握了镇海的制高点，可以鸟瞰全县。而且从之前的战役来看，日军向来依仗强大火力装备，目无一切地从正面发起进攻。许参谋要求游击队、乡丁和市民，集中一切力量配合国民革命军在招宝山一带进行防御。与这个几乎让全会场默契的声音相比，阿牛所发出的声音显得过于势单力薄。虽然他在江志航的介绍和支持下，向与会人员展示了日军奸细的本子，并判断日本自去年在戚家山与我军激战后败退，肯定不会再正面进攻，而是计划在穿山一带登陆。但除了江志航和李侠民暗中支持外，包括柯老师在场的其他人都不认可阿牛的分析，更何况这个与众不同的判断根本不是来自身经百战的军人，而是个连委员会成员都不是的半大孩子的判断。庆幸的是因为李阿牛抓捕日本奸细有功，加上有江志航前面的铺垫介绍，大家还是给了面子让阿牛说完。

“李阿牛，说说你判断的依据，详细些。”看在座都不以为然的样子，李侠民担心阿牛的判断得不到重视，故意加大嗓门吸引大家集中精力听阿牛接下来的分析。

“各位长辈，我和日军奸细在穿山段碰上，他当时正在本上记录情报，方向和我一样，也是由西南向东北方向，说明他必定也是来自柴桥乡。看到我后，他向我打听去大榭岛的路，于是我们同路而行。途中，我通过试探发现他根本没到过县城，所以我认为日军将放弃正面进攻招宝山，选镇海沿海某地进行偷袭。大榭岛周边地形我较熟，登陆点最理想就是穿山，这里不但水域开阔，且深水小浪。”说到这里，阿牛翻开日军奸细的记录本，指着上面图形向大家展示，“这上面画的就是穿山，结合奸细当时的行动轨迹，我判断日军即将会来偷袭穿山……”

“把本子给我看看。”将信将疑的许参谋打断了阿牛的分析。

阿牛合上本子，绕过与会人员递到许参谋手中。许参谋随手一翻，眼睛顿时一亮，马上又连翻了几页，边看边心里默念：真乃天助我军也。原来这几天，国军已侦察到日舰在镇海口外的频繁活动，各种情报显示三日内日军必定有计划侵略镇海。由于现有军力实在不足，面对如此长的沿海地带，师长难以部署重点兵力。现在倒好，竟然让一个孩子搞到了日军的偷袭点，这下不但可以提前部署重点兵力，甚至可以扎口袋等对方来钻，让日军偷鸡不成反蚀一把米。

看许参谋抿紧嘴点了一下头，江志航反而从原先的暗中认可到公开担心，他故意把头转向阿牛，不紧不慢地问道："如果真如你所说，那么现奸细一死，日军会不会改计划？"

阿牛一下子被问住了，他怎么可能想那么多，好在许参谋这时合上本子替自己回应："不会，码头很多人看到奸细自杀，日军必认为没有走漏消息。"

这时，坐在后面的柯老师起身朗声建议："江县长、许参谋，我们可以再来一段假戏真做。"

一听柯老师开口，阿牛心一紧，担心柯老师提出的假戏真做会不会让许参谋又改变主意。只见许参谋淡定地拧开钢笔，抬眼催促："请说具体点。"

柯老师像在课堂上教书一样，继续比画手势朗声说道："明天一早，县里大张旗鼓对六位抓捕日军奸细的壮士进行表彰，并将日军奸细尸体示众，告示其畏于我军民当场自杀身亡，并号召大家在俘虏敌军时，要保护资料，避免损坏。"

阿牛没想到柯老师不但支持自己的观点，而且这个提议确对日军有很大的迷惑性，心里一阵暗喜。

"我看可行。"许参谋表态后把头转向江志航。

江志航迎着对方的眼神："好，那就这样办。"

许参谋旋即又补充道："明天请江县长再组织人掩埋纪念碑，放风日军即将要进攻县城。让日军彻底蒙在鼓里。"

江志航点头后赶紧冲会场强调："所有人必须要保密！"

七

听了许参谋的汇报后，新编第三十四师师长马志超仔细翻看日军奸细的本子后，站在作战地图前良久不语。眼前这张图他早已熟记在心，可就是这张闭上眼也能清晰印在脑海中的图让他心乱如麻。说是手上有一个师，但实际编员才两个团多，而且重武器短缺，更为要命的是名义上有配合防守的国军，可实际像唐朝藩镇割据，都打着自己的小算盘，根本不可能在扰敌、疲敌中齐心歼敌。

“师座，我觉得此事不会是日军的苦肉计，而是想暗度陈仓却不料马失前蹄。这个自杀的奸细定是日军侦察兵，也因此把记录本护得那么牢，最后宁可自杀也不愿被俘，就担心日军以为他活着可能会泄露偷袭计划。”

听许参谋分析完后，参谋长瞄了一眼双唇紧抿的师长，知道他在犹豫什么，就在一旁直接点破：“师座，如此看来，前日日军汽艇小规模突袭穿山真正目的是测绘地形，不是所谓的声东击西战术。由于我军布防严密，加上将士奋力作战，迫使日军测绘无功而退。为了选择登陆点，他们只能再派侦察兵，不料……”

见师长抬手，参谋长往后退一步不再说话，知道师长这是在作最后的抉择，马上会有结果。果然只隔了两三秒，马志超猛地睁开双眼，举起手中的红头铅笔，在穿山地形图上画了个圈，旋即把笔往地上一掷，转身带着浓重的陕西口音下起了军令：“命二团三营立即赶赴穿山布防！”

营长颜怀信从师部领命后出来，无意间得知影响这次行动决策的是个孤儿，就忍不住好奇向许参谋打听消息。了解阿牛抓捕日本奸细过程后，颜怀信越发地好奇，顿时萌生要为部队收留培养李阿牛的心。在确定阿牛现就住横河的李家后，立即通过县抗日自卫委员会联系上了李侠民，要求阿牛参加完表彰会后，马上前来他驻扎的营房报到，以便了解更多的信息。李侠民不清楚颜怀信的本意，自然在电话中连连应诺。

得知前线防御的营长要见自己，阿牛不但不紧张，反而有种莫名的冲动与兴奋，觉得这是见证为家人报仇的好机会。尤其是听了李侠民对颜怀信的介绍后，对这个既参加过淞沪会战，又在去年杀敌守卫镇海的营长敬仰不已，恨不得马上赶到英雄身边。入睡前，李侠民挑灯写了封《同仇敌忾抗日军》书信，叮嘱阿牛务必当面转交颜营长。看着侠民叔肃穆的表情，阿牛庄重地双手接过信，频频点头允诺。

次日，县上表彰结束开始游行时，阿牛借口要送杂志，告别保甲长和船主等人，骑上自行车迅速向穿山方向蹬去。

行程才过半，天空突然飘起细雨，阿牛本想停车取雨衣穿上，可考虑急着赶路已出了一身臭汗，再穿雨衣反而闷热不舒服，倒不如干脆淋个痛快。不一会儿，阿牛全身都湿透了，根本分不清额头滴下的是汗水还是雨水，虽然视线有点模糊，可心里却感觉无比的清爽。刚骑到穿山，阿牛发现前面马路全是干的，似乎老天很怜悯前线将士，没给正抓紧做防御工事的他们添麻烦。

抬眼望去，一夜间这里已大变样。所有居民被转移，只有全副武装的国军在忙碌。面海的阵地前前后后挖出一条条长短不一的战壕，几门炮正在加固和伪装中。骑着骑着，阿牛发现前面马路堆起了沙包，一个士兵伸手挡住去路："这里要打仗了，不能再过来，赶紧离开。"

阿牛捏紧车把下车，上下扫了一眼对方，控制不住地想笑。眼前这名士兵身材非常不协调，就像是被重压变了形。上身和腿比常人都要短上一截，可那张麻脸不但不短，反而像是被拉长了，看上去就像是三等段，让人忍俊不禁。阿牛硬生生咽下笑声，很自然地将脸上肌肉改成赔笑，客气地问道："这位兵哥，颜营长找我，能不能带我去见他？"

短腿士兵上下打量阿牛，歪着脑袋反问："你就是李阿牛？"

阿牛暗自又端详对方一番，指着自己的脸问道："我们认识？"

"不，"短腿士兵支棱起脑袋摇了摇头，"营长下过令，说你来后马上去见他。"

阿牛一阵激动："颜营长在哪儿？"

短腿士兵转身朝后面沙包招呼道："我带他去见颜营长，你守这里。"

"是！"

阿牛这才发现沙包后还趴着一名端枪的士兵，不等他反应过来，短腿士兵右手拉紧挂在肩上步枪的绳带，扭腰时熟练地用手肘把枪柄顶到屁股后，随后朝阿牛努了一下嘴角："跟我来。"

阿牛推着自行车不紧不慢地跟在短腿士兵后面。约走了十来分钟，短腿士兵指着前面的营帐说道：“这就是颜营长的营帐。”

“哦。”阿牛觉得心跳一下子加速起来，脑海顿时浮想起郑爷说书时常常讲到的升帐点将，想象此时肯定有许多军官正在听颜营长发令。他想马上进入营帐探个究竟，于是加快了脚步，不料才走了十来米，营帐里蓦然传出怒吼声：“就因为营座您以前接触过中共地下组织，所以他们一直不提拔你，还巴不得解散了我们二团三营，甚至想把新编第三十四师也给撤了！”

“再胡说老子毙了你！”

阿牛猜说这话的人应该就是颜怀信营长，可似乎颜营长的威胁没能压住怒吼者，不知对方哪儿来的勇气和底气，虽然声音轻了许多，但依然继续顶嘴：“现在就算师座在，我也要说出来，大不了让脑袋搬家。”

看短腿士兵一脸尴尬止了步，阿牛也就扶着自行车不再往前走。好在怒吼者赌气话讲完后，颜营长没接话，营帐静得像是空帐。阿牛瞥了一眼短腿士兵，只见他犹豫了片刻，终于还是迈起了脚步。这时，刚好有人从营帐走出，抬眼看到阿牛他们后，站立原地指着阿牛问短腿士兵：“矮脚虎，这人是谁？”

“根哥，他就是营长要等的李阿牛。”

“哦，等一下。”根哥把手上烟头一扔，抬起沾满泥的胶鞋，狠踩两下后，拎着枪又走进了营帐。

阿牛想打听根哥是干吗的，可刚准备开口，蓦然想起一路走来居然还没问“矮脚虎”的大名，一时不知如何开口。好在根哥马上又走出营帐，朝阿牛招了招手：“李阿牛，快过来！”

“矮脚虎”朝阿牛努了一下嘴角：“快去吧！”

“谢谢虎哥！”道谢告别那一刻，阿牛灵机一动，给对方想

了个自认为满意的称呼。

“矮脚虎”毫无表情地点了点头，转身继续屁股顶着枪柄沿原路返回。

当阿牛跟着根哥走进营帐，顿时大为失望。营帐里面设施非常简单，十把木凳围着一张长板桌，营帐的右边挂了一张军事地图，左边只有一个衣帽架，除了一顶军帽套在顶上，架子上什么也没有。更让阿牛失望的是这里根本没有升帐点将的气势，除了一起进来的根哥外，营帐内只有两个人，那架势就像郑爷说书提到的被围困垓下的西楚霸王，只是里面陪同的不是容颜倾城、舞姿优雅的“虞美人”，而是伫立着身材魁梧且一脸麻子的军官。

“你就是李阿牛？”坐在长板桌上首的人开口问道。

阿牛回过神来，连忙把视线移到问话人：“是，我叫李阿牛，您就是颜营长吧？”

颜怀信没想到眼前这个半大的孩子居然如此老练，不但面对陌生环境没有丝毫的紧张，相反还敢看着自己有礼反问。看来智捉日本奸细并没有夸大其词，这也更让他下定了留阿牛在军营进行培养的决心。颜怀信细细打量一番阿牛后，指着边上的凳子说道：“坐！”

“谢谢颜营长。”虽然对方没有答复身份，但从这个气势来看，阿牛确认他就是颜怀信，于是鞠躬答谢后，走到凳子前大大方方坐了下来。

“把你叫来是想听听发现敌侦察兵的经过。”

颜怀信话音刚落，那个麻脸军官也一屁股坐了下来，旋即盯着阿牛提醒：“越详细越好，慢慢说。”

“是！”趁扭头答复之机，阿牛已从对方军衔和腰上配枪断定此人就是副营长。也只有副营长，方能坐在这把椅子上，也只有副营长的资历，才敢与颜营长顶嘴不怕被枪毙。

阿牛于是边回忆边说，并把日本奸细也改口为敌侦察兵。颜怀信和副营长不时插话询问其中的细节，阿牛学郑爷说书模样，努力在比画中还原场景。等阿牛讲完昨天从碰上敌侦察兵到渡船抓捕全过程后，颜怀信扭头问副营长："你什么意见？"

"营座，我还是坚持自己的判断。这两天日机常到镇海上空盘旋侦察，主要轰炸、扫射还是招宝山周边目标，表明鬼子进攻重点应该就在这一带。还有外出渔民回来皆传洋面泊有十多艘鬼子的战舰，如果要想从穿山登陆，他们根本不用调这么多战舰。"

阿牛心一惊，好不容易说通了县抗日自卫委员会，马师长也调了一营人马来此防御，可现在守防的副营长却有不同的看法。阿牛有些心虚，如果自己判断真出了差错，那可是误军的大罪，脑袋就是砍一百次也不够用。好在颜怀信马上摇头说道："我可不这么看。"

阿牛看颜怀信推椅起身后，边朝地图走去边说："去年日军侵犯招宝山被我军击溃后，一直没有死心，始终想找机会攻破我们这个浙东的门户。这次来犯日军不但兵力大增，而且吸取了上次教训，还特地采用声东击西迷惑之术。一旦我们重兵把守江口和招宝山，他们就可以轻易从穿山登陆，再迂回包抄，海陆夹攻我江口和招宝山守军。"

看颜怀信手指重重地在穿山地形上画了一个圈，跟在身后的副营长却继续表达不同看法："营座，照此说法日军不该把战舰全停泊于甬江口外，至少须调几艘在外围。"

"我明白你意思，原本我也在领命后质疑师部的部署，甚至怀疑县抗日自卫委员会是否夸大敌侦察兵的情报作用。但从刚才阿牛描述的几个细节，我完全明白了师座的用意。你应该也清楚敌舰调动速度之快，一旦他们佯装全力进攻招宝山，势必会让我军在强大炮火压力下，调集主要兵力防守招宝山。那时，即便我们第一时间发现敌舰转向穿山，也只能束手无策。”

副营长托着下巴垂目思忖片刻，随后又抬眼看了看地图，说：“这么看来还真是老天在暗助我军，若敌侦察兵窥测时不被阿牛发现，我军极可能腹背受敌。营座，如今宁波城防司令部已组织多艘船凿沉封江，并在甬江口打下三排木桩，加上日舰沿江只是佯攻，估计守招宝山压力不会太大。”说到这里，副营长眉头锁得越发地紧，松开托下巴的手，食指用力朝地一戳，“相反，我营将面对敌军强大的攻势，此地必有一场恶战。”

颜怀信突然朝外吼了一声：“通信兵！”

“在！”根哥马上跑了进来。

“传我命令！令八连、九连继续深挖壕沟，加快构筑防御工事。七连作为预备队，抓紧在登陆点埋设地雷、设置铁丝网、伪装工事。营部即刻起转入防空洞。所有人必须坚守阵地，不许后退一步。要把敌人消灭在滩头阵地，决不允许日军在穿山登陆！”

“是！”根哥应声后立即跑出营帐去传令。

看士兵陆续进来搬桌椅，阿牛蓦然想起李侠民交给自己的任务，于是从口袋取出《同仇敌忾抗日军》，上前双手呈到颜怀信面前，说：“颜营长，这是县抗日自卫委员会的李侠民叔叔让我带给您的信。”

颜怀信取过信，当即抽出信纸展开，读完后把信纸交给一旁的副营长，叮嘱："抄印发至各连。"

副营长匆匆扫了一眼，边收好信边说："营座，李侠民此文颇有其父韵味。"

阿牛颇为吃惊，仰脸问道："您看过李琯卿先生的《教育与壕沟——抗战中的教育》演讲稿？"

副营长点了一下头，指着颜怀信说道："不光全县的教育界代表聆听过李琯卿先生的演讲，我和颜营长也读过此文稿。"

"我回去就转告李会长。"

话音刚落，若有所思的颜怀信抬手压在阿牛肩上，终于说出早就想好的计划："从现在起，你就留在我这里。"

阿牛本以为接下来没什么事该继续去送剩下的杂志，万万没想到颜营长居然留自己在一线参加抗敌，他忙不迭地鞠躬谢道："太好了，谢谢颜营长。"

正准备离开营帐的副营长却劝起了颜怀信："营座，去年负责进攻镇海的日军指挥官萍乡月蜀战败切腹自杀了，想必日军这次进攻越发凶残，留一个孩子在军营似不太妥。"

阿牛急着要争辩，可还没来得及开口，颜怀信已一脸正容地指着阿牛回应："李先生不是呼吁全国小学教师们把每个小学生训练成伟大的民族英雄吗？想消灭敌寇汉奸，挽救我们垂危的国运，复兴我们的民族，就要让他们在战火中成长！"

副营长瞟了眼阿牛，看对方正紧张地盯着自己，只好欲言又止，最终上前拍了拍阿牛的背，转身一声不吭地向外走去。

当阿牛跟着颜怀信走进防空洞，才知道所谓的防空洞其实就是现挖的一个小山洞。颜怀信进洞后就不停联系团部和各连，看他人都忙碌着手头事，阿牛不知道自己该做点什么，也不敢打扰惊动，只好静静地站在一边，感受战前紧张的氛围。望着阴冷潮湿的防空洞，阿牛突然想起了在上海的日子，这是两种截然不同的生活。当然阿牛不是向往那种舒适安逸的生活，而是想那腰缠万贯的方液仙老板完全可以过上锦衣玉食的豪华日子，可他心里始终装的是民族工业，即便在日本和汉奸的威逼利诱下，也永不低头。现在眼前的颜营长也完全可以退缩到农村老家，过上“三十亩田一头牛，老婆和孩子热炕头”这样的生活。可他却和许多将士一样，即便明知有恶战，即便明知身处险境，依然辞别家人，不顾安危冲向前线。

傍晚刚吃完晚饭，颜怀信叫上根哥和阿牛去前沿视察。一圈下来，阿牛裤脚沾满了泥浆，虽然衣服脏了，但脑子却基本清楚各连的阵地所在和布防情况。等再次回到防空洞，月已高挂半空。阿牛发现洞内多了四张简易木床，猜想应该有张床是给自己所备。果然，颜怀信和副营长商讨完事，就招呼阿牛和自己睡在靠里的两张木床上。

三个人洗漱刚和衣躺下，根哥适时吹灭了马灯，只留一支蜡烛在洞内燃烧。值班机务兵守在话机旁，大大的剪影投在洞壁上，就像一尊木刻印版的人影。阿牛侧过身凝视摇曳的烛火，微弱的光把黑黢黢逼仄的防空洞镀上了一道光彩，有点神秘和虚幻。他突然很想听颜营长讲上海抗战的故事，于是翻转撑起上身，可还没等开口，对面床已传来颜怀信的呼噜。看着仰面叉着双腿酣睡的颜怀信，半边脸居然被烛光映出淡淡的金彩，阿牛觉得有点像招宝山寺庙镀金的神像。

重新躺平后，阿牛还是无法合眼，他现在担心的倒不是情报会不会准，而是一旦日军真向穿山进攻，颜营长守军能否守得住。刚才随颜营长到前沿阵地后，阿牛越发担心，这里除了几乎可埋过自己头顶的深壕和能容数人的土洞外，再没有其他防御工事。更要命的是颜怀信所率的营没有重型武器和火炮，士兵们除了手中的枪，剩下的只有手榴弹。阿牛忘不了四年前家中发生的恐怖一幕，让这些守军用简单的武器去抵御日军飞机和大炮的猛烈进攻，别说是打败鬼子，仅是这样的火力颜营长他们能扛得住吗？

“嗞——”，阿牛扭过头一看，只见蜡烛头上的火苗微微一颤，一滴油脂拖着一道蜡痕滴到地上，并发出长长的声响，就像有人呜咽时发出的声音。日军什么时候动手？究竟会有几艘战舰来攻穿山？登陆日军士兵会有多少？颜营长会用什么战术？马师长那边又会是怎样？还有，现在侠民叔在忙什么？学校还开不开课？想着想着，累了一天的阿牛不知不觉沉睡了过去。

当第一声炮炸响时，阿牛惊得从床上弹坐起来。睁眼一看，洞内不知什么时候已点亮了两盏马灯，一身戎装的颜怀信正对着话筒在大声喊叫：“注意隐蔽，观察清楚日军的登陆艇动向，一定要想办法把日军消灭在滩头阵地，绝不允许日军在穿山登陆！”

阿牛听不清电话那头说了什么，只知道在越来越密的炮声中，颜怀信又对着话筒大声喊道：“194 师能守住镇海，我们也定能守住镇海，新编第三十四师的荣耀就在我们手中。记住，不管是谁，怯战临阵脱逃者就地枪决！”

这时，洞外传来阿牛熟悉又恐怖的轰鸣声。随着连续尖厉的呼啸声，瞬时洞口外火光冲天，泥土、石块或炸毁的建筑物残片四处溅射。阿牛下床后不知道该干什么，不过此时的他没有因恐怖的爆炸声而惊慌，而是望着洞口拧着眉头若有所思，牵挂前线的八连和九连能不能扛住这狂轰滥炸。

日军轰炸机飞远后，虽炮声不再密集，但却隐约传来日本人的叫喊声和枪声。颜怀信拔枪刚要冲出防空洞，却被副营长抢先一步挡住洞口："营座，你不能出去，这里得由你坐镇指挥！"

听前方的枪声越来越密，颜怀信用力拨开副营长，说："日军应该开始在左侧抢滩，我去看一下八连，这里暂由你指挥。"

"营座，我去八连。"副营长说完抢先冲出了防空洞。

"报告营座，团长来电。"

这时身后传来话务员的报告声，颜怀信只好朝副营长背影跺了一脚，回到桌前抓起了电话："团座，我是颜怀信。"

"现在你这边情况怎么样？"

颜怀信听话筒那头传来密集的炮火声，暗自奇怪，怎么日军不是主攻我穿山吗？怎么招宝山一带火力也这么猛？就下意识地手捂话筒大声报告："团座，鬼子轰炸刚结束，现在正想抢滩登陆。"

"绝不允许一兵一卒上岸！否则你提脑袋见我！"

"请团座放心，只要我有口气在，绝不让鬼子在此登陆！"

"别说泄气话，要打出三十四师的雄风，现在我这边压力很大，鬼子这次是分两路来犯。"

颜怀信终于明白团长来电的目的，想刚才自己还准备去前线后再决定是不是向团长要支援，现在既然确定不可能有援军，那不如干脆把生死看淡。想到这里，颜怀信咽了口口水，挺直了腰身说道："团座放心，我们誓为三十四师的荣耀而战。"

"师座临时将重任选派给你，我相信你不会让师座失望！"

颜怀信瞪大血红眼角，额头和脖颈暴现出几道像蚯蚓一样的青筋：“是，我颜某人绝不辜负师座和团座栽培！”

刚挂上电话，只见被炮火熏黑的根哥跑了进来，急吼吼地叫道：“营长，鬼子已突破九连海滩工事防线，正向阵地我军猛攻。”

“有多少人？”

“也不知哪里来这么多的鬼子汽艇，水鸭般成群向我滩头阵地冲来，起码有一个中队的兵力。九连已伤亡二十一人……”

颜怀信这才明白日军不但攻打镇海出了两面钳击之阴招，更在穿山两面夹击中用声东击西的恶招。八连听上去攻势凶猛，其实偷袭重点还是在九连方向。于是不等对方说完，颜怀信扯着嗓子喊道：“命九连不管用什么方法，必须守住阵地，必须把鬼子赶下海！”

“是！”根哥转身又跑了出去。

“等等！”颜怀信突然又想到了什么，可在枪炮和喊杀声中，已出洞口的根哥根本没听到营长的叫声。

“颜营长，有什么事让我来吧。”

颜怀信大为意外，自炮声响起那刻，他早把阿牛给忘了。颜怀信转身打量了阿牛一眼，指着洞口问道：“你不怕？”

“怕。”看颜怀信眼神闪过一抹失望，阿牛当即又补充，“但我绝不会后退和屈服，一定完成颜营长交给的任务。”

阿牛的诚实答复让颜怀信很满意，甚至有点感动。第一次上战场怎么可能不怕，更何况这是个还不满十二岁的孩子。可眼前的阿牛不但能坦言心里话，还能表明接受任务的决心和信心，看来这孩子真是将才之料。想到这里，颜怀信摘下佩在身上的匕首，往阿牛面前一递：“你马上带此匕首去七连，命七连一排立即增援九连。”

双手接过匕首后，阿牛大声重复口令：“是！命七连一排立即增援九连。”

见颜怀信点头，阿牛当即握紧匕首就向外跑去。才冲出洞口，他立马真实感觉到洞外无论是火光还是声音，绝不是洞内所能比的。即便不是在身边爆炸，那也远比四年前经历的日军轰炸镇海瘆人千万倍。当阿牛连蹦带跳向七连方向冲去，耳边突然传来呼啸声，他刚下意识地在一个矮土堆前趴下身，果真有枚炮弹在前面爆炸，把地面炸出一个大坑。阿牛起身抖了抖泥土，发现手中的匕首居然不知道什么时候已脱手，顿时急得涨红了脸。好在回头一瞧，那把闪亮的匕首就落在不远处的瓦砾堆。阿牛暗自庆幸，不顾一切转身爬去捡匕首。眼看就要拿到匕首，突然手压到一个软乎乎的东西，仔细一看，竟然是人的残手——一只血肉模糊紧握驳壳枪的手。阿牛脑子“嗡”的一声，这应该就是副营长的残骸。恍然间，那残手一会儿变成挂在打铁铺废墟上父亲的大腿，一会儿又变成阿爷脖子上的弹片，一会儿又变成被弹片削去小半个脑袋的郑爷。抬起头，天虽已亮，可九连方向火光冲天，腾起的浓烟根本看不到太阳，整个天空灰蒙蒙一片，压得人喘不过气来。阿牛一咬牙，从残手中取下驳壳枪，迅速捡起匕首，起身不顾一切地向七连飞速跑去。

当阿牛重新回到颜怀信身边报告时，颜怀信真不敢相信阿牛不仅快速下达了自己的命令，还带回了副营长牺牲的消息和八连的战况。他神情肃穆地抚摩那把有残血的驳壳枪，命机务兵挂通团部。可还没等机务兵操作，电话铃声已急促响起。阿牛发现当颜营长拿起电话筒那一刻，两行泪从眼角涌出，沿着黑红的脸颊从下巴处滑落，悄无声息地打湿了领章。

看颜怀信通完电话疾步走到地图前，阿牛从桌上拿起红笔，悄悄走到他身边把笔递了过去。专注看图的颜怀信眼球也没转，接过笔，重重在上面画了一条杠。

“阿牛！”

“到！”

“命七连二排增援九连，七连三排增援八连，全线反攻！”

阿牛怔了片刻，全线反攻就是要放弃掩体，跳出战壕与鬼子拼杀。但他终于还是习惯性地重复颜怀信刚下达的命令：“是！命七连二排增援九连，七连三排增援八连，全线反攻！”

“快去！”

“是！”得到求证后，阿牛转身跑出了防空洞。

随着抢滩日军全线退回战舰，穿山一带的枪炮声终于平息了下来。当阿牛又一次回到防空洞，发现颜怀信嘴咬香烟，双手抱着低垂的脑袋，不但没有击退鬼子的神采飞扬，相反是愁容满面。阿牛很是不解，目前，即便鬼子不算溃败，那至少也是登陆失败，颜营长应该高兴才对，为什么会不开心？对了，应该是副营长阵亡让他伤心，当然也可能是全线反攻没能多杀鬼子，让他们有序退逃到海上让他伤心。

此时阿牛当然不知颜怀信之营已身陷险境。刚才团长来电告知，日军昨天攻占绍兴后，为配合镇海登陆，现这支人马开始向南进犯，企图海陆夹击宁波。也就是说，刚才日军退回战舰，其实是战术调整，并不是败退，只是在等国军腹背受敌的战机。

“通信员！”颜怀信终于吐掉香烟喊道。

“到！”

颜怀信挥了挥眼前的烟雾：“通知各连连长马上来开会！”

不等根哥接令，阿牛抢着报告：“报告！”

“什么事？”

“颜营长，九连这边我熟，能不能我去通知？”

“好！快去！”

见颜怀信点头答应，阿牛和根哥一前一后跑出防空洞，分别向各连跑去。

当八连连长气喘吁吁地跑进防空洞，还没来得及和七连连长与九连副连长招呼，挂上电话的颜怀信阴沉着脸向地图走去，大家自然也就跟着来到地图前。阿牛发现地图旁挂着副营长用过的驳壳枪，上面两道没擦洗的血迹很是刺眼。

看颜怀信面向驳壳枪脱帽敬礼，连长们终于明白为什么副营长不在场，纷纷摘下军帽，肃穆地举起右手。收礼后，颜怀信缓缓转过身，扫了一眼面前的连长们：“各连报伤亡人数！”

“七连伤 9 人，阵亡 4 人。”

“八连伤 11 人，阵亡 13 人。”

“九连伤 17 人，阵亡 15 人。”

“弟兄们，刚接上峰来电，攻占绍兴日军一部已快速向我宁波挺进，第十集团军总司令刘建绪命我三十四师即刻急赴曹娥、上虞阻击日军。由于情况紧急，师长已带第一团和第三团出发，现第二团也抽调团部、直属队和一营、二营，急行军赶往曹娥阻击日军。”

“都撤了，那镇海怎么办？”七连连长吃惊地问道。

“我们不撤，全营负责阻击日军江北岸登陆！”

七连连长眼都瞪圆了，抬起沾着泥浆湿漉漉的手臂，虚指众人一圈后追问：“就我们？”

“对！”颜怀信点头后，加重语气传达上峰的要求，“我营要在194师接防前守住镇海，也就是全营必须顶住5小时！”

不光三位连长瞪大了眼睛，连阿牛也倒吸了口冷气，刚才日军这一波的进攻二营都难以扛住，现在各连伤亡不少，若再加长防御战线，怎么可能阻击日军新一轮的进攻。果然，八连连长骂开了：“他 × 的，这不是让我们去送死吗？！”

“你怕了？！”颜怀信盯着对方冷冷地问道。

阿牛感觉脊背一阵发凉，忍不住打了个寒战。八连连长突然跪倒在地，抱着脑袋号啕大哭：“营座，我是实在舍不得这些弟兄，我不能对不起他们父母妻儿呀。”

“起来！”颜怀信低吼了一声，等八连连长起身，转手指着刚才在地图上画的那条红线说道，“这是我们最后的阵地，我们若是顶不住，打不退鬼子的登陆，他们上岸后必定疯狂报复。去年，日军就在我们边上老鼠山偷偷登陆，不但沿途开枪杀人和强奸妇女，还纵火焚烧了5370间建筑。你说，我们若舍不得这三百弟兄，那这里数万的乡亲怎么办？”

八连连长仰头眨了眨眼，努力不让眼眶泪水流出，说：“营座，我明白了，跟你战死亦无憾，下令吧。”

颜怀信毫无表情地下达命令：“各连坚守原有阵地，炊事班全部领枪上阵。”

“炊事班也上？”含泪的八连连长怕自己听错了。

“对，县抗日自卫委员会已组织人力来支援。营部除机务兵值守防空洞，所有人都上阵！”

七

九连副连长这下也忍不住发问："营座，您也上？"

"我将始终与你们在前线。"

九连副连长惊得连连摇手："这万万不可，副营长已不在，营座，这里更需要……"

"不，前线兄弟更需要我！越是危难时刻，越需要我和你们在一起。我意已决，不用再说。"说到这里，颜怀信扭过头叫道："机务兵！"

"到！"机务兵起身摘下了耳机。

"坚守此地，一旦日军进洞，马上电告团部，我二营将士已全部阵亡！"

机务兵哽咽着应道："是！"

"通讯员！"

"到！"

"随我一起上阵地。"

"是！"

就在阿牛想自己会有什么任务时，颜怀信终于点了阿牛的名："李阿牛！"

"到！"阿牛也响亮地应道。

颜怀信眼神变得异常柔和，语气平和地叮嘱："县抗日自卫委员会来人后，你跟他们一起走。"

"不，我要和营长在一起。"阿牛梗着脖子。

"这里危险，你不能再留下。"

"营长，您不是也同意李会长把我们这些学生训练成伟大的民族英雄吗？我们应该在战火中成长。"

颜怀信犹豫片刻，问："你确定留下？"

“营长在哪儿，我就在哪儿！”

“唉——”看李阿牛态度如此坚决，颜怀信反而轻叹了口气。只见他转身摘下副营长那把驳壳枪，等再次回转过来，从腰带上取出一个弹夹，连同枪一起递到阿牛眼前，“会不会用？”

阿牛很是意外，双手接过枪和弹夹，说：“报告颜营长，我在上海时，方液仙先生的保镖教过我用枪。”

“好，带上，为国杀敌！”

“是！”阿牛向营长敬了个军礼。

“走！”颜怀信说完手一挥，带头向洞外走去。

刚出洞口，八连连长终于抽空问九连副连长：“老石伤了？”

九连副连长没说话，刚摇了一下头，两行泪水不争气地从眼眶争相流出……

阿牛醒来后很是纳闷，怎么四周这么安静，别说是枪炮声，连个人的走动声都没有。他一下子慌了，自己会不会在地府？他紧张地费力睁开眼，房顶耀眼的灯光照得他眼睛生疼，就本能闭上眼想抬手去遮光。可刚用劲，右手一阵剧烈的疼痛让他忍不住倒吸了一口凉气：“嗞——”

“太好了，阿牛终于醒了。”

虽然没看清说话人，但阿牛耳朵已辨出这是柯老师的声音。这下大脑越发糊涂，自己到底在哪儿？柯老师怎么也上前线了？颜营长在哪儿？为什么一点枪炮声也没有？难道鬼子又被我们击退了？对了，肯定是194师提前来接防了，还有，记得颜营长说县抗日自卫委员会组织人力来支援，估计柯老师是其中的一员。

“阿牛，你怎么样？听得到我说话吗？”

七

阿牛又听清了，他侧过脸努力朝声音方向睁开眼，映入眼帘的果然是侠民叔，当然边上还有刚才说话的柯老师。阿牛张开嘴想说话，可嗓子却像是被人堵住了，发不出声音。

“快，倒水！”

柯老师慌手慌脚地递过杯子，李侠民小心地托扶起阿牛上身，两人配合着让阿牛喝了两口水。再次躺平后，阿牛已确认自己不在前线，而是在熟悉的学校，这间房子是学校的库房，曾在帮着搬运物资时进出过很多趟。他声音虚弱地问道：“我怎么在这里？”

“阿牛，你受伤了。”李侠民替阿牛盖好被子，答非所问。

其实阿牛不光知道自己右手受伤，而且清楚和右手一样包着纱布的右腿肯定也伤了，并且伤得不轻。不过阿牛现在关心的不是这些，于是又追问：“颜营长他们呢？”

“他们……”

李侠民急忙打断柯老师：“你先安心养伤，什么也不要想。”

从侠民叔躲闪的眼神中，阿牛很容易找到不需再言明的答案，刚痛苦地闭上眼，两行眼泪就肆意流淌到枕上。李侠民没有替阿牛擦泪，只是将手插入阿牛浓密的头发，轻揉头皮说出了对阿牛日后的安排：“阿牛，这几天鬼子查得很紧，你就在这里养伤，等好了我想办法送你去延安！”

延安？曾是阿牛多么迫切向往的地方，可现在他却一点也高兴不起来。因为镇海沦陷了，那是颠沛流离下的逃难，而且这不是个人的难，而是国难，一种痛彻心扉的民族大难。

八

经过治疗和护理，一个月后，阿牛已能下地行走。李侠民原计划阿牛再养三个月，等完全恢复后再由地下党送到延安。不料，进入 1941 年 7 月后，日伪军不但在占领区修筑碉堡炮楼和封锁沟，甚至拉设铁丝网和电网，计划分割和封锁抗日根据地后“扫荡”。同时，日常的盘查也越来越严。一次，有汉奸报告说是曾有新四军三五支队人从白家浦翻越城墙进城，日军不但对白家浦实行“三光政策”，且全城搜查新四军战士。有个纤夫上街购物被查问时，因额头有戴帽子的痕迹，拉开衣服肩膀有些红肿，鬼子不问青红皂白当即开枪。因形势危急，李侠民不得不提前将阿牛交给了地下党。

阿牛想过赴延安的路程会很辛苦，但没想到行程是如此艰难，更没想到有这么多的华侨青年放弃优裕的生活，和自己一起奔赴延安。这当中有个从南洋归来的丁浩引起了阿牛的注意，对方了解到阿牛来自宁波后，居然操起了半生不熟的宁波方言和他对话。一问，原来丁浩祖籍就是宁波，并曾在远亲镇海丁老板家住过一年，而这个丁老板恰巧就是给李侠民的夜校提供场地的鱼行丁老板。阿牛自然不会放过学习英语的机会，所以每当只有两人时，阿牛就改用英语和对方交流。刚开始丁浩被阿牛突然冒出的英语问候吓了一跳，没想到家乡有人英语说得这么流利，得知阿牛曾在上海跟洋人打过交道后，反而在他乡闻乡音基础上，有种他乡遇知音的亲切感。一行中，还有个叫汪家宝的人更引起阿牛的关注。刚见面时，阿牛觉得对方在一群人中实在是不起眼。中等个子，眼睛鼻子也像他的个子，不大不小，不挺不塌，只是那张嘴比常人要阔许多，轮廓分明的嘴唇上下扎满了钢针一样的胡须，使本就白皙的脸色显得有些苍白。在随后的介绍中，阿牛吃了一惊，没想到其貌不扬的汪家宝居然毕业于清华大学地学系。即便不懂地学系是啥意思，更不懂学的是什么，但这并不妨碍阿牛对汪家宝的膜拜。记得柯老师在课堂上说过，能上大学就是头角峥嵘，就是出类拔萃，将来若同学们有一个能上大学，他这辈子就算没有白当教书匠。现在身边这个人不但大学毕业，还是有名的清华大学，想必定是博学多才、满腹经纶。更牛的是汪家宝还吹得一手好笛。一到空旷无人的安全地，他就会取出随身携带的长笛，给大家吹上《义勇军进行曲》《松花江上》《保卫黄河》《大刀进行曲》等抗日歌曲。这些耳熟能详的歌曲让这群年轻人热血沸腾，大家都自觉跟着笛声唱起来，不但忘却了劳累，更让操不同口音的他们产生了心灵的共鸣。阿牛很奇怪，每当汪家宝笛声一停，原本如大海一样波涛汹涌的心情，渐渐如潮水般向身体各处溢去，充盈了每一个毛孔，随后心境如皎洁的明月，清纯、明亮和温暖，这是原本在镇海时从没有过的感觉。

在各地地下党的接力护送下，经过一个多月的夜行晓宿，阿牛一行二十一人终于安全抵达了延安。

踏上延安那一刻，阿牛的感觉并不好，心里甚至还有点小失落。这里既没有婀娜的柳条和茂盛的芦苇，也没有翻腾的江水和清澈的池塘，只有强烈到被迫眯眼睛的紫外线，还有那弥漫天际的黄沙烟尘。站在敞篷车厢放眼望去，天际似乎在黏稠的黄色浮尘中飘拂，干燥得随时要爆炸。

虽然对环境有点失望，但阿牛对住所却有些小欣喜。随着浑厚黄土高原地势的起伏，这里全是一孔孔排列有序的土窑洞，坑坑洼洼的土道连着一孔孔窑洞，就像是把散落的珍珠串了起来。钻进窑洞，曾经历过战火的阿牛似乎一下子找到了安全感，这不就是个完美的防空洞吗？但却比颜营长那个露宿的防空洞要大些，而且明亮不潮湿。站在窑洞口，抬眼就可以看到侠民叔说的宝塔山。陪同的那位本地人自豪地指着宝塔山介绍，宝塔山上的古塔旁有口明代铸造的大铁钟，用来报警日军轰炸机的空袭。由于鬼子几次在延安空袭根本讨不到便宜，所以不得不放弃轰炸延安的战术。这让曾被轰炸机造成刻骨铭心惨痛经历的阿牛立马有了几丝惬意，没有比曾失去安全感的他更珍惜这来之不易的安全。

阿牛所处的窑洞结构非常简单，进洞是个烧饭做菜的灶台，往里中间放一张桌子，两边墙被挖成一排可放置东西的“柜子”。最里面是平整的睡炕，可以容六人合睡，阿牛和丁浩刚好分在同一窑。汪家宝则被分在隔壁一个窑，可还没等他把行李拎进去，突然来了个人，交给领队一张纸，旋即就带走了汪家宝。阿牛等人整理完携带的东西出窑找汪家宝，才知道他已被带去军乐队。望着行走在蜿蜒公路上的马车，阿牛有些失落，这不光是沿途听惯了美妙的笛声，更主要是原本想在延安可以多向汪家宝讨教知识，可这一切都被渐行渐远的马车带走了。

好在一行的其他人并没有因汪家宝的离开而伤感，相反互相串门，有说有笑。直到深夜睡下，阿牛也搞不明白今天大家为什么这么兴奋，即便前来迎接陪同的人也像久别后的亲人，拉着手有说不完的话，可明明这些人都是才认识。

第二天起床，阿牛发现习惯了湿润空气的鼻子一夜过后，出血严重。更要命的是不光空气缺水汽，连日常生活用水也极其紧缺。昨天刚到还没感觉，每个人还痛快擦洗了身子，今早才知道六个人只能合用一盆水洗漱。这下几个人你看我，我瞧你，不知如何分配使用。如果均分六人，别说是洗漱，估计刷完牙连毛巾也沾不湿。最后还是阿牛出了主意，每人舀半杯水刷牙，余下水按床位序号轮流洗脸。今天第一个洗脸，明天就排到最后一个，以此类推。

轮到丁浩洗脸时，前面已有三人用过，他瞥了一眼盆内的水就决定放弃。排在后面的阿牛犹豫一下，还是按下毛巾洗了一把脸。最后一人嫌弃着用毛巾沾湿一角后，闭上眼睛胡抹一把就算了事。

吃完早饭，一行人赶往青年干部学校参加战时青年短期训练班。在跨过延河时，阿牛望着桥下流淌的黄河水，忍不住想起早上的用水，不由得感叹："如果能把这河里的水弄干净多好。"

这时，有个陌生人快走两步和阿牛并肩后说道："你这想法非常好，等把日本鬼子赶走后，我们就要想办法让延安的乡亲们有用不完的干净水。"

前半句阿牛很认真地点了点头，也坚信一定能把鬼子赶出中国，可后半句却让他愕然后暗自发笑，河水怎么可能弄干净，那不是吹牛吗？阿牛扭过头悄悄打量一番对方，只见那人一头浓密头发，国字脸，脸皮白净，挺直鼻梁上架了副黑框眼镜，一副干部模样。只见他继续甩着胳膊边走边问："你们是新来的？"

"是，昨天刚到延安。"

"多大？"

"17岁。"按侠民叔的提醒，阿牛现在每次在报年龄时故意虚增5岁。

对方瞥了一眼阿牛，说："个子有点偏矮嘛。这里的小米和山药蛋很长个，记得多吃点。"

不光进入延安已吃了两顿小米，之前进入山西，阿牛一行人就几乎顿顿是小米。现在早没了吃第一顿小米时的兴趣，相反习惯大米的胃已有点犯腻。但山药蛋却没吃过，甚至连听也没听过。不等阿牛咨询，一旁的丁浩已好奇地抢问道："山药蛋是什么东西？哪里有？怎么吃？"

干部模样的人咧开阔嘴笑着解谜："就是土豆，这里叫山药蛋，蒸或煮都可以，如果能用油煎炸一下，那就更香了。"

阿牛一下子被提起了食欲，一脸失望的丁浩却不屑地说道："嗨，我还以为是什么蛋呢。"

干部模样的人侧过脸盯着丁浩问道："你没挨过饿吧？"

丁浩蓦然察觉到自己刚才这话会让人反感，就不好意思再接话，只是点下头算是答复。好在那人转头淡淡地说道："你应该早来两年，这样就会觉得吃山药蛋真香。快走，别掉队了。"

经对方提醒，阿牛和丁浩才发现两人在不知不觉中落伍了，就赶紧加快了脚步。干部模样的人似乎也没有再要说的，刚好前面出现分岔道，他径直朝右道独自走了。

到中午吃饭时间，丁浩端着碗蹲到阿牛身边悄声抱怨："怎么还是小米？"

“吃不惯？”阿牛说完捧起碗，故意用鼻子对碗心美美深吸了一口。

“你怎么还觉得香呢？”丁浩撇了撇嘴角，回头看了眼碗里的小米，叹了口气后又说道，“来延安路上，头几顿吃还觉得挺香。可天天吃这玩意儿，不光有点咽不下，闻着也倒胃口。”

阿牛往嘴里扒拉口小米，把脸转向丁浩，边嚼边问：“今早有没有出鼻血？”

“没有，但觉得干得难受。”丁浩说完突然明白了过来，也把鼻子对准碗心深吸了一口，顿时一股温润的热气抚慰鼻腔，果然舒服许多。

阿牛咽下嘴里小米，凑过脸坏笑着追问：“怎么样，香吧？”

“好办法！”

吃完饭洗好碗，阿牛把丁浩叫到面前，说：“再教你一个好办法。”

“什么好办法？”

“学我一起做。”阿牛说完屈曲拇指和食指放在眉心，边揪起皮缓缓揉动，边解说，“这是印堂穴，按这个穴位能促进黏液分泌，保持鼻腔湿润，有明目通鼻的作用。”

“你以前不是打铁的吗？怎么还懂这个？”丁浩边学边做，一双眼睛穿过眉心上的手指缝，写满了道道狐疑。

阿牛不想因提方液仙老板而伤感，于是含糊着说道：“以前跟着一位老中医学了点皮毛，没想到这里用上了。”说到这里，立马话锋一转劝起丁浩，“老丁，这里条件是不太好，但这里的人真的不错，我们多想点办法适应吧。”

丁浩私下让阿牛称自己为老丁，现在听了感觉挺不错。不过对阿牛的好心劝说，丁浩答得似乎有点勉强："也是。"

为期一个月的培训班结束后，阿牛和丁浩一起被分到陕甘宁边区机器厂，更巧的是都分在枪械修造部。报到这天，两人刚进修造部的刘贵福所长办公室，马上认出坐在办公桌前的男人就是那天过延河时介绍山药蛋的干部。

刘贵福放下正在给手掌削老茧的刀片，接过介绍信瞄了眼，随后往桌上一搁，抬头问道："怎么是你俩？"

阿牛虽年龄不大，但几年的历练，能够从话音听懂对方的内心的想法，而现在刘所长的眼神和语气传递出的完全是一种遗憾与失望。回想那天对话内容，他只得在表态中为自己辩护："刘所长，我虽然个子不高，但力气不小。您尽管派活，我必定能够完成。"

"你居然还记得我说你个矮。"没想到一脸严肃的刘贵福突然咧开阔嘴笑了。

阿牛这下更有了信心，就续着话题回应："刘所长，我吃了一个月的小米和山药蛋，比上次碰到时长高不少吧？"

"嗯。"刘贵福模糊应了一声就谈起了工作任务，"你俩的情况我已清楚，小丁，你在南洋学过铣床？"

丁浩赶紧挤前一步："对，刘所长，我还会使用刨床和钻床。不过我还是想去前线，那里更需要我们年轻人。"

刘贵福没理会丁浩的要求，而是把头转向阿牛："小李，根据你会打铁的特长，理应分到机器制造部，可组织考虑你个子矮小，就让你到我们这边了。"

"我服从组织的安排。"

刘贵福朝阿牛点头时，眼睛却瞟了丁浩一眼，问："听说你上过战场？”

“刘所长，我来延安前曾参加过镇海防御战。”

“还负过伤？”

阿牛抬起左手朝右边一指，轻描淡写地说道：“胳膊和小腿被弹片击中过。”

站在一旁的丁浩瞪大了眼睛，他没想到比自己矮小的阿牛不但上过战场，还英勇负过伤。更让他不解的是这事阿牛从来没提起过，更没有当作资本和别人吹嘘过。他现在迫切想看阿牛的伤口，可刘贵福似乎没有这个兴致，而是平静地追问：“你用的是什么枪？”

“是阵亡副营长的驳壳枪。”

“哦？”刘贵福很是意外，瞪大了眼睛追问，“你觉得驳壳枪使用效果怎么样？”

刘所长这个问题让阿牛觉得很费解，是问操作方不方便？还是问自己击毙击伤多少鬼子？回忆那天战事，自己一共才开了四枪就被日军炮弹炸晕在战壕内，根本不知道有没有打到鬼子。就在阿牛转着脑子想如何表达，只见刘贵福起身走到柜子前，打开柜门取出一把驳壳枪抛向阿牛：“接着。”好在阿牛反应快，伸手一兜，接住了枪。刘贵福转身又取出一把步枪，等关上柜门重新走到办公桌前，把步枪往桌上一放，指着步枪问阿牛：“这枪怎么样？”

一旁丁浩瞥了眼步枪后抢先说道：“绝对没驳壳枪威风。”

“上战场靠威风能打败敌人吗？”刘贵福原本放松的脸顿时又严肃得让人望着紧张。

丁浩也知道自己说错了，吐了一下舌头连连摇头。阿牛对比眼前两把枪后，似乎领会了刘贵福用意，说出了自己的看法：“刘所长，打仗还是要靠武器，镇海失守就是因为我们的武器和日军相差太大，不光没飞机和大炮，连个重武器也没有。”

刘贵福听后没点评回应，而是圈起拇指和食指，向阿牛和丁浩伸直另三个手指，说：“决定战争胜败是军心士气、人员素质和武器性能，如果想打胜仗，必须从这三方面想办法。”

想镇海保卫战只有排长以上才配有驳壳枪，阿牛自然追问：“我们败多胜少，是不是我们驳壳枪不够？”

刘贵福反问：“你是不是觉得驳壳枪打得快、打得多？”

“是，不用拉枪栓就可连续开枪。”

刘贵福伸手拿过阿牛手中的枪掂了掂，说：“你只讲了优点，可这枪不但存在着体积和重量大的问题，还有开枪枪管上扬明显和装卸子弹费力等一系列问题。”

刘贵福的分析让阿牛醍醐灌顶，当时他总觉得手中的驳壳枪开枪时枪口会自然抬起，很难精准射向目标。可想到国军营以下军官都是驳壳枪，连来延安路上遇到的八路军和新四军领导，许多人也都是佩挂驳壳枪，也就忍不住问道：“既然这驳壳枪不好，那为什么很多指挥员还配这枪？”

“问得好！”刘贵福先忍不住夸了下阿牛，接着缓缓道明了原因所在，“由于欧美和日本不允许向中国出口速射型武器，无论是步枪，还是机枪和冲锋枪，全在禁令之列，中国即便有钱，也无法给军队购置先进枪械列装。恰恰这驳壳枪因为工艺精细、各部件配合紧密，一旦环境恶劣，就会造成机件动作失灵，所以1939年德国就停止生产这枪，成了不在武器禁运的范围。”

阿牛觉得刘所长没能说服自己，既然不好用，那为什么我们还要买人家不要的东西？还有，虽然自己用不好驳壳枪，可亲眼看到颜营长他们用得非常得心应手，于是就刨根问底地追问："那为什么买别人不要的东西？"

"这首先是我们目前造不了好枪，其次是虽然驳壳枪单发或连发枪管都会上下跳动，连发跳动更加厉害，极难击中目标，但我们中国人却在使用中发明了枪身平置射击法。"说到这里，刘贵福把手中的枪转了九十度后继续说道，"这种射击法使弹药在被击发时，弹药所产生的物理应力被改变了，从原先竖射时的上下跳动变为平射后的横向跳动，而横向跳动可以避免打不准目标的弊端。所以说，任何事物我们都要用心琢磨，务必将它的作用发挥到最大。"

虽然听不懂物理应力的意思，但经刘所长的详细解释，阿牛还是明白了什么叫枪身平置射击法。刘所长举枪比画的姿势，更让他想起颜营长当时就是这样握枪。他情不自禁地用手比枪模仿开枪，遗憾地对身边的丁浩说道："如果早知道这种射击法，我肯定可以打到鬼子。"

丁浩没用过驳壳枪，无法完全理解两种握枪姿势效果会有什么差异，不过这并不妨碍他对阿牛言辞的肯定，这不仅仅是因为这一个多月结交下的友谊，更是因为才得知阿牛上过战场并负过伤的经历。于是，阿牛话音刚落，丁浩就抿着嘴唇重重点了两下头。刘贵福并没有被阿牛打岔而转移话题，继续说道："不过驳壳枪现经我们八路军使用，更是声名鹊起。"

为什么同样是枪，德国人要停产，中国人却会让它发挥出巨大作用？不光阿牛很困惑，连丁浩也不解地挠着头皮问道："刘所长，这是为什么？"

“按理说，有了坦克后，步兵最佳射击距离可从八百米缩短到四百米内，但日军为了适应要塞堑壕体系下的中国战场，发明了三八式步枪。虽然三八式步枪是当下最长的步枪，携带不方便，但射程远且精准，让我们在和日本正面战场作战时吃尽了苦头。作为敌后战场的八路军，通过伏击或偷袭等游击战术，出其不意贴近距离作战，将驳壳枪的性能发挥到极致，使驳壳枪和冷兵器成了日军的噩梦。”

阿牛边听边想，的确无论是早有准备的淞沪会战，还是上高、太原、兰封等会战，甚至是被迫应战的南京保卫战。虽国军是主场作战，而且在人数上占有很大的优势，却在正面战场上连连吃败仗。倒是29军大刀队的贴近格斗战术，让日军胆寒，甚至一度使得所有日军戴上铁脖以防备大刀砍杀。既然驳壳枪可在中国战场发挥巨大作用，那为什么不像方液仙老板一样，想办法自己制造？为了给这个问题找到答案，阿牛没有直接发问，而是巧妙地咨询：“刘所长，我们能制造驳壳枪吗？”

“驳壳枪构造复杂，有五十多个形状特殊的零件，由于材料损耗和加工难度都比较大，成本始终居高不下。所以我们根据自身的能力与战场特点，制造了这把步枪。”刘贵福边说边放下握在手上的驳壳枪，顺手拿起一直摆在桌上被丁浩认为不威风的步枪。

即便刘贵福没有直接给出答案，阿牛和丁浩也听明白了仿造驳壳枪的难处。对于刘所长所拿起的那把不起眼步枪，阿牛心生质疑，难不成这枪更好使？边上的丁浩心急，指着步枪抢先问道：“刘所长，难道这步枪要比驳壳枪好用吗？”

刘贵福手摸步枪露出一丝得意：“你们一定要记住，战场讲究武器要实用，而不是看上去有多威风。这把步枪叫‘无名式马步枪’。”

“无名式马步枪？”阿牛觉得这个枪名好怪。

“对！”刘贵福利索地拉了一下枪栓，舔了一下干裂的嘴唇继续介绍，“不要小看了这枪，更不要被外观迷惑。它虽然体积小，但射击精准，瞄准星还被彭德怀副总司令称为‘天下第一准星’。”

看丁浩努力伸长了脖子，刘贵福干脆把枪往对方面前一递：“感觉一下。”

丁浩接过枪做了个瞄准动作，可琢磨半天还是弄不明白这枪好在哪里。就在他好奇要按一个按钮时，手疾眼快的刘贵福伸手按住枪托，并快速将枪转向大门。丁浩以为自己做错了什么，扭头紧张地看着刘贵福。刘贵福像没事一样指了指按钮，说：“按此钮可自动展开反贴枪管下的三棱刺刀，这在白刃战中很重要，可争取很多时间。”

“今天真是奇怪，你这个大忙人怎么有空和娃娃兵吹起牛了？”

丁浩还没按出三棱刺刀，门外突然走进一人。虽这人长得精瘦，可嗓门却出奇地洪亮，一对锐利的小眼睛更是明澈又深邃，就像是两汪深不见底的泉池。刘贵福转身上前热情地握住对方的手：“哎哟，原来是军工部的刘部长大驾光临，是什么风把你吹来了？”

刘部长边握手边腾出另一手，指着刘贵福胸口说道：“哪有什么风能吹动我，我是给你来报喜的。”

不料刘贵福一脸不屑地松开手：“算了吧，你来肯定没好事，是又来当叫花子吧？”

阿牛听了傻眼了，一个修造部所长怎么敢对军工部部长这样说话？更为奇怪的是那个刘部长一点架子也没有，甚至被叫成叫花子后，反而乐呵呵地双手一摊，耸了耸肩回应：“没办法，我是太穷了，只能找机会多榨榨你这个土财所长了。”

刘贵福哈哈一笑，扭头吩咐阿牛和丁浩：“你们先去车间，等会再找你俩。”

两人刚要应声，那个刘部长指着丁浩抢先问道：“你就是李阿牛？”

丁浩失落地摇了摇头，手指阿牛说道：“李阿牛是他，我叫丁浩。”

刘部长刚把头转向阿牛，这边刘贵福一脸诧异地问道：“欸，这人才到我这里，你怎么就知道了？”

“个子也太小了。”刘部长脸上遗憾表情马上被嘟囔声熨平了，扭头指着阿牛乐呵呵地回复刘贵福，“别看人小，可是大有名嘛。”

刘贵福恍然大悟，一把拉住对方的衣袖，问：“这次是不是不抢武器来抢人？这可不行，他是我的人。”

刘部长靠上前，佯装亲热地拍着对方的肩：“什么你的我的，我们共产党人本就是一家人，更何况我们还是本家。别人你可以不管，但我提出的困难或需求，你总得给我想办法解决或满足。”

早已紧锁眉头的刘贵福果断摇手拒绝：“我一共才要了两个人，不给！”

刘部长伸出两指赔着笑：“我想办法给你调两人来行不？二换一，你这回包赚。”

“先给我看资料，不满意我可不干这桩买卖。”说到这里，刘贵福又手指阿牛强调，“还有，以后毕业了要记得还给我。”

“你这土老财，满嘴的算计，一脸的贪相。”刘部长笑骂着并捅了对方一拳，旋即爽快地应了下来，“行！”

看刘部长马上满足了自己的要求，刘贵福这才给阿牛介绍道：“小李，这是军工部部长刘鼎同志。”

阿牛赶紧挺身冲刘鼎敬了个礼。刘鼎还礼后不紧不慢地问道：“听说你以前在方液仙的化工厂干过？”

阿牛不明白军工部部长刘鼎为什么会提到远在千里外的方老板，现在即便不想提起伤心事，但也只能如实汇报：“报告刘部长，我跟方老板在上海有半年多……”

刘鼎打断了阿牛的话：“你懂炼油？”

阿牛摇着头如实报告：“我主要是干些刊物的翻译工作，偶尔跟着方老板洽谈生意，虽在生产肥皂的厂里干过，但不懂生产，更不知道什么是炼油。”

“延长石油厂缺人？”

刘鼎重新把头扭向刘贵福，略带遗憾地告知对方：“去年春天 19 井打出了旺油，现日产量可达一吨多，厂里急缺懂炼油的人。现在看来还得另想办法找人。”

不承想刘贵福听后居然像变了个人似的，当即大方表态：“刘部长，如果延长石油厂用人，你要谁我都无条件支持。”

延长石油厂缺人？阿牛有点着急，他可不想去当炼油工人，毕竟自己来延安的目的就是参加八路军上前线打日本鬼子，现在因为年龄小，只能暂时在枪械修造部，但这好歹也和打日本鬼子的武器有关。他正盘算着如何表达自己的想法，不料刘鼎居然连刘贵福的表态也没回应，直接道出了新的人事安排：“小李，你还年轻，明天跟我去太行工业学校，争取多学点知识。”

“是！”

阿牛哭笑不得，刚到枪械修造部，眼看就成了共产党军队的一员，可没料到半路杀出个程咬金，虽然庆幸没去当工人，但对方几句话又把自己调到学校，让侠民叔也白费了虚报年龄的心思。看阿牛一脸沮丧的样子，原本羡慕不已的丁浩心里活泛起来，把手搭在阿牛肩上轻拍几下以示宽慰。好在刘贵福又加了一句：“阿牛同志，好好学，以后到我们这里做个技术员。”

“是！”同样一声应答，阿牛这声应得很干脆，毕竟有了美好的愿景，心里顿时舒坦了许多。

九

第二天，阿牛就跟着刘鼎离开了延安，向山西方向行进。五天后，当阿牛来到太行工业学校时，还以为自己走错了地方。阿牛好歹也算是吃过苦的人，只是这里的教学条件实在是出乎他意料的艰苦，不但没有教室、桌椅，甚至连基本的黑板、粉笔也没有。更让阿牛不得其解的是学校没有教科书，连纸和笔也没有，只能捡树枝在地上写。白天学习条件已够差，晚上所有学员连个窝也没有，一律住在附近的老百姓家。

半个月后，教员和学员终于全部到齐。这天一早，全体人员盘腿坐在空地上听刘鼎开学动员讲话："大家都知道，这两年我们在山西日子过得不理想，学校也是从武乡县纪家坪村成立后，被迫东迁到这黎城县看后村。坦诚地告诉大家，我们想办好学校，但目前除了我们这些人外，可以说是一无所有。有人会想，这什么都没有怎么能办学校？在这样的学校能学到什么？学了有什么用？甚至到现在还有同志打报告要去一线参战。"

四周窃窃私语。刘鼎停了下来，转着脖子缓缓扫视四周，原本那张脸就黑，现在眉尾被他一挑，嘴角向下一压，让人看了心里越发发怵，会场旋即就安静了下来。刘鼎这才继续加大嗓门推心置腹地说道："其实，我也很理解大家，来解放区干吗？不就是想杀敌报国吗？有的同志虽然年纪不大，但我知道日本鬼子已欠了你好几条命！"

阿牛眼圈顿时红了，他摸了摸贴身小匕首，对，自己的阿爷、阿爸和阿妈都是被日本鬼子炸死了。当然，日本鬼子欠的不光是这三条亲人的命，还有家乡说书的郑爷、胜似亲人的方老板、相处如兄弟的陈浦生、为国御敌的颜营长等，这些都要算在鬼子头上。

此时，站在椅子上的刘鼎依旧挥舞着手臂激情地动员着："可是你们有没有想过，如果你现在就上战场，究竟是去报仇还是送命？我可以不客气地下定论，你只能是去白白送死。同志们，我们来学校学习可不是当缩头乌龟，更不是来当忘记家仇国恨的亡国奴。前方后方可都是一方，我们是来学知识的，我们是要从知识渊博的教员身上学到知识。我们将来不但要为前线的将士造枪送炮，还要生产炸药的原料，让我们前线的将士决不会因武器落后或缺少弹药吃败仗，让我们前线的将士不会在一边倒的火力前抬不起头，冲不了锋。而是让他们能够在勇敢的冲锋中，不仅有效杀敌，更不会无谓的牺牲。"

一阵风吹来，扬起土路上细细的黄土。有人反应快，马上闭眼捂嘴，但还是有人被迷了眼，阿牛也乘机抬手悄悄抹去快要滑落的眼泪。风过后，刘鼎又说道："所以，我们来这里学习的目的就是更快地把日本鬼子赶出中国。当然，当这一天到来后，我们还要凭学到的知识制造各种机器，制造各种设备，让我们所有中国人也过上不愁吃、不愁穿的日子。"

会场又响起交头接耳声，忽然有人起身带头喊起了口号：

"学好知识，打败日本鬼子！"

话音刚落，全场所有人群情激奋地举起右手，齐声喊道："学好知识，打败日本鬼子！"

等大家喊过三遍口号，刘鼎才抬起双手压了压，当四周彻底安静下来后，他才动情地说道："各位学员，你们这96人可是八路军总部从各地选调的精英，可千万不要骄傲自满。现在我们学校不光有从英、德两国留学回来的著名冶金工程师刘致中副校长，有日本东京工业大学学成回国后弃教从军的郭栋才教员，还有黄崖洞兵工厂两千名有着丰富工作经验的师傅，党中央对你们期望很高，彭副总司令更是对你们非常关心，要求学校一定要保障你们的安全，要让你们学到相应的知识，可不能辜负了组织对你们的信任与寄托呀。"

这半个月来，这所穷得啥也没有的学校让阿牛情绪一直比较低落，其实包括刚才喊口号也只是跟着大家做一下而已。但现在听了刘鼎对教员的介绍，顿时为学校能有如此高人而激动，他暗自庆幸。记得在上海时，方液仙老板常抱怨很难请到中国专家，许多事往往还得花大价钱请阿乐满等洋人。而如今自己不但每天能在这儿跟着喝过洋墨水的专家学知识，还可以向黄崖洞兵工厂师傅们学技术，那日后定能有所作为。再想到刘贵福所长临别时说过日后可到他那里当技术员，阿牛情绪随着兴致一下子上来了。当全场掌声响起时，他比别人鼓得更响，直到掌声平息后，才意犹未尽地收起双手。

开始教学后，阿牛才知道自己以前在范记打铁铺所学的技能仅仅是皮毛。在这里，他不但在兵工厂师傅处掌握了锉棱角、锉平面、锉六方、钻孔等实践操作的技术，还在教员处懂得了角尺、丁字尺、分规、圆规等专业工具的使用。虽然缺纸少笔，课堂上也是门板当黑板，石头或背包当座椅，膝盖当课桌，但教员们手把手认真地教，学员们专注刻苦地学，师生都劲头十足。学习的空隙时间，阿牛常写信给李侠民和丁浩，分享自己的收获。当然，他也会不定期收到两人的来信。李侠民告诉阿牛，在中共镇海县工委和宁属特委领导下，自己在镇海江南地区开展敌后抗日工作，现取得了一定的成果。同时，他鼓励阿牛好好学习，日后为国家出力。丁浩则在来信中说，他已学会步枪枪管的螺纹制造，等阿牛回来争取学会更多的本领。

因为忙碌，阿牛不但淡忘了时间，更觉得每天都过得很充实。1942 年春节前，阿牛接到学校的通知，由普通科升入机械专科。这表明阿牛既学到了不少的知识和技术，又因为成绩出色，得到了专业深造的机会。此时的阿牛早没了当初来学校时的抵触心，相反为接到能继续学习的机会而庆幸。由于敌伪的破坏，总部指示太行工业学校搬迁到安全区。于是阿牛一行人整理行装，立即搬迁至白寺琅村。

立夏过后，阿牛感觉四周的气氛陡然紧张起来。这天正在上制图课，教务主任李非平突然“闯”进露天“课堂”，叫停了拿树枝在地上画图的学员们:“所有学员停下笔。”

阿牛等人放下树枝，仰头望着神情严肃的李主任，不解为什么要打断上课。只见李非平边翻开手中的名册，边说:“学校现有紧急任务，请点到名的学员马上出列。”

紧急任务？大家你看我，我看你，很多人不明白会有什么大事非得学员停课去办。阿牛也结合之前周边的形势，怀疑是侦察兵发现鬼子有进犯学校的迹象，猜测学校大概是接到紧急撤离并帮助当地百姓的命令。阿牛一脸的淡定，已有丰富经验的他早把转移当作一种玩弄日本鬼子的游戏，何况这个空城计是在敌军还没有来时就唱完了，根本没有诸葛亮那时被司马懿大军围在城中的风险。就在阿牛胡思乱想时，蓦然听到李非平“李阿牛”的点名声，当即起身向上伸臂应道：“到”。随后和刚才点到名的学员在边上站成一排。

李非平点完名后，命令班长吴剑英带队，立即到学校东北区域向刘校长报到，自己则走向另一处露天“课堂”继续去点名。

站在集合人群中，原本淡定的阿牛开始忐忑起来。看来这次行动任务绝对不是撤离，虽然集合的人不少，但没有一名女学员，估计时间如此紧迫，肯定有一定的难度和风险。等各班抽调学员集合完毕后，刘鼎开门见山地说道：“各位学员，接到总部的情报，日军即将要对黄崖洞兵工厂进行‘大扫荡’。”

果然是鬼子来犯，不过阿牛早习惯了日军的“大扫荡”。到太行工业学校才半年多，日军已进犯过黄崖洞兵工厂两次，可每次都让日军碰壁。尤其是去年11月，日军36师团七千余众进犯黄崖洞兵工厂时，八路军特务团团长欧致富在彭德怀副总司令和左权副总参谋长的直接指挥下，依靠黄崖洞雄关险要，率领全团官兵与敌激战八个昼夜，不但成功保卫了兵工厂，更毙伤日军两千人，被中央军委评价为“1941年以来反扫荡最成功的一次模范战斗”，不但大大激发了八路军将士的斗志，更鼓舞了地方百姓打败日军守护成果的信心。阿牛偷眼观察，现场学员和自己一样，神情放松，根本没把日军的“大扫荡”当回事。一来学校所在的白寺琅村非常隐秘且安全，二来听说兵工厂职工昨天已安全转移，连机器也全埋好，鬼子的进犯只能又是竹篮打水一场空，让“大扫荡”成“大扫兴”。可刘鼎却神情肃穆地继续说道：“这次日军的‘大扫荡’规模空前，他们目标就是要彻底摧毁我黄崖洞兵工厂。大家在兵工厂已跟师傅们学了半年，应该清楚这兵工厂就是八路军的命根子。如果让日军阴谋得逞，那我们每年就会让12个团缺少武器弹药的装备。这次，由于我们思想准备不够，人员撤离时把一大批炸药、锯条和锉刀等器材留在了黄崖洞里，现彭副总司令急令我们学校配合工厂，要把这批物资搬到安全地方，决不能让同志们冒着生命危险从敌占区搞来的稀缺物资落入日军手中！”

紧急集合的学员们都听明白了，任务不过是重返黄崖洞，把埋藏在洞内的物资运到安全地。这时，站在阿牛边上的吴剑英高伸手臂第一个表态：“报告校长，我们一定完成任务！”

不等其他人跟进表态，刘鼎抢先冲吴剑英压了压手：“不要着急，先听我说完。”随后又面向大家继续说明情况，“这次抢运风险很大，时间更是紧迫。不但日军已登上后山扫荡，运输必经之路的黄崖洞南口一座吊桥也被破坏。目前，左副总参谋长带八路军已诱敌离开黄崖洞，军工部决定由工校抽百名学员组成战斗队，由我和李主任带队即刻赶往黄崖洞，要求在次日早上敌人发现洞前完成抢运任务。现你们马上到校器械房领一颗手榴弹，带上干粮立即出发！”

根据刘校长的解说，阿牛既意识到这次任务的重要性，也认识到这次任务的风险性。现鬼子不但人数众多，还到过黄崖洞后山，并将唯一的交通吊桥也破坏了。阿牛已进出黄崖洞无数次，日常即便空手行走山路也不容易，现没了吊桥再肩扛背驮物资，必定越发艰险，这也是没让女学员和体弱男学员参加行动的原因。可现场大多数学员似乎并不在乎刘校长的风险警告，纷纷表态："请总部和校长放心，我们一定完成任务！"

出发后不久，阿牛暗自盘算，现学校距黄崖洞直线不到三十多公里，可为了隐蔽，队伍只能翻山越岭走小山路，这极有可能因误时而影响任务的完成。不料，刘鼎带领大家急行军，居然临近午夜就安全抵达黄崖洞。提前抵达的刘致中副校长和几名留守的战士，立即指挥大家背上已捆绑好的物资，迅速从黄崖洞南口出来。

来到遭敌人破坏的吊桥前，刘致中命令所有人解开裹腿绷带，等接成长绳后，依次将人和物资从十多米高的悬崖陡壁上缓缓吊下去。当刘鼎最后一个吊下山脚后，阿牛立即按指令用火把点燃了绷带长绳。

绷带长绳还没有完全烧毁，不远处山谷传来密集的枪声。刘鼎抬头，此时虽然天还没亮，但已能依稀可见树冠的轮廓，于是果断下令所有人灭掉火把，背上物资急行军。没走多远，东方浮起一片鱼肚白，随后，像是谁在淡青色的天畔随手抹上一层粉红色，无数道金光顿时如水波散开，让沉静一夜的黄色大地又一次在雄奇与壮美中渐渐鲜活起来。

虽然远处的枪声平息了下来，可阿牛的肚子却"咕咕"叫了起来。边走边摸干粮袋，里面早已空空。紧跟身后的吴剑英正好摸出最后一把炒米，发现走在前面的阿牛掏出的是空手，就急走两步，用肘顶了一下阿牛："我这里还有这一把，分着吃吧。"

阿牛扭头看伸向自己紧紧握着的拳头，脸顿时红了。自去年入秋后，太行山遭受持续的严重旱灾，导致粮食供应跟不上，学校师生的口粮被迫从每人每日 0.75 公斤降到 0.44 公斤。由于长期缺油水又吃不饱，阿牛和一些同学常常饿得摘野菜和树叶充饥。今年搬迁新校址后，学校学习南泥湾精神，积极开展生产自救活动，并组织师生开荒80余亩，边学习、边耕种。可即便这样，粮食还是不够学校师生吃饱。阿牛心里清楚，每个人手头没多少粮食，如果现在接了班长的炒米，等于让他挨饿，所以边走边摇着手拒绝："班长，不用，我现在不饿。"

"跟我还客气啥。我是共产党员，又是你的班长，把手伸过来。"吴剑英见此处山路还宽敞，干脆抢前几步挡住阿牛，霸气地攥住对方的手，旋即拉到握紧炒米的手下面，小心松开小指，让炒米流向阿牛手心。

阿牛咽了下口水连喊道："够了，够了，班长。"

"别动！小心撒了！"吴剑英眼睛一直没有离开手。

阿牛只好顺从地屈起手指，并紧指缝呈碗状接住炒米。等松完小拇指和无名指，吴剑英才松开阿牛的手，一边把剩得塞不满嘴的炒米往嘴里一送，一边嘟囔着催促："快吃，别掉地上。"

阿牛感激地望了对方一眼，抬手低头，一口将手上的炒米吸舔进了嘴。

当天虽然行军艰难，好在全队安全抵达总部的指定地点。等顺利把物资交接完毕，刘鼎带众人来到炊事班门口，这里已给师生们备好了小米粥和煮土豆。虽然口干舌燥，可阿牛顾不上喝小米粥，抓了两个土豆，刚往地上一蹲，一个土豆就已塞进嘴。没想到咽下去太快，土豆噎堵在喉咙，既上不来又下不去。阿牛起身又是捶胸又是蹦跳，可除了胸口疼得把脸憋红外，一点效果也没有。一旁吴剑英见状，赶紧把正在喝的小米粥往阿牛这边一递："快，喝上一口慢慢咽。"

阿牛憋着气喝了一口稀粥，分口慢慢咽下去，果真随着涌出眼眶沿着脸颊滑落的眼泪，卡在喉咙里的那个土豆也终于滑了下去。阿牛顾不得体面，用手背抹去眼泪，一把夺过吴剑英的碗，连喝了几口粥，终于让胸口畅通起来。他呼了一口气，把碗还给吴剑英，还没道声谢，只见一名通信兵快速跑了进来，径直到刘鼎面前气喘吁吁地报告："刘部长，鬼子来了，总部要求学校师生分开马上转移至后方。"

阿牛一愣，这饭还没吃完呢，鬼子怎么就追到了？吴剑英反应迅速，端起那碗剩下的小米粥，只见喉结上下滑动两下，碗就朝天了。看边上有人望着自己发呆，吴剑英放下碗催促："快把小米粥喝了，没吃的土豆带上！"

因为吴剑英反应迅速，所以当刘鼎下达集合口令时，吴剑英已带班上的学员快速离开了炊事班。

上百人的师生队伍被分成 5 组，阿牛所在组由副校长刘致中带队。起初队伍转移比较顺利，可到武乡刚准备转过板山山脚，突然前面响起了两声枪响。阿牛毕竟上过战场，反应极快，不但本能地闪到边上的掩体后，并拔出了插在腰上的手榴弹。还没等阿牛再有动作，前面枪声突然如豆爆响，既有中国人的喊杀声，也有日本人的叫喊声。学员们一时弄不明白是怎么回事，不到两分钟，枪声戛然而止，有人在前面山脚口高喊："后面是哪里的？"

紧贴山石的吴剑英隔着山脚双手拢嘴高声回道："我们是太行工业学校的。"

"快过来，你们有人受伤了。"

见有学员要出掩体，阿牛急着大声问道："你们是哪里的？"

“特务团，日军侦察兵已被击毙，你们安全了。”

想到走在最前面的就是刘副校长，阿牛把手榴弹揣回腰上，起身抢先跑了过去。刚拐过山脚，一眼就看到倒在血泊中的刘致中。他扭头大声向后面招呼：“刘副校长受伤了，快拿纱布过来！”

“什么？刘致中受伤了！”前面特务团疾步上来一个领导模样的人。

“他是我们副校长。”阿牛头也没抬，用手按住刘致中脖子上的枪眼，虽然已没什么血在流。

那个领导模样的人朝后喊道：“卫生员，快设法抢救刘致中！”

马上有人从对面人群跑了过来：“是，首长！”

首长？阿牛抬起头看了眼对方，那是个皮肤黝黑的高个子，身穿一身灰色的八路军军装，佩戴八路军臂章，打着裹腿，浓眉大眼，高鼻阔嘴，凸起的喉结顶着紧扣的衣领，显得格外精明干练。难不成他就是传说中的欧致富团长？阿牛一下子忘了身边的刘致中，被卫生员挤开后，目不转睛地望着对方。

“首长，不行，没用了。”

“唉！”听了卫生员汇报后，领导模样的人摘下帽子狠狠打在自己的腿上，似乎这样还不解气，又狠踹了一脚山石，旋即转过身朝学员厉声喝问，“你们中间有没有共产党员？！给我站出来！”

包括吴剑英在内的6名学员赶紧站成一排，不知所措地看着对方。不料，那领导模样的人没有理会吴剑英等人，又向人群问道：“这里还有没有教员？”

吴剑英出列敬礼：“报告首长，我是普二班班长吴剑英，我们这支队伍没有其他教员了。”

领导模样的人回礼后自报身份：“我是八路军副参谋长左权。回队！”

当左权报出身份，不光阿牛瞪大了眼睛，所有学员也没想到站在面前这人居然是八路军高级将领，向来稳重的吴剑英紧张得都忘了收礼回队。左权并不在意发愣的吴剑英，语重心长地对眼前6名年轻共产党员说道：“学员们，八路军将士都很勇敢，但我们常常因为缺少武器，即便打了胜仗，往往也只能眼睁睁地看着敌人漏网而不能彻底消灭。所以，我们想尽一切办法建立自己的工业学校。你们应该也清楚办这所学校太不容易了，尤其是请教员更是难上加难。”说到这里，左权指着刘致中遗体加大了嗓门，“刘致中毕业于天津北洋大学冶金系，留过洋，学问大，是我们共产党队伍极其稀缺的工程师。一位优秀教员的牺牲，就相当于我军伤亡一个团。因为没有他们，你们今后无法为八路军和新四军制造武器和弹药。而没有武器和弹药，我们就不可能打败日军，不可能把日军赶出中国！”

阿牛觉得左将军说得很在理。记得当年郑爷在说书时分析，说蜀汉在三国中始终处于劣势，曹魏有精锐骑兵之师，孙吴有精良水师之军，形势逼迫蜀汉只能靠先进的武器抵御、战胜强大的敌人。也因为诸葛亮发明了连弩，从此弩兵成了骑兵的克星，曹魏再也不敢小觑蜀汉。即便诸葛亮六次北伐都失败，但也能凭借训练有素的弩兵安全撤离全军。为了听得更真切，阿牛起身情不自禁向左权靠近了几步。此时的吴剑英终于也惊醒过来，回队后挺直身子表态：“报告左副参谋长，我们今后一定会保护好教员！”

“你们是共产党员，要时时保护我们的教员。他们不仅仅是学校的教员，更是八路军最宝贵的财富。我命令你们，今后不管发生什么，即便用自己的生命，也要保护教员的安全。你们不光是他们的学员，也是他们的警卫员。”

“坚决服从命令，坚决保卫教员！”

吴剑英高声喊完后，另 5 名共产党员学员又齐声喊了一遍。阿牛第一次感受到共产党员与普通群众身份的不同，虽然这更需他们的付出，也更加危险，但却极其神圣，极其伟大。他想起了敢于用自己生命保护方液仙的陈浦生，但吴剑英等人和陈浦生又是那样不同，这不仅仅是警卫员和保镖词义上的差异，更是因为陈浦生是为一己之利而勇敢，而共产党员却是要为他人而忘我。

“首长，日军又有新动向。”

听完身后电报员汇报后，左权朝吴剑英叫道：“吴剑英！”

“到！”

左权果断下达命令：“刘致中遗体留给我们处理，你马上带学员翻越板山，尽快安全转移到后方。”

“是！”

“路上小心，这段山路很可能有鬼子侦察兵。”左权叮嘱完转身甩开双臂大步朝另一方向走去。

吴剑英组织大家向刘致中遗体三鞠躬后，开始疾步向板山深处走去。有了左权将军的提醒，阿牛行军不再光顾着脚下，而是环视四周，尤其是远方树木或巨石，他都要细细观察一下，确定没有人埋伏或隐蔽。队伍行进了约一炷香的时间，前面出现两条山路，一条是夹两山的长沟，一条是绕山山道。这两条路吴剑英都走过，前者虽可省不少的时间，但杂草丛生，既多虫蛇，又有被埋伏的敌人袭击无法逃生的风险。就在他犹豫着该走哪条路时，阿牛上来建议："班长，左副参谋长让我们尽快转移到后方，那就走山沟路吧。"

"可首长也提醒过我们要小心鬼子侦察兵……"

阿牛一急之下干脆道出当下的最大困难："绕山道肯定天黑也走不出，我们又没带什么干粮，届时拿什么垫肚子？"

一提到干粮，吴剑英就像被击中了要害，垂下了眼帘。阿牛说的是，大家已走了整整一夜，没怎么吃饱又急行军，自己的胃也早已开始泛酸水，相信其他同学也和自己差不多。如果真的天黑还没有走出山道，还真的很难带学员们坚持到后方。暗中权衡一番后，吴剑英决定带大家走山沟路，可还没有向队伍下达命令，阿牛又说道："班长，我先走，你们和我保持距离，如果前面有敌人，我就拉手榴弹，届时你带大家赶紧往后跑……"

这回轮到吴剑英打断了阿牛的话，并很粗暴地把对方向后一推："全体立正！"

由于路面不宽，18 名学员只能挨肩站成三排。吴剑英也没有什么铺垫，直接以班长的身份下令："现在情况非常紧急，我提议李阿牛同志暂为我们组的副组长，大家有没有意见？"

站在前排的阿牛愕然地看着吴剑英，心想，若真要选个副组长，那应该从另 5 名党员学员中选，怎么轮得到自己？难不成我提出走前面探路，因而要封个"官"吧？这可不是《三国演义》，谁开路就得捧个先锋印。好在吴剑英给出了令阿牛不尴尬的答案："同学们，阿牛虽然还不是共产党员，但他上过战场，而且有勇有谋，相信他能带我们安全到达后方。"

"班长，我们没有意见。"

见学员们没有异议，吴剑英旋即下起了第二道命令："从现在起，我走在前面探路，你们听李阿牛指挥。一旦听到手榴弹爆炸声，你们马上相互照应着往回跑。"

阿牛这才明白吴剑英为什么临时要"封"自己一个官，原来他把自己当先锋的提议给抢了。于是也不顾纪律，急着争辩："班长，这可不行，打前阵还是我来。"

不料吴剑英一脸霸气地说道："有我在，还轮不到你指挥！"

阿牛也不示弱，强硬地回应："这是我想出的主意，你不能抢功劳！"

当两个负责人脸红脖子粗地开始争吵后，其他同学都哭了。这群还不到 20 岁的年轻人都知道自己处于什么样的境地，而走在前面，那就是把自己置于更大的险境，刚刚去世的刘副校长的事例活生生就摆在面前。于是，有人带着哭腔建议："班长，我们还是一起走吧，要死也死在一起。"

吴剑英像一头被激怒的雄狮，指着那名同学吼骂道："你他 × 的别再胡说添乱！我们都是总部从各地挑选出来的人。想当初，有人为了护送我们来校而牺牲，有人为了让我们吃饱肚子而牺牲，有人为了让我们有学习资料而牺牲，有人为了让我们有可用物资而牺牲，更有许多老百姓为了让我们吃好睡好，把吃食让给我们，把最好的床让给我们，你若也牺牲了，对得起他们吗？！"

阿牛第一次见班长发火骂人，更是第一次听到向来沉稳的班长说这么长的话。就在他还想着如何让班长收回成命时，吴剑英突然朝阿牛吼道："李阿牛！"

"到！"

“把你的手榴弹给我！”

“是！”阿牛眼泪在眼眶里打转，咬牙拔出腰上的手榴弹，双手递了过去。

吴剑英接过手榴弹下达最后一道命令：“队伍同我保持间距，全程不许说话！”

“是！”阿牛眼前已花得看不见，应声后哽咽得再也发不出声。他紧闭双眼，等再次睁开眼，发现班长正好也有两行泪快速滑落脸颊。

学员们看着班长吴剑英小跑进了山沟，有几个人离开队伍想跟上，阿牛一把抹去脸上的泪水，厉声喝道：“站住！”

那些个子都比阿牛要高的同学顿时乖乖停在原地，不敢再向前迈一步。阿牛也被自己嗓门吓了一跳，旋即暗自肯定自己的气势。现在既然成为同学们的领头雁，就该理智行事，就得想办法镇得住人，办得起事。

估摸班长已走十分钟，阿牛这才带上同学们也走进山沟。山沟勉强能容两人并行，裂谷两边是万仞绝壁。这里没有旭日，也没有晚霞，即便烈日当空，阳光也很难穿透层层雾霭抵达山沟地面，平时静谧得让路人发瘆。好在现在耳边不时传来喘息声和脚步声，让人才不觉得发慌。

一行人约走了四分之一山沟，突然后方遥远处传来密集的枪炮声，学员们纷纷驻足回头观望。阿牛细辨这枪炮声，似乎并不比镇海防御战弱，估计是左权将军指挥的特务团在教训入侵日军，心里暗暗希望能再次传来“反扫荡更为成功的模范战斗”的好消息。大家刚回转身准备继续前行，山谷蓦然传来一个压着嗓子的低吼声：“不许动！”

这声音不但耳生，而且经回音扩大，明显可以断定不是中国人。阿牛赶紧朝后打手势，让大家散开谷底两边别出声。这时前面又传来吴剑英的呵斥回音：“你们俩想干什么？”话音刚落，传来叽哩哇啦的恐慌叫声，接着现场连续响起两次爆炸声。几名同学反应极快，按原先吴剑英的约定转身向外跑去。

“站住！回来！”

阿牛的叫声像根套马杆上的套索，一下子拽住了向外跑的同学。有人不解地责问阿牛：“班长不是说了以手榴弹为信号，一旦有危险，我们就回撤吗？”

阿牛没理会同学的质疑，从身边一同学手中抢过手榴弹，果断对另两名同学下令：“你们跟我去前面查看情况，其他人原地待命。”

来自福建的刘军听后小声劝道：“阿牛，前面有鬼子，我们进去危险。”

阿牛睥了刘军一眼：“就两个鬼子侦察兵怎么就把你们吓成了这样？”

刘军满脸不高兴地反问：“你怎么肯定只有两个鬼子侦察兵？”

“班长刚才不是说了吗？”

“副组长，我听你的。”刘军终于明白吴剑英那句呵斥声其实是在向同学们报信。

从起初用班长的命令压自己，到现在表态称呼自己副组长，阿牛觉得自己的冷静与正确判断已得到同学的认可。因惦记班长的安危，更想着要尽快带同学安全转移到后方，所以他也不再搭话，把手一挥：“跟上我！”

又向前走了约两里山路，阿牛一眼看到趴伏在地的吴剑英，身下似乎压了两个人。观察四周安全后，阿牛冲上前一看，只见吴剑英双臂紧紧搂着两具尸体的脖子。阿牛和同学合力把吴剑英和两名日军侦察兵分开，三人虽然脸还能辨认，但胸口早被炸得不成样，破碎衣服遮不住数个碗大的窟窿。刘军顿时哭出了声，阿牛虽然从冲过来那一刻就泪流满面，但还是冷静地下令："江怀英，你马上回去让同学们跟上。刘军，你留下看护班长遗体，我们一定要把班长带回后方。"

刘军听出了味道，起身抹着眼泪问道："副组长，那你……"

"我前面探路，队伍同我保持间距，全程不要说话！"阿牛最后两句话极像吴剑英进谷前下达的最后一道命令，连手势也一样。

"副组长，还是让我在前面探路吧？"

"我是副组长，你必须听我的安排。"阿牛霸气回绝江怀英请求后，扭头径直向谷深处走去……

十

再次到陕甘宁边区机器厂的枪械修造部，阿牛已成为知识分子干部，这让当初对阿牛“不幸”遭遇深表同情的丁浩很是羡慕。经过这一年时间的学习和锻炼，尤其是两次与日军侦察兵的遭遇，阿牛不但对工作投入更大的激情，而且对生活上的巨大改善也是知足不已。

延安的生活变化得益于三五九旅实行军垦屯田。1941 年 3 月，全旅官兵开进南泥湾，仅用一年时间，就将野草丛生、荆棘遍野的南泥湾，变成了“平川稻谷香，肥鸭遍池塘。到处是庄稼，遍地是牛羊”的陕北好江南。所以，中共中央在延安地区掀起了向三五九旅学习大生产运动的高潮。枪械修造部现在每天下午也会组织大家开垦荒地，或摇车纺织。阿牛报到后，按要求分到组里参加劳动。阿牛自认为自己从小种地，肯定能干得好开垦荒地的事。不承想，这里的土质和家乡完全不同，开垦荒地不仅仅需要体力，更需要耐心，甚至还需要智慧。延安的荒地是真的荒芜，不仅没有可作天然肥料的腐殖地，而且所垦的地土少石多，往往一锄下去，虎口被震得生疼。经过一段时间的劳动比较，阿牛最喜欢干的就是种榆树。因为榆树不但耐旱耐寒，而且耐瘠薄耐修剪，只需秋季落叶后或春季萌芽前，挖个坑，施上牲畜粪，随剪一根壮条，将靠近芽眼处剪成马耳形往坑里一栽，既不用怎么灌溉，更不需要细心打理，大都能栽活。当然，阿牛喜欢种榆树还有一个重要的原因，那就是榆树结的榆钱不但可以生吃，还可做成榆钱窝窝、榆钱粥等，这对曾经常有饥饿感的人来说，再苦再累也是值得的。所以开垦荒地时，阿牛很是卖力，总比别人干得多且好。

至于摇车纺织劳动，阿牛却成了落后分子。这主要是阿牛心底认为摇车纺纱是女人干的事，一个大男人盘坐于纺车前，总有点不伦不类。也因为心里有疙瘩，很别扭，所以阿牛摇车纺纱成绩一直很差，手指老捻不住棉条，不是断了就是缠到锭子上，往往捻出来的线粗细不匀。好在他自认为只要能制造出武器，这些婆婆妈妈事不算什么，也就没放在心上。

这天因在挫孔时手指划了一道口子，即便下午劳动是种榆树，阿牛也没有参加，在窑洞内画新地雷的图纸。临近傍晚，只见刘贵福一脸铁青地走到阿牛面前，开口责问：“小李，今天你为什么没有参加劳动？”

刘贵福本就不苟言笑，浓密的眉毛像两把对称的利剑悬在两侧，现在中间再配上一个深深的“川”字，整个脸就像刷了层糨糊紧绷得皱了起来。阿牛当即放下笔起身，伸出伤手解释：“刘所长，我的手……”

没想到刘贵福看都没看一眼，扭头朝外吼了一声：“把江怀英给我叫来！”

“是！”门外有人应了一声，旋即传来渐渐远去的跑步声。

刘贵福自向外吩咐后，别说是说话，甚至连看都没看阿牛一眼，径直走到桌前，“扑通”一声重重坐在凳子上。随后，从口袋中掏出本子，拉着脸翻开后，又取下别在上口袋的钢笔，埋头写了起来，全然当作对面的阿牛不存在。

阿牛不明白刘所长为什么让人去叫江怀英，难不成要让不同部门的老同学过来“见证”自己的偷懒。唉，若等一下刘所长真是要这样批评自己，那这可真是太尴尬了。阿牛想开口说话，可看着刘所长认真办事的模样，话到嘴边又吐不出来，只能愣愣地站在桌前，就像当年被柯老师责罚的样子。此时，屋内只传来钢笔在纸上的轻微画写声，似乎紧张得喘口大气空气都会炸裂。渐渐地，阿牛觉得气氛从紧张慢慢变成了惶恐，这种恐慌感他从来没有过，即便遇到日机轰炸家乡、镇海防御战或搬迁撤离黄崖洞兵工厂，也绝对没有背上发凉的感觉。

“报告！”不一会儿，江怀英来到窑洞外。

这报告声在阿牛听来就像是福音。仍是绷着脸的刘贵福朝外吼了声：“进来！”等江怀英瘸着脚站到面前敬礼，又下了道让江怀英和阿牛感到摸不着头脑的命令，“卷裤脚！”

阿牛低头一看，发现江怀英左腿没有打绷带。随着裤脚的卷起，只见江怀英被绷带绑着的小腿仍有血水渗出。阿牛马上明白了刘贵福的用意，当即低头认错：“刘所长，我错了，轻伤不该不参加劳动。”

“江怀英！”

“到！”

“回去吧。”

“是！”

阿牛知道刘所长接下来会惩罚教育自己，于是等江怀英瘸着脚出门后，低头诚恳地说道：“刘所长，我真的认识到错了，愿受任何惩罚。”

刘贵福本想借机把阿牛狠狠教育一番，警示他日后不能偷懒，可对方主动认错的态度，让他觉得再说无益。既然响鼓不用重锤，那就点到为止即可。于是想了一番后说道：“今天大家都种了榆树，你没参加劳动，星期天早上你到王家岭补种 6 棵。”

“刘所长，我这就去。”阿牛说完就向门口走去。

“站住！天已黑，星期天去种。”

刘贵福说完收起笔和本子，起身就走出窑洞。阿牛咂了咂舌，看上去凶神恶煞的刘所长其实内心很柔软，这样的安排不仅仅是为自己的安全考虑，应该更是为自己受伤的手考虑。

星期天一早，阿牛吃过早饭就独自跑到王家岭补种榆树。虽然刘所长要求只需种 6 棵，但阿牛为了惩罚自己，也为了表明自己的认错态度，连种了 10 棵才收工。得知情况后，刘贵福特叫上阿牛又向王家岭走来。阿牛误以为刘所长是要验证自己的劳动，于是远远可以看到种下的榆树时，指着前面汇报：“刘所长，您看，这最后面 10 棵树就是我早上种下的。”

刘贵福很随意地扫了一眼，问：“小李，知道我们为什么不种其他树，只选榆树吗？”

“刘所长，好像是榆树易栽易活，而且成长快，榆钱又可以吃。”阿牛自然记得这些天种榆树好的宣传，但他肯定刘所长不是在考这些知识面。

刘贵福没有肯定，更没有否定，见前面刚好有道土坎，一屁股坐了下来，仰起头又问道：“知不知道商鞅？”

阿牛不知道自己该不该跟着坐下来，只好曲着上身反问：

“您是指秦国变法的商鞅？”

“坐！”刘贵福点头时指了指边上土坎。等阿牛坐下后，只见他顺手捡起边上一根枯枝，岔开双腿，在地上写了两个字后，扭过头问道，“知道这个吗？”

“垦令？”阿牛虽然认识字，也猜到这和刚才问到的商鞅有关，但却不清楚两者有什么关联。

刘贵福回转头，望着远方平静地说道：“两千年前商鞅颁布《垦令》后，秦国的国力大幅上升，最终成为战国时期最强大的国家。所以说，经济对一个国家或一个军队来说，是极其重要的。如果让老百姓负担轻了，他们就会支持这个政府和军队，因为生活有了盼头。”

谈到老百姓支持，阿牛想起一件事，于是忙插话求证：“刘所长，我听说现在边区民主选举投票很踊跃，有个投票法叫豆选法？”

刘贵福只是点了一下头，然后继续刚才的话题：“这次生产大运动，习惯晚上办公的毛主席往往通宵工作后，照例下午还和中央机关的同志们一块去参加劳动。他还在自己住的杨家岭开了一片荒地，种上辣椒、西红柿、倭瓜等菜，一有时间就主动到菜园劳动。朱总司令在井冈山就因挑粮出了名，现在也是一早就提着桶去路上捡牛粪，镢头翻地更是抢最大的镢头。”

像是被揭了出丑的伤疤，阿牛挠着头皮认起错：“刘所长，我以后一定会改正缺点。”

刘贵福摇了摇手中的枯枝，示意阿牛不要打断：“周副主席从重庆回到延安后，也在繁忙的工作中抽时间参加劳动。今年3月，中共中央书记处在枣园举行了一次军民纺线比赛。周副主席和书记处任弼时书记都作为普通选手参赛，大家都知道周副主席右臂受过伤，可没想到周副主席捻出来的线又匀又长又细，被公认为头等线质量，并和书记处任弼时书记纺的棉线一起送到农业展览会。”

阿牛第一次听到这样的故事，想到自己年纪轻轻双手好好，却干得不如日理万机的领导们，脸羞得如同喝醉了酒，他担心刘所长接下来会重点批评自己的摇车纺纱劳动，好在对方话题一转，又扭过头问道：“知道延安‘十个没有’吗？”

阿牛反应很快，边回忆边答复：“刘所长，我在太行工业学校时听说过，但具体内容不是很晓得。”

“这是大前年毛主席在延安民众讨汪大会上的讲话，其中第八个和第九个就是没有萎靡不振之气、没有吃摩擦饭。”

阿牛以为是听错了，问：“刘所长，吃摩擦饭是什么意思？”

“就是把芝麻大的事儿扩大到非解决不可，而想要再解决，非用金钱和权力不可，由此投机取巧升官发财。”

阿牛觉得第八条可以勉强让自己对照，可这第九条应该和自己没什么关系，不明白刘所长为什么要重点提这条，只能含糊应了一声：“噢。”

“也因为我们共产党有这‘十个没有’，让大家看到了希望。当年华侨领袖陈嘉庚到延安进行为期九天的深入调研后，在国统区就说，假如有更多的人像共产党那样刻苦耐劳，埋头苦干，中国一定可以成为第一流强国。”

阿牛联想前后的谈话，觉得越听越糊涂，怎么说着说着又扯出华侨领袖陈嘉庚？今天刘所长到底是怎么了？这话题怎么像踩西瓜皮一样，随意乱滑，根本不像平时的作风。心里虽这样想，但嘴上只能继续茫然应着："噢。"

"今天找你谈话就是这个意思，你很聪明，日后肯定是个栋梁之材，所以要记住这两条。很多事我们提前积极处理，就可以让成本变得最小，也不会让自己有错误。"

阿牛没想到刘所长今天走这么远，既不是要查验自己的劳动成果，更不是要批评自己，而是如此器重自己，他终于明白刘所长绕一大圈话题的用意，摸着胸口应道："我一定会记住刘所长今天的叮嘱。"

刘贵福点头后抬起右脚抹平地面，又用枯枝在上面写起了字。阿牛跟着那笔画，慢慢读了出来："扎根奉献。"

"对。"刘贵福抬起手中的枯枝指向阿牛种下的榆树，"小李，榆树既不择土壤，适应性也很强。这是因为它不但根系发达，而且抗风力强，只要挖个坑扦插就能成活。而一旦长大，就会结榆钱。作为一名入党积极分子，你就应该有这样的心胸。"

阿牛起身，挺直身子向刘贵福敬了个礼："请刘所长看我日后的表现。"

"好，我们回去吧。"刘贵福起身拍了拍屁股。两人一前一后沿着来路返回。

第二天，阿牛的出色表现让刘贵福眼睛顿时一亮，这家伙下午的劳动过程中，不但用心有节奏地转着车轮，右手在一拉一送中不熟练地捻着棉线，还学起陕北人戴上了白羊肚手巾。等劳动结束，刘贵福起身特意走到阿牛身边，指着白羊肚手巾问道："小李，怎么还戴上这个了？"

阿牛放下刚从纺车上取下的线穗子，直起身敬了个礼："报告刘所长，我认为扎根就得适应这里风土人情，何况这白羊肚手巾戴了才知道真有用，不但可以挡风沙，还可以遮阳和擦汗。”

刘贵福本想劝说不用形式上刻意效仿，但既然对方说有实际效果，就不再接话。低头瞄了眼阿牛放下的线穗子，虽然还不能像别人一样已成“大白萝卜”，但也纺了不少。为了查看纺线的质量，刘贵福指着线穗子说道：“给我看看你纺的线。”

“是！”阿牛转身弯腰拿起线穗子递到刘贵福手中。

刘贵福捏住线头拉出一段，只见棉线粗细虽然还不均匀，但一点也不松，就鼓励了一句：“有很大进步，加油干！”

“是！”

刘贵福把线穗子还给对方，刚转身准备要走，突然想起了什么，于是又转回身叮嘱阿牛：“今晚你早点吃完饭跟我去个地方。”

阿牛猜刘所长可能是有新任务要交给自己，所以应答很爽快：“是！”

晚饭后，阿牛刚到刘贵福窑洞外，恰巧对方也从里面走了出来。阿牛刚想打招呼，刘贵福却抢前说了声：“跟我走。”

两人一前一后沿着山路往下走。阿牛想起了第一次和刘贵福碰面也是在这样的山路上，只是那时除了窑洞，满眼是空旷辽远、触目惊心的苍黄，不像现在时时可以看到开垦后的农田，还有正在回赶的成群的羊和牛。

“刘所长，我们能不能也组织人养羊和牛？”

对于阿牛突然冒出的念头，刘贵福既没否定也没肯定，而是反问：“你有经验吗？”

看着放牧人不紧不慢赶着慢悠悠的羊和牛，阿牛觉得这活谁都会干，老家地主不就是把牛或羊交给租户家孩子放养的，除了把它们赶到有草的地方，晚上再回赶，根本没什么事要做。毕竟这不是打铁等手艺，哪需要什么经验？不过心里虽这样想，但脸上没有任何表示轻蔑的表情，只是很老实地摇了摇头。刘贵福特意停下脚步，一脸严肃地告诫："做任何事不能光看表面，更不能盲目追风。畜牧养殖看上去只需每天早上放出来，晚上赶回栏就行，其实里面的学问有很多，像如何选品种、如何预防疾病、该怎样准备饲料，等等，这都是需要了解掌握的。上次，有家单位兴师动众搞来二十多头小牛，不料一个月后，这些牛相继食欲废绝连续拉稀，而且口腔干臭、精神沉郁。这些人不懂治疗，看牛虽不吃草料，但很爱喝水，想人也有头疼脑热的时候，就不断供水让牛休息。不想才过了两天，所有牛的眼球下陷，呈昏睡状卧地不起，这下才急着找兽医治疗，可还是死了近一半。"

阿牛吓了一跳："谢谢刘所长，我明白了。日后我若学会了养殖技术，再向您请缨。"

"好，我等着。"刘贵福说完抬手看了看手表，朝阿牛一挥手，"走，快点，不然赶不上了。"

看刘贵福转身大踏步的样子，阿牛虽没明白有什么事要这么着急赶路，但也甩开膀子紧跟而上。

当最后一抹蓬松、悠然的火烧云渐渐暗下来时，伸在空中的榆树枝叶渐渐成了剪影，所有的色彩开始被单调、凝重的黑色所掩盖，只留下鲜明的轮廓，似乎预示着一天的宁静即将开始。阿牛跟着刘贵福刚拐进马家村，就感到今晚这里的气氛不一样，广场空地点起了火把，全村大大小小近百号人热热闹闹集中在这里，似乎正在开大会。刘贵福带着阿牛悄无声息地走到人群后面，选个空处席地坐了下来。阿牛听一个男子正冲着人群喊话：

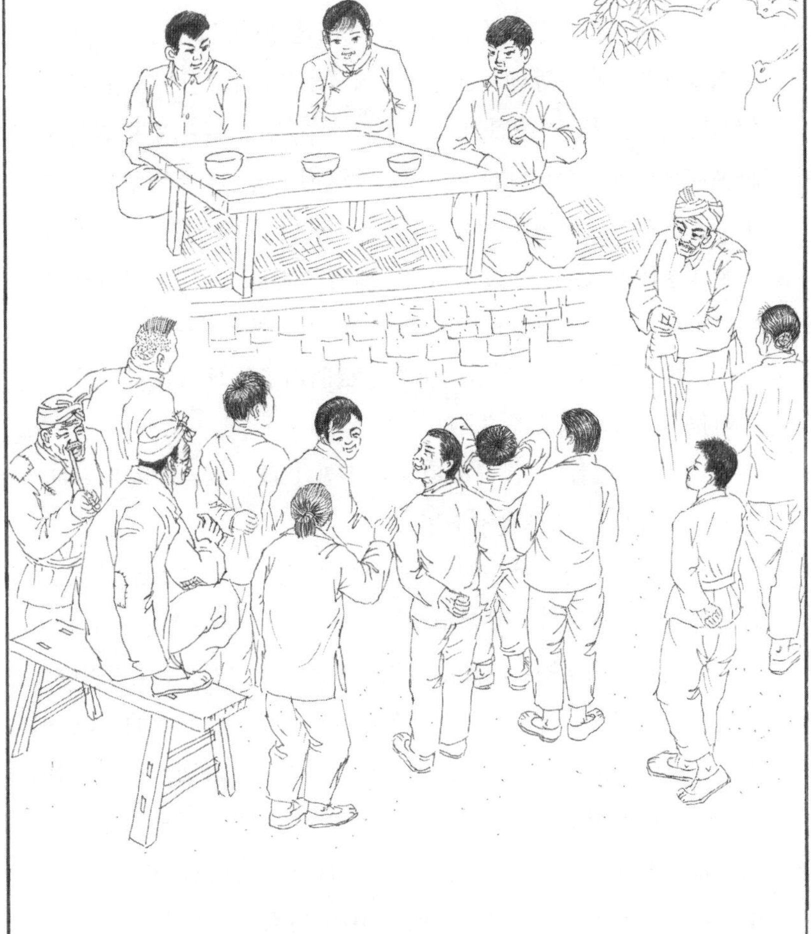

十

“乡亲们，其实我也舍不得离开这里，但作为一名共产党员，哪里更需要我，我就得无条件地服从。来，现在请大家都排好队，看准了再投手中的豆，把村长选出来。”

话音刚落，广场如同飞进近百只麻雀叽叽喳喳叫唤起来。阿牛扭头惊喜地问刘贵福：“刘所长，这就是豆选法选村长吗？”

“对，你不是没有看过吗？下午刚得知马家村村长要去服务站工作，晚上要选新村长，好在没有错过。”

也不知是谁唱起了陕甘宁边区流行的百姓民谣：“金豆豆，银豆豆……”刚起了个头，所有人跟着也唱了起来：“豆豆不能随便投；选好人，办好事儿，投在好人碗里头。”

在欢快的歌声中，村民们捏着手中的豆自觉排起队，刚才喊话的马家村原村长也退到两张桌子旁，指挥人群依次上来，把手中的豆投放到候选人的空碗中。阿牛忍不住好奇，起身挤上前观看。只见三位候选人并排坐在桌后，热情招呼村民把豆投到自己面前的碗中。每每有人在一只碗投下豆，就会引起另两位候选人的掌声。而一旦有人到桌前佯装难抉择，这下不但三位候选人会推椅起身，表情夸张地招呼对方把手中的豆投给自己，更会引起人群的起哄。而往往越磨蹭，这嬉闹声越大，笑声也越多。

等所有人把手中的豆投完，原村长安排两位村民当场一一点数候选人碗中的豆，并旋即宣布获豆最多者为新一任村长。

当晚的选举给阿牛留下了深刻的印象，看似没有什么秩序，其实所有人都在热热闹闹氛围中按规则做事。无论是候选人还是选举人，无论是当选人还是落选人，每个人都很开心。甚至落选者在选举结果公布后，还合力抱起当选者以示庆贺。似乎这里没有赢和输，只有同心下的欢悦。

十一

1943年，延安的春节过得特别热闹，随着边区政府公布《拥护军队的决定》和《拥军公约》，开展起“全边区拥军运动月”活动，群众可以走进军营解决部队面临的问题，达到军民共建的目的。八路军留守在延安的兵团也立即做出回应，下发《关于拥护政府爱护人民的决定》和《关于拥政爱民运动月的工作指令》，要求部队也搞一个“拥政爱民运动月”。阿牛所在的陕甘宁边区机器厂常常有群众自发前来慰问，今天送来满篮子的鸡蛋，明天又挑来新鲜的蔬菜。为了推进军民共建的活动，机器厂根据自身特点，选了一些职工带上工具，由厂长和所长带队，上门为群众修理工具、磨刀。

这天，刘贵福开会无意中得知冯坪村一些村民家的农具不好使。虽然这个村庄只有一百多户人，但土地肥沃，且水源充足，每年收成不错。同时，每年村民缴公粮很积极，成为延安地区的样板村，刘贵福就决定帮村民解决农具困难。

次日一早，阿牛和丁浩根据刘贵福安排，合骑一辆驮有工具的自行车，匆匆赶往冯坪村上门服务。快要进村时，只见村口拴了十多匹马，肩佩八路军臂章的官兵或扛袋或拎桶，正向村里走去。

“怎么回事？现在难道上门征粮了？”丁浩虽然叉着双腿坐在后车架上，但视线始终掠过阿牛的肩观望前方。眼前发生的事让他甚是怪异，当地村民都会在规定时间内主动去交粮，哪用得着部队上门来收？

一大早村里就来这么多官兵，阿牛也是一头雾水，但他肯定这群人不会是来征粮。征粮必定需要推车，十几个人和马匹运不了多少。所以就找了个简单的常识否定丁浩的判断：“现在这个时候苗都没种下，哪有什么粮？”

嘴里刚嘟囔完，阿牛猛然想起上次晋察冀发生鬼子冒充八路军进村强行推行“田赋征实”的事。是的，这两年通过精兵简政和大生产运动，八路军不但获得了物质上的丰收，战斗力也越发增强。相反，在军民的共同抗击下，去年入夏后，日军粮食供给开始吃紧。据说不但主食供应量减少了，同时副食品也从最初的鸡肉、猪肉、牛肉和鸡蛋，逐步改成生鱼、腌鱼、海带等，现往往只能用酱菜、南瓜、萝卜等下饭。因肚子缺油水，导致许多鬼子不得不想办法捉蛇捕蛙及上树掏鸟窝，有的甚至下地挖野菜充饥。如果前面这几个军人真是鬼子冒充八路军在征粮……阿牛一个激灵不敢再想下去，急刹后用脚踮住自行车。

这时，身后突然传来丁浩紧张的声音：“阿牛，这会不会是……”

“快下车。”没等丁浩说完，阿牛挥手打断对方后，迅速从自行车前杠处跳了下来。

丁浩刚下车，阿牛就把车把交到对方手中，急忙叮嘱：“赶紧隐蔽起来，我上去侦察，若有情况，你马上骑车找最近的村长求援。”

丁浩很高兴自己的推测得到阿牛的认同，也许是兴奋盖过了紧张，他反而有种冲动：“阿牛，我想和你一起进去……”

“胡扯！”阿牛再次打断了丁浩，而且这次态度极其地粗暴。

丁浩觉得胸口一下子堵得慌。李阿牛，别以为你去太行工业学校镀了金就了不得，说到底你来延安前的那些打铁基础还不如我在南洋见识多！别以为你上过前线打过仗就了不得，说到底还不是打了败仗?！也不知道当初你走了什么狗屎运，居然让军工部部长刘鼎亲自来厂要你，我丁浩哪点不如你李阿牛？就说眼前发生这事，刚才若不是我提醒，你李阿牛能察觉到？保不准冲过去出了事。

看丁浩一脸的不悦，阿牛顿生悔意，可眼前这事很紧迫，就像当年在镇海送杂志时遇到的日军奸细，只有考虑周全，才不会错过抓捕机会。何况今天这个情况更为复杂，不但人数多，而且围观村民有老老少少，如果真是鬼子，极有可能在后面抓捕过程中会伤及这些村民，必须提前想办法保护好他们。阿牛觉得若费时向丁浩解释或道歉，必会延误大事。打定主意后，看前面人群拐进一个窑洞，阿牛顾不得丁浩感受，径直猫腰小跑过去。丁浩气得一跺脚，可也只好赶紧推着车隐蔽起来。

窑洞不大，此时许多村民只能在窑洞外围观。也许这些人全神贯注盯着窑洞内，根本没有察觉此时悄无声息插进来一个陌生人。虽然阿牛踮起脚还是看不到窑洞内场景，但里面几个人的对话听得很真切。

“这人是铁，饭是钢，吃不饱肯定会很难受。”

阿牛断定这是村民的口音，而且果真和粮食有关，这下阿牛神情更加紧张起来。村民是在诉苦没粮吃？还是求少征粮？只是这语气怎么听上去没一点哀求味道，甚至连丝痛苦也察觉不到，倒像是在拉家常。还没等阿牛琢磨出原因，另一个声音从窑洞内飘了出来：“粮食是老乡们一身泥、一把汗种出来的，更是八路军的命根子，我们绝不容许鬼子和汉奸抢走一粒粮食。”

不等老乡回话，传来一个年轻人的声音在为村民介绍：“老乡，这是我们的黄营长，我们是三五九旅的。”

阿牛自然不会轻信这个介绍，更不敢大意，当年镇海那个日军侦察兵不但很会乔装，甚至被抓后还自报是国军新编第三十四师特务连连长。可让阿牛吃惊的是刚才这人不光可以确定带有宁波口音，而且有点耳熟。扭头看到边上有个废弃的石磨盘，阿牛顾不得其他，跳上石磨盘向里张望，只见一名头戴白羊肚手巾的中年男子正拉着黄营长的胳膊说道：“真的太感谢共产党了，你们来了后，我们的日子越过越好了。”

看地上放着一袋米和一壶油，阿牛这下终于明白这群官兵不但是实打实的八路军，还是营长亲自带人来送油送粮慰问，估计是这户有亲人在前线牺牲了。可再打眼细看中年男子，阿牛又暗暗称奇。男人脸上不但没有丝毫的伤感，相反拉着黄营长的手臂咧嘴乐。这时只见黄营长抬起另一只手贴紧对方手背，很自然从自己的胳膊上引导开，旋即手腕轻轻一转，等握紧对方手心后，上下一握：“老乡，我们军民本就是一家人，千万不要见外，有什么困难，尽管和我们提。”

确定是真八路军后，阿牛这下放下了心，为了看得更真切，他干脆跳下石磨盘向窑洞挤。当地村民误以为脸生的阿牛是黄营长带来的，而八路军一行人也以为阿牛就是户主家人，都相继往边上一让，竟然让阿牛很顺利挤到窑洞的门口。阿牛这下看得更真切，只见中年男子这时嘴虽还是咧着，可不再是笑意。随着脸上的褶子越发变多，两行泪盈出眼眶，沿着褶子往下滴落，就像是漫过堤岸的江水，顺着沟渠流淌。他激动地竖起另一手的拇指："八路军就是天下最好的军队！"

"谢谢老乡对我们的认可。"黄营长说完松开拉着中年男子的手，轻拍对方肩膀以示亲密。

中年男子一时接不上话，站在边上的一个精干男人也动情地说道："黄营长，我们没见过什么世面，也说不出啥来。但我们只知道自古都是老百姓给军队送粮食，从来没有遇到过军队给老百姓送粮食。八路军太让我们感动了。"

黄营长佯装生气地批评："刘村长，不是说了军民一家人吗？你可不能带头再见外哟。"

刘村长不好意思地挠着头皮连连应道："对对，黄营长说得是，我们是一家人，我们是一家人。"

"说说你们村还有什么需要我们八路军来帮的。"

"黄营长，其他都好办，就是有几件农具不太好用……"

听到这里，阿牛及时挤进窑洞："黄营长，这个交给我们来办。"

被打断话的中年男人望着意外插进来的阿牛，一时不知道该怎么接话。黄营长上下打量了一眼阿牛，开口问道："你是机器厂技术员？"

阿牛暗吃一惊，特意再瞧了瞧黄营长，在肯定自己以前没见过后反问对方："黄营长怎么知道我是机器厂的？"

"没有金刚钻，哪敢揽瓷器活？你主动上来请缨，那必定懂修理。”黄营长说到这里，抬手朝阿牛脚上一指，说：“当然，除了机器厂，哪个地方还会把鞋子烫出这些小眼？”

阿牛跟着黄营长手指方向一看，果真鞋子上有些黑点，这是铁器加热后溅出的火花所致。还没等阿牛抬头，黄营长似乎来了兴致，上前拉起阿牛手臂，指着中指第二节对身后的战士们说道：“他这个地方长有老茧，说明常拿笔，于是可以推定他是个技术员。”

不光战士们连连点头，阿牛听了也佩服得五体投地，还没等他回过神，黄营长转脸扫了一眼门外，放下阿牛的手问道：“你们来了几个人？”

“黄营长，就两个人。”阿牛大为困惑，黄营长怎么知道自己不是一个人来。

“另一位呢？”

“在村口等我。”阿牛不好意思说明原因。

“嗯？担心我们是……”

虽然黄营长说了一半就打住了，可阿牛早在第一声语气词就听出了味道，既然对方给自己留足了面子不点破，那不如顺其自然点到为止。想到这里，阿牛挠着头皮不好意思地笑了笑算是默认。

“哈哈。大家别看这位小同志年轻，但很有战斗经验。”看对方被自己表扬后反而一脸尴尬，黄营长仰头一笑，抬手在半空中一划，自信地说道，“这方圆五百里不可能有土匪。”

“黄营长，我还以为……”阿牛本想说明自己是误以为日军的伪装，可就在话要出口时，突然觉得不能破坏这么好的氛围，于是赶紧改口，“看到你们这么多人，我还以为会空跑一趟。”

“行，这里农具修理任务就留给你们了。”

“是！保证完成任务！”阿牛挺直上身敬了个礼。

黄营长还礼后，与中年男子握手告别，旋即在刘村长的引导下，向窑洞外走去。在窑洞内的八路军战士也提着、扛着慰问粮油向下一家走去。

“李阿牛？”

这里怎么会有人叫得出自己的名字？阿牛一愣，循声扭头一看，顿时惊得瞪大了双眼。那个还没出窑洞的人居然是在镇海学打铁时的许师兄。

“果真是你，真长高不少。”许师兄上来一把拉住了阿牛的手。

即便刚才在窑洞外已察觉有乡音，但千里外见到熟悉的师兄，阿牛还是激动得双手握着对方上下用力摇动，语无伦次地说道：“太好了，真没想到能在这里碰到。太好了，我们又在一起了。”

“刚才看了你半天，还怕认错了。”许师兄也是很激动。

“你怎么在这里？”

“鬼子占领镇海后，师父就关门不再打铁。伪保长逼师父开业不成反被辱骂一顿后，就向鬼子诬告师父是新四军游击队员，结果……”

许师兄说到这里戛然而止，由于牙根咬得过重，两侧太阳穴暴起了青筋。联想当初傅筱庵劝方液仙投靠日伪不成，阿牛自然猜得到汉奸们的恶毒手段。为了不让许师兄难过，阿牛赶紧转话题问对方：“许师兄，你怎么到的延安？凭你的手艺完全可以在兵工厂或机器厂干一番事，为什么去了部队？”

“我来延安还是受你影响。你还记不记得和师父说学会打铁目的是到延安来造武器。”

“记得。”阿牛脑海浮现起当时的场景。

许师兄突然拉上阿牛胳膊：“走，到外面说。”

阿牛猜许师兄有些话不想让人听到，就跟着走到窑洞外那个废弃石磨盘前。确定四周无人后，许师兄转过脸压低了声叮嘱阿牛：“不要告诉任何人我会打铁，切记。”

“哦。”想起刚才两人的对话，阿牛自然回想起师父那天对自己的忠告，说打铁、撑船和磨豆腐是人生三苦。难道许师兄把打铁当成苦差？也难怪那时他满脸的不高兴，常常会紧锁眉头。

看阿牛应声后不解地望着自己，许师兄只好道出了心里秘密：“阿牛，我可不是嫌打铁苦，当兵其实不比打铁舒服，而且更危险，有可能随时倒下没了命。可一想到被日伪害死的师父，想到还在被铁蹄蹂躏的中国人，我就抑制不住愤怒，恨不得马上上前线杀敌。如果仅仅是想混口饭吃活命，我根本用不着跑延安来。”

阿牛听了很不是滋味，说要报仇，我李阿牛肯定比你心更切。可我现在明白一个道理，如果能设法造出好武器，那肯定远比自己冲锋陷阵杀更多的敌人。而许师兄后一句的强调，阿牛心里更是不爽，照这个意思那自己在机器厂岂不是为了混口饭吃而活命。他想起了李瑄卿第一次和自己长谈的内容，觉得该让许师兄也要明白“想赶走日本鬼子，我们必须让工业强起来”的道理，于是开口说道：“许师兄，其实造武器就是在支持前线将士杀敌，你看，这里的农具一坏，村民就会着急，因为会影响农活……”

许师兄扭头瞥了一眼从另一个窑洞出来的人群，打断了阿牛的话：“阿牛，我现在是黄营长的勤务兵，得赶紧过去，有空来南泥湾找我，我们一起聊聊理想和信仰。”

阿牛知道一时说不通对方，甚至对方还有想说服自己的欲望，就只好握手道别：“好的，许师兄，记得保重自己。”

望着健步而去的许师兄背影，阿牛想起了第一次见到许师兄的印象。记得当时似乎蓦然找到了郑爷说书中那个张飞的原型，也许这豹头环眼、燕颔虎须天生就是冲锋陷阵的猛将。那张飞出身也不就是个屠夫，不照样成为蜀国的名将？别看许师兄只是打铁出身，说不定日后也是安邦定国的将军。就在阿牛胡思乱想中，只见许师兄突然停下脚步，回过头冲着阿牛挥臂喊道：“一起努力，争取早日打回镇海赶走鬼子！”

阿牛也挥起臂回应：“好！早日打回镇海赶走鬼子！”

许师兄旋即转身紧跑几步跟上了慰问队伍。阿牛放下手臂回味刚才与许师兄的喊话，发现许师兄的嗓门变了。怪不得刚才在窑洞外只觉得说话声耳熟，却听不出是许师兄，原来许师兄不光说话不再慢声慢气，而且嗓门也洪亮起来。别说过去须三米内才能听清，现在隔了三十米，依旧能听得明明白白，就像刚才他在窑洞内说，阿牛在窑洞外也能听得清清楚楚。

阿牛又情不自禁想起第一次与侠民叔见面的情景，那天侠民叔来铁铺是想鼓动阿爷来延安，说延安既没有贪官污吏，也没有土豪劣绅，且人人有理想、有信仰。只有到了延安，才能找到生活的真正意义。阿牛那时根本不懂什么是理想和信仰，还一度把“信仰”误听成了“心痒”。现在阿牛通过学习和生活工作的实践，不但明白了理想和信仰的含义，更觉得延安是个可以改变人性格和命运的地方。如果一个人没有理想和信仰，那必定会被延安的艰苦条件所吓倒，从而在困难面前止步不前，更可能在危难时刻退缩甚至是投降。可恰恰大家到了延安后，变得无所畏惧，变得无所不能，眼里根本没有所谓的辛苦和危险。就如刚才许师兄所说，当兵其实不比打铁舒服，而且还更危险，有可能随时倒下没了命。而让他能够甘冒危险的，就是刚才告别时提到的理想和信仰。看来人一旦有了理想和信仰，就会无视困难与危险，只会竭尽所能扫除、摒弃、摧毁所有的困难。

“你啥意思？嫌热闹还没看够？！”

直到背后传来埋怨声，阿牛才想起光顾着和许师兄说话，居然把在村口外仍在等自己消息的丁浩给忘了。他赶紧转身赔着笑问道：“老丁，刚才你猜我碰到谁了？”

丁浩白了一眼对方，没好气地反问：“总不会是鬼子吧？”

“哈哈。别气了，你不是喜欢我那个笔记本吗？回去送你，算是给你赔礼行了吧？”

丁浩一直羡慕李侠民托人带给阿牛的一本彩色封面笔记本，阿牛话音刚落，就盯着对方追问：“说话算数？”

“当然，拉钩！”

两人手指刚拉上，从后面上来位村民，略带歉意和盼头地问阿牛：“你们真能帮我们修农具？”

“当然了，我们就是机器厂的。”说到这里，阿牛收回手指顺手朝丁浩这边一摊，热情介绍道，“老乡，这位是来自南洋的丁师傅，技术特别好，所以领导今天特意安排他来帮你们修理农具。”

丁浩本就因为得到笔记本补偿而暗自高兴，现听了阿牛对自己的介绍，这下更忘了刚才的不快，扶好自行车就催道：“老乡，东西在哪儿？你引路，我们这就过去。”

阿牛心里更是乐开了花，因为他一眼瞧见村民腰中插了根鞭子，对方不是养了牛就是羊。这下修理农具时可以有话题了，既能和村民拉近关系，又可以学到相关的畜牧技术。

十二

到了相当于南方“梅雨天”的时候，整个延安似乎被人乔装打扮了。

在延安学习生活和工作的两年来，阿牛认为当下季节是延安一年中最为惬意的时光。这里不像家乡宁波，立夏后，整座城市慢慢成了个烧透的炉子，让人喘不过气来，连骡马也拼命张大鼻孔，狗更是趴在阴凉处吐着大红长舌连喘。不过炎热在宁波算不了什么，梅雨季节才是江南一带最为难熬的日子。那些日子，天就像是被人捅破了，雨一下往往就是持续半个月左右，偶尔吝啬地让太阳露个朦胧脸，反而让人更加难受。不但会让天气越发的闷热，空气更是黏稠得像糨糊，好像要把衣物与人粘在一起。而这时的延安，土地不会“冒烟”，延河水蜿蜒前行，暖得让人舒坦，河床上到处是嬉水的人。虽然白天窑洞热得穿一条短裤还是汗水直淌，可一旦太阳快要下山，就有风会夹杂花草与泥土的气息，从山那边吹来，把昼日里的所有闷热弥散开来，就像天空中的白云，在晚霞映射下悠悠地飘荡。不光人此时心境颇佳，连鸟儿也乘这时光尽情地啁啾，悦耳清脆的声浪荡漾在欢欣的空气中。不光白天舒坦，夜晚也很惬意。当夜色帷幕拉开后，圆盘似的月亮像风筝一样，缓缓爬上房顶，爬上宝塔山，然后像一块明镜高悬空中，倾泻如水的清辉像一首乐谱，让大地蛙鸣虫啁听起来是那么协调。

不过万物无法完美，阿牛此时也会想起家乡的时令水果，宁波慈溪的杨梅就是在这个时候才结果，随后奉化的水蜜桃、鄞县的西瓜、镇海的葡萄，热热闹闹相继上市。那时的菜市场叫卖声特别热闹，琳琅满目的各色水果不但装扮了市场，而且令人馋涎欲滴。相比之下，延安虽然这时也会有水果，但感觉无论是桃子，还是西瓜或葡萄，都远不如家乡水果的口感好。

这天已过下班时间，阿牛刚停下铣床，就听到门外丁浩老远喊道："阿牛，家乡来人了，快出来！"

家乡来人了？阿牛脑海立刻闪现出李侠民的身影，上次去信已有两个月没收到回信，肯定是侠民叔想给自己个惊喜。阿牛顾不得擦手，转身就跑，迎了出去。

"阿牛！"

"呀，健民叔！"阿牛上前一把抱住了李健民。

李健民头往后一扬，惊喜地抬起手比画阿牛头顶："哟，都这么高了，真是想不到。"

阿牛松开手，环视一圈后急着问道："健民叔，就你一人来延安？"

"嗯。"李健民笑容顿时消失得无影无踪，上下唇像海瓜子的两片壳，合紧了唇线。

"侠民叔没来吗？"

李健民眼帘一垂，低沉着声音说道："阿牛，你侠民叔2月底不幸牺牲了。"

阿牛觉得脑袋“嗡”的一声，双眼一黑。站在一旁的丁浩眼疾手快，立马抱住了阿牛：“阿牛，你怎么了？”

阿牛缓了口气，挣脱开丁浩的手臂，一把抓住李健民的手臂：“健民叔，是鬼子还是汉奸干的？”

李健民掰开阿牛的手指，抽出被攥得生疼的手臂，摇着头痛心地说道：“不，是国民党顽固派干的。”

原来，浙江省保安部队第三纵队中将司令苏本善这几年坚持游击抗日，通过采用浙东沿海地区的骚扰战术，一定程度上实现了延缓日军对内地攻击的战略。国民党重启内战后，作为黄埔军校第六期毕业生的他本就反对内战、反对独裁，看到当下国民党不但骄奢淫逸、腐败堕落，现在更是弄得军民离心、军无斗志，就越发不胜忧虑。皖南事变发生后，得知数千抛头颅洒热血的新四军将士牺牲，思乡情切的苏本善决定辞去军政职务，回湘潭老家办厂。为了加强浙东沿海地区抗日游击力量，苏本善想把其领导下的海上保安纵队交接给中共地下党领导。中共镇北办事处就委派李侠民前往接收，不料由于叛徒告密，国民党军队提前在柴桥埋伏，李侠民终因寡不敌众遭捕后惨遭杀害。

在阿牛眼里，李侠民是唯一的亲人，而随着他惨遭杀害，这世上再无亲人。听完李健民讲述后，阿牛再也控制不住，“哇”的一声就哭开了。还没离厂的同事不知发生了什么事，纷纷过来围观，得知事情经过后，都劝阿牛节哀。

送走李健民，见天色已晚，丁浩想陪阿牛去吃饭，可阿牛摇了摇头。就在丁浩想怎么劝阿牛时，阿牛却抢先开起了口：“老丁，陪我去趟宝塔山。”

“好，这就走。”虽然不明白这么晚为什么还要去宝塔山，但只要这时能让阿牛散心，丁浩自然会陪同，更何况这个连刀山火海都谈不上。

阿牛又交代对方：“老丁，上街帮我买点纸钱，我等你。”

明白阿牛登宝塔山的用意后，丁浩这才放下心来，马上点头应允：“好，我这就去买，等我一会儿。”

当丁浩陪阿牛爬上山顶时，一轮明月正当空。值勤士兵知道事由后，查明身份就让两人进了宝塔内部。阿牛这是第三次登宝塔，只是这次来的心情与以往两次不同。前两次登宝塔也和李侠民有关，第一次是刚到延安，因听过李侠民在镇海讲述过宝塔的故事，阿牛慕名登了一次塔，俯瞰了延安的全景。第二次是去年李侠民来信时，写了段北宋韩琦和范仲淹抗击西夏大军的故事，说宝塔这里有摩崖石刻群，里面不但有范仲淹题刻的“嘉岭山”，还有“胸中自有数万甲兵”等题刻。并在信中建议阿牛多读历史书，说一旦读懂中国历史，就会有永不泯灭的民族自信。那一次阿牛登山和前一次确有不同的感受，这不仅是因为在延安已生活学习并工作了两年，更关键的是因为有了侠民叔说的故事，带着这些历史故事看景物，不再是眼观上的感受，而是让思想穿越千年，和英雄有了交集，使山石、草木、砖瓦、铁钟、文字等都赋上了特殊的感情。可这一次又和以前登塔不同，踩着塔内盘升蹬道，望着每层通光卷形窗孔射进的月光，阿牛心情越发地沉重，似乎自己在慢慢接近两个月前去世的侠民叔。

站在九层塔顶，阿牛望着朝东的窗孔，蓝幽幽的天穹满缀钻石般的繁星。阿牛盯着东方那颗最亮的星，他相信这颗星就是侠民叔。果然，阿牛看到那颗星变成了侠民叔的笑脸，而且正对着自己喃喃地说着什么，像是在叮嘱送《战时镇海》和《镇海儿童》时骑车小心，也像是在勉励自己要为中国工业振兴而努力，更像是在提醒自己要多学知识。阿牛眼泪像断了线的珍珠一样，成串滴在地上。渐渐地，天空浮现的人越来越多。方液仙、颜怀信、刘鼎、吴剑英、左权，他们就像一颗颗耀眼的星星，装饰起这块巨大的幕布，点滴光芒融聚后如梦幻般地洒向大地，不但让空中染上薄薄的金晕，也让延河晃起金银之光。

就在阿牛情不自禁跪下磕头时，传来连续十二下浑厚绵长的钟声。丁浩一语双关地提醒阿牛："阿牛，新的一天开始了。"

阿牛没有接话，起身仰望明月，沉默片刻后终于开了口："Manufacturing can help us resist Japan and save the nation."

丁浩虽听得懂阿牛说的英语，可被这句前言不搭后语的话搞得莫名其妙。由于不便追问，只好倚着塔墙咬着手指琢磨这话的意思。

丁浩自然不明白这句英语的出处，只有阿牛自己清楚这句话对自己一生有多么大的影响，也只有阿牛自己清楚为什么会热衷设备设计。正因为如此，他把那年临时替补《乱钟》中表演沈阳东北大学在宿舍内念英文学生的这句台词记得这么深刻。噢，不，那不是台词，而是侠民叔对自己的嘱咐，是叮咛，是期盼，更是要求，必须铭记一生、勉励一生。阿牛摸着胸口，仰头对着东方那颗最亮的星说道："先天下之忧而忧，后天下之乐而乐。中华民族每一天都是新的，每一天都是历史精神的延续。"

一旁的丁浩还没琢磨出阿牛上句英语表达的意思，这下听了范仲淹《岳阳楼记》的名句更糊涂了，可还没回神，只见阿牛抬手抹去眼泪，顺手一挥："走，下塔！"

话音刚落，阿牛转身沿梯向下冲去。丁浩吓了一个激灵，拎着纸钱跟着阿牛往下跑。

……

在丁浩看来，自阿牛得知家乡一个叔叔牺牲的噩耗后，人完全变了个样。这半年来，阿牛除了上班生产，就是借读各种书。一旦听说有人从外面带来书后，哪怕再远，也会在休息日带上干粮走一天路程，设法去买或借。

而随着阅读量的增加，阿牛明白了一个道理，那就是在中华民族危难之际，更要做个对中国历史文化了解的人，这绝不是为了提高个人文化底蕴，而是在任何时候都会相信中华民族是个伟大的民族，即便有再大的困难和危险，也必定屹立不倒！

一晃榆树的年轮又增了一圈，延河的水又在冰封融化中涨退一次。阿牛不但利用业余时间读了不少书，更在设备设计与安装水平有了一定的造诣。由于名声越来越大，无论是造纸厂还是玻璃厂，一旦有设备要设计，都点名希望让阿牛来干。不光丁浩明着调侃阿牛是身在曹营心在汉，许多人也暗地说阿牛是吃在碗里看在锅里，好在有刘贵福的鼎力支持，大家也不好再说什么。

这天中午，阿牛刚在食堂打完饭，转身看到刘贵福胳肢窝夹着两个碗朝这边走来。看阿牛转身移让，刘贵福主动招呼道："小李，吃完饭到我办公室来，有件大事要你去干。"

阿牛一愣，昨天厂长刚任命自己为酒精厂新蒸馏塔主要设计人，怎么又来新任务，而且还是大事。要知道酒精厂今年的生产任务很重，如果不能按期完成设备设计、制造和安装，怎么可能提高产量。目前酒精可是汽车的主要燃料，不仅陕甘宁边区急需，就是大后方的四川、云贵的汽车也都需要酒精作燃料。出于担心蒸馏塔设计会被新任务耽误，加上组织的决定没有宣布前不能探听的规定，阿牛迂回提醒：“刘所长，酒精厂蒸馏塔的设计稿还需一周才能交出。”

“这个任务暂停了。不但邓洁这小子轻松了，以后汽车也不会再和我们抢吃的了。”

听了刘所长的上半句，阿牛越发困惑，怎么才下达的任务说停就停，如果蒸馏塔不追加，年酒精产量怎么可能实现翻倍？但下半句让阿牛立马找到了谜底。邓洁是管农场种玉米的，那既可让邓洁轻松，又可保证汽车不饿“肚子”，那只有一种可能——八路军找到了原油。从刘所长的语气和表情揣摩，阿牛认为找到原油的量估计不太会小。

看阿牛还是端着碗没动，刘贵福挥着手催道：“先不说了，赶紧吃饭。”

“好，刘所长，那我先去吃饭。”阿牛找了个空地坐下后，先是大口扒拉米饭，中间只是喝几口白菜羊肉汤汁，根本不用夹菜下饭。等确定米饭压在菜上汤汁不会溢出碗，就翻手一扣，随后夹上几片菜，裹着米饭沿着碗边拨进嘴，最后才是慢慢挑起被剩在碗底的羊肉细嚼慢咽。阿牛给这种吃法取了个时髦的名字——先苦后甜。米饭没啥味道，再嚼也没法让口腔在劳动中快乐，早点落肚感觉不饿就行。可菜却不一样，尤其是鱼肉类，如果不在嘴上多留一会儿，不让舌头享受一番，那等于是在糟蹋美味。不过今天阿牛可不敢细嚼慢咽品菜，即便是自己最爱的白菜羊肉，也只能和米饭一样加速落入肚中。在机器厂，刘贵福可是出了名的吃饭快，这倒不是他吃得多，而是吃得快，有时几个人一起坐下，往往别人才吃了几口饭菜，刘贵福这边的碗却已是见底。

果真，虽然阿牛吃得早，也没像往常细嚼慢咽品菜，可还是和刘贵福几乎同时吃完。冲洗好碗，阿牛跟着刘贵福来到所长办公室。

“小李，明天你去延长石油厂上班。”刚进门，快言快语的刘贵福还没放下手中碗，直接说了阿牛的人事安排。

阿牛一愣，记得刚到延安结束培训，和丁浩在这个所长办公室向刘贵福报到时，突然来的军工部部长刘鼎当时就想把自己搞到延长石油厂。只是自己说明根本不懂炼油后，才被改成去太行工业学校学习。虽然几年过去了，可自己还是不懂炼油，去石油厂不但会废了所学，而且只能在新单位滥竽充数。阿牛急得脸都红了，顾不得礼貌，抢前几步，挡住了正要放碗的刘贵福：“刘所长，我在这里干得好好的，为什么不要我了？”

刘贵福也不生气，推开阿牛，边放碗边调侃：“你可是我们所的宝，不是我不要你，而是这里庙小容不了你这个大菩萨了。这次可是沈鸿总工选定你，我想挡都挡不住。”

沈鸿为什么要安排我去石油厂？难不成自己的设计让这个总工不满意？可事实上沈总工不光在大会上表扬过自己，还在上月到枪械修造部时，当着刘贵福等领导夸自己设计有思路，说这个浙江小老乡还给自己争了脸。既然满意，那为什么要“赶”自己？虽然才入夏，天气并不热，可阿牛额头已沁出汗来，他憋屈似的顶撞起刘所长：“反正我不想去石油厂。”

看阿牛要起了小性子，刘贵福转过身沉下脸呵斥：“小李，你说的是什么话？难道你不想听组织的安排？”

即便刘贵福呵斥时将违抗说成不想听，但阿牛还是觉得冤枉，他手指向大门叫起了屈：“刘所长，他们可能不知道我不懂炼油，可您和刘鼎部长都清楚呀。”

“坐下说。”刘贵福指了指边上的椅子，随后绕过办公桌，在破旧的木椅上坐定后继续说道，“小李，你刚才提到刘部长，那还记不记得当初我欠刘部长一个承诺？”

阿牛眨着眼睛回想，记得当初两位领导有个“人质”的交换，即刘部长答应给刘所长另安排两个人来枪械修造部上班，条件是带自己去太行工业学校上学。可印象中刘所长并没有向刘部长承诺过什么呀。既然回想不起，阿牛干脆直白地摇了摇头。

“还记不记得我和刘部长承诺过，如果延长石油厂用得上，要谁我都无条件支持？”

经刘所长这一提醒，阿牛终于想起当初是有过这句话，不过这反而让他更觉得委屈。刘部长怎么还是让我绕不过这个弯，转了一圈结果还是要把自己塞到石油厂去，究竟是他固执还是实在选不出人而为之？不过对于刘所长的提醒，阿牛知道自己这次不能摇头瞎闹，只能点头等下文。

见对方点头，刘贵福语重心长地说道：“小李啊，你来延安也有三年了，应该知道我们一直很缺石油。现在陆路运输线被日军封锁，作为重要战略物资的石油越发匮乏，严重制约了我们抵抗日军、救亡图存的战术。能不能提高原油的开采量，不但决定着能不能有力支援前线，也决定着能不能提升我们工业的生产能力，更决定着能不能确保我们今后有足够的粮食吃。如果开采出更多的原油，我们就可以确保汽车的用油，就可以让中央领导和老百姓时时用得上煤油灯或蜡烛，并节省下大量的玉米。有了这一切，我们就会让更多的人有信心和能力彻底打败日本的侵略。”

阿牛明白，不光是汽车、煤油灯需要石油，部队的擦枪油也要用石油，连像他这样的南方人来延安，也把石油制作的甘油当成了护皮肤开裂的宝。刘所长强调的石油抗战作用，更让阿牛情不自禁想起了小港李家父子。是的，侠民叔到“李记铁铺”劝说阿爷和阿爸迁移延安时，就曾说过：“只要有利抗日，有利我们民族工业，所有中国人都应该要支持。”那年，李琯卿会长和自己谈话时曾指出：一国的军事实力强弱，归根到底由综合国力，尤其是工业生产能力来决定。可即便心里认可刘所长的说法，但想到自己到石油厂一无所长，不可能获得别人的认可与尊重，阿牛心里又别扭起来，于是脱口再次强调：“刘所长，就算我有心去支援石油厂，可我不懂炼油生产，去了也干不成什么事呀。”

“对了，汪家宝是不是和你一起来的延安？”

汪家宝？三年了，阿牛第一次听到有人提起这个名字，顿时，那张其貌不扬的白皙脸在脑海中浮现。虽然还能回想起汪家宝的模样，但阿牛弄不明白刘所长为什么会问到他，汪家宝是在军乐队，难不成石油厂要搞庆典不成？阿牛于是在答复刘贵福时，刻意强调汪家宝的去处：“对，同队到的延安，可他马上被安排去了军乐队，后来一直没有机会见上面。”

“这回你们可是要天天在一起了。”

阿牛眼睛一亮：“汪家宝也要调石油厂了？”

“他在石油厂已有半年，不过身份是后勤部派第二军工局第一科科长兼工程师。”刘贵福说完打了个嗝，顺手拿起桌上的《解放日报》往阿牛这边一移，毫不吝啬地夸起汪家宝，“这小子不简单，有能力和毅力，是你们学习的榜样。据说单枪匹马，独自完成了西起安塞、东至黄河上百公里的延河河谷地质测量，并确定了 5 口可采油的井位。现在第一口井已钻探成功，日产原油近 2 吨。若是他定的 5 口井位都有这个产量，那可就不得了了。”

阿牛拿起报纸瞄了一眼，头版就是报道延长石油厂增产的消息。他来不及细看，抬起头瞬间已打定了主意：服从组织安排，就当作刚到延安，大不了像搞设备一样，从零起步学习相关的炼油技术或地质测量。当然，阿牛也有自己的小九九，相信和汪家宝一起工作，应该会有比现在更大的天地，更大的收获。于是四目一撞时，阿牛虽然心跳如擂鼓，却信心十足地应道："刘所长，那我明天就去石油厂报到，一定也会干出一番事业。"

"我要的就是这句话，现石油厂只能采用敞口小火脱水蒸馏法，相信你能出色地完成石油厂的设备制造任务。"

原来调石油厂并不是搞炼油，更不是去测量地质，而是搞自己喜欢又特长的专业，这下阿牛心里更是欢喜不已，甚至懊恼起自己刚才不问清楚就闹情绪。为了弥补刚才的过错，更感恩对方这几年对自己的帮助，阿牛起身挺直腰板后，深深地朝刘贵福鞠了一躬："谢谢，我一定不会辜负刘所长的培养与指导。"

"嗯。"刘贵福摇着头否定后，起身绕过桌子来到阿牛身边，抬手指着对方强调，"小李，你可不是我培养与指导的，我们所有人都是组织培养的。当然你年纪轻轻就有这样的成绩，与你努力勤奋是分不开的。"

"嗯。"已转身面对刘所长的阿牛一时难以接话，只能迎着对方关切与肯定的眼神，点头轻轻应了一声。

"对了，我还有一件事要和你说。"

阿牛心里暗自纳闷，刘所长的架势应该是要送客，怎么又突然说还有事？当然嘴上还是虚心地请教："刘所长您说。"

"我现在开始和你说的话不是作为一名所长或支部书记的身份。"

阿牛吓了一跳，刘所长这个事先声明是啥意思？刚茫然抬手虚抠人中，蓦然又从支部书记这个字眼联想起自己申请入党的事，想必刘所长是要以非组织的身份对组织指出自己的不足提出意见。为了掩饰刚才的迟钝反应，也为了表明态度，阿牛把手移到胸口，诚恳地说道："刘所长，我在石油厂也会一如既往地做好一切事，改正不足之处，争取早点加入中国共产党，不给您丢脸。"

刘贵福暗叹阿牛的心理揣摩能力，看着对方那机灵清澈又带着一丝迫切的眼神，他觉得不能按阿牛的思路直接说不足，于是继续按原先想好的节奏如实告知："小李，其实你递交入党申请书后，我们已培养考察你多年。按当前的能力和贡献，你完全吻合党员的标准。"

阿牛知道接下来的转折才是重点，也是自己日后应该要注意并努力改正的地方，于是就接口催问："刘所长，我还有哪些不足？您帮我指出来，我一定改。"

"团结就是力量。平时别光顾着案头设计，要和身边的同事、周边的群众打成一片，发挥出合力作用。"

"嗯。"阿牛觉得这个说法有点荒唐，自己的工作就是设计，设计需要的就是安静，难不成今天和同事一起敲敲打打，明天和窑洞外的群众侃大山？这非但起不到合力作用，反而会让自己一事无成。只是既然刘所长有这样的要求，阿牛还是提醒自己日后稍加注意，于是他口是心非地应了一声后，又问道，"刘所长，还有呢？"

"没了。"

"没了？"阿牛睁大了眼睛，说不出是失望还是诧异。

刘贵福看出了阿牛的心思，反问："小李，现传遍全国的

《团结就是力量》为什么大家都爱唱？”

“好听又好唱。”

“这是因为整首歌中的68个字合在一起，迸发出一种一往无前的强大力量。这已不是单纯的唱歌，而是成为一个真理的准确表达，成为一种精神的有力展示，从而唱出了我们的决心和信心。当前，日军一次又一次向根据地发起疯狂扫荡，实施惨无人道的‘三光’政策，而国民党顽固派也在一些地区不断地制造摩擦。这就更需要我们在黎明前最黑暗的阶段，鼓舞全国人民团结起来，把敌人置于人民战争的汪洋大海之中。”

阿牛这下明白了打成一片的含义和意义，由衷地谢道：“谢谢刘所长，我知道了。”

刘贵福觉得这个话题就此可收，就点头后道明了自己的态度：“小李，池子小对小鱼虾是好事，但对蛟龙来说，那可不是理想之地。这也说明我虽舍不得你走，但内心还是希望你能去见识更多的地方，日后去更大的平台，只有这样，你才能施展更大的技能，发挥更大的作用。”

看刘所长说完神情肃穆地向自己伸出手，阿牛赶紧双手迎上，紧握那只青筋暴起的手。他不但感受到了温热，更触摸到了那硬硬的老茧。记得报到第一天进刘所长办公室，他就是在给自己的手掌削老茧，也不知道这双手已削了多少次茧，但可以肯定的是这双手打造出了许多武器，托起了中华民族救亡图存的希望。

这天晚上，阿牛和丁浩坐在窑洞外聊了好久，直到一轮明月从空中下沉，两人才回到房间。躺下不久，丁浩就响起了呼噜声。阿牛却没有一丝困意，睁着眼睛望着黑漆漆的房顶浮想翩翩。人往往有了向往与信心，就会对未来有所憧憬。阿牛相信自己接下来要面对的注定是一次难忘和艰辛的行程，但也注定是一次收获和快乐的行程，甚至也会像现在一样，恋上脚下这块热土，愿意为之拼搏，为之付出……

十三

次日一早，阿牛告别同事，坐上马车赶往延长石油厂。

这时的季节有着延安一年中最美的风景，迎霜傲雪的树枝不再光秃，绿叶填满了树枝空隙，野地各种颜色的花朵也争相盛开，青绿、粉红、鹅黄、深紫混为一体，使原本色彩单调乏味的白黄大地顿时明亮起来，耳边还不时传来牛羊的哞哞咩咩叫声。不过此时的阿牛顾不得欣赏周边的美景，随着马车的颠簸，他想起了刚到延安时的场景。当时敞篷车在被架子车碾出的两道长长沟痕土路上颠簸，拉出一道长长的黄沙烟尘，天际似乎在黏稠的黄色浮尘中飘拂，干燥得随时要爆炸。三年多的巨变让阿牛懂得了奋斗的价值，更懂得了奉献的意义。他情不自禁仰鼻深嗅了一口，感觉闻到的不是泥土与叶苗混合的清新空气，而是奋斗者洒下的汗水滋味，这种味道沁人心脾。

到延长石油厂大门下车告别马车夫后，阿牛恍然觉得自己回到了镇海的威远城。可细看，又觉得差异很大。眼前厂大门也是用砖砌成，但不是青砖，没有壁虎爬，更没有青苔，和大地色泽相融。当然，这墙是真正意义上的墙，只是比一般的墙要厚，上面不可能有马道、垛口，更不可能有谯楼和炮台。

阿牛抬头打量大门上那块刻有“石油厂”黑底金字牌匾，觉得无论是太行工业学校，还是陕甘宁边区机器厂，远比不了这块牌匾的气派。更让他吃惊的是面前这道墙像是经历了长年累月的风蚀雨剥，可即便砖墙早已千疮百孔，顶上的牌匾却完好平整，如果抹去表面浮尘，想必那金灿灿的字体肯定像是昨天刚刻的。阿牛很想搞明白这块牌匾的年份，于是就细辨起牌匾上的落款，可不懂“光绪丁未孟夏”究竟是何年何月，只得作罢，重新扛着行李大步向厂内走去。

走过这道一米厚的墙，右侧是阿牛喜欢并种植过不少的榆树，只是眼前这几棵榆树非常高大，自己熟悉的灰褐色平滑的幼树皮，被眼前暗灰色纵横交错的褶皱所替代。裸露在石多土少地面的根须，宛如虬龙顽强地匍匐前行。经过和煦春风的抚慰和淅沥雨水的浇灌，这些榆树早换上了翠绿的新装，繁茂交错的枝叶，在空中交织成滴翠的穹顶。当一缕光线从林荫中洒落，斑驳的光影顿时让地面上盘根交错的根须显得越发雄壮。一阵风吹过，串串的榆钱像是盛装的天女，伴随着沙沙的声响，舞动起曼妙身姿，并散发着诱人的芳香。

“你找谁？”

阿牛循声转身抬头一看，进门左侧是个小山坡，也像大门的外墙，用砖砌出一道高近一丈的平整墙面，与右侧的榆树群夹出一条平整的马路，夯实的黄土马路向厂内延伸。那个说话人身后是一排的砖房，似乎他刚从其中一间出来，举着一沓纸挡在眉上向阿牛这边探望。不等阿牛回话，那人又向前两步居高临下地探着头试问：“喂，你是不是李阿牛？”

石油厂怎么会有人认得出自己？由于光照得有点晃眼，阿牛别说是辨认对方外貌，连轮廓也有点模糊。他只好手搭凉棚一边仰望，一边应道：“我是刚来石油厂报到的李阿牛，你是哪位？”

“果真是你！”那人应声后一闪不见了人影。

阿牛甚是困惑，突然远处登坡台阶上快步跑下一个人，径直冲到阿牛面前朝其胸口捶来一拳，笑着责怪：“阿牛同志，怎么不认得我了？”

其实在对方下台阶时，阿牛已辨认出来人是谁了。他把手中的行李往地上一扔，双手热情地握住对方的手，边打量对方，边说：“家宝同志，不对，现在应该要叫你汪科长。你变化太大了，我真快要认不出你了。”

阿牛说的是实话，一点也没有夸张之意。印象中汪家宝的脸色白皙，可现在眼前的他不但黑里透红，而且褶子多且深，这倒蛮配嘴唇上下钢针似的胡须。好在那双原本不大不小的眼睛还是那样清澈明亮，依然炯炯有神。

对于阿牛对自己称呼的纠正，汪家宝那张阔嘴咧得更欢，两颊打满了一个个大括号，声明道：“你还是叫我家宝吧，别什么科长不科长的。”说到这里，抬手比画阿牛头顶，“我也没想到你都长得这么高了，若不是提前知道你要来，我可不敢和你打招呼。”

对方知道自己要调来石油厂？阿牛松开手忍不住扭头又仰视上面的砖房顶，问：“你在这上面办公？”

“哪有时间待在这里。今天也是凑巧，我是来取地图，没想到碰到你了。我们一起来延安，现在又将在一起工作，真不得不信缘分。”汪家宝没正面答复阿牛，说完拍了拍手中的那沓纸。

想到来时听刘所长说汪家宝独自完成西起安塞、东至黄河上百公里的延河河谷地质测量，现凭这张脸色的巨变，也知道这话没有丝毫的夸大。转回头后，阿牛也像刘贵福一样毫不吝啬地夸起对方：“听说你立了大功，报纸都报道了，是我们学习的榜样。”

汪家宝没接阿牛的话，而是道起了目前的苦经：“你来得太及时了，以前我们愁缺石油，现在我们又为如何储存打出的石油而发愁。这些天打出的石油来不及加工，只能放在挖的地窖内，可老是渗漏到地下，不但白费了打油的劲，更是污染了周边的井水。”

“把原油放在地窖？”阿牛有点不解，既然加工不了这么多，为什么还要打井开采？再说地窖也放不了多少原油。

“是呀，实在是没地方可放了，所以要想尽办法解决这个储油问题。现在这油井还在不停出油，堵又堵不了。唉，没想到打的这一口井都出这么多油，现在都不敢再打后面的四口井了。”

阿牛记得刘所长说汪家宝共确定了五口可采油的井位，看来这成了喜愁参半的发现。现在既然听汪家宝的口吻，自己来这里急需要解决储油设备技术，他干脆直接问道：“能不能马上带我去现场看看？”

“太好了，我正要去现场。那就先把东西放到我办公室吧。”汪家宝说完，上前拎起阿牛脚下的行李。

阿牛这下更确定上面的砖房就有汪家宝的办公室，于是跟着他登上台阶向上走去。小山坡地面很平整，共有两排砖房。可能是天热，一律都开着窗户。可二十多个房间没什么人在办公，有两个房间里面正在办公的人可能听到外面的动静，抬头向汪家宝打了个招呼。

汪家宝引阿牛走向后排靠西的房间，推门迈过门槛，阿牛顿时傻眼了。这哪像是科长的办公室，倒和自己当年在镇海受伤躲在学校的杂物间没啥区别，只是眼前这个“杂物间”过于逼仄，不但摆放着各种探测工具，光杆子和铲子就有好多种。而且地上摆满了大小不一的泥块，连唯一像样的办公桌上面也摊了好几张图纸，上面随手放着绘制工具。阿牛瞪大了眼睛问道：“你平时就在这里办公？”

汪家宝放下图手脚并用，利索地给阿牛腾出一个放行李的空间，直起身拍着手中的灰自嘲：“别奇怪，干我们这一行的都是四海为家、现场办公，这里自然也就成了仓库。”

想到汪家宝前面就申明前来取地图碰巧看到自己，估计这里真的只是他存放工具的地方。阿牛放下手中行李笑着接过话：“那你现在就领我去现场办公吧。”

沿着来路往回走，阿牛有心，又看了看几个敞开窗户的办公室。也许是汪家宝看出了什么，也许是凑巧，他在其中一间办公室前停下了脚步，拉着阿牛靠近窗户，指着里面墙上的一张纸说道：“看，这是毛泽东主席为我们陈振夏厂长题的字。”

阿牛伸着脖子往里一看，虽然房间和汪家宝的办公室一样大，但整理得十分干净，而且还摆了两盆不知名的花。靠花那面墙有张贴纸，上面写着一行“埋头苦干”的大字，下面落款是毛泽东，前标有赠送对象——为陈振夏同志书。因没有注明时间，阿牛好奇地打听：“这字毛主席啥时题的？”

“就是今年的 5 月 22 日。”

阿牛记得这天报纸有过报道，说毛泽东在陕甘宁边区工厂职工代表会议举行的招待会上讲话，论述了经济工作的重要性，强调共产党是要努力于中国的工业化的。刘贵福所长还组织大家学习过毛主席的讲话，大意是要打倒日本帝国主义，必须有工业。要中国的民族独立有巩固的保障，就必须工业化。我们共产党是要努力于中国的工业化的。也因为极大地鼓舞了边区工厂职工的心，所以阿牛不但对这天的学习内容记忆深刻，也对毛主席这天讲话时间记得比较清楚。他推断字是毛主席特为参加会议的陈振夏题的，为了证实猜想，阿牛问道："是陈厂长参加陕甘宁边区工厂职工代表会议的时候？"

"对。走，我们得抓紧时间。"看阿牛扒着窗户还要问，汪家宝不得不催促后拉起了对方。

两人出门重新下完台阶，汪家宝把两个手指伸进嘴巴，随着一声响亮的哨声，远处回应起马的嘶鸣声。不一会儿，一匹马飞奔到两人跟前。由于在机器厂的枪械修造部常坐马车，阿牛从马夫这里学到过不少关于马的知识，所以一眼就认出这是一匹西南马，虽然体形小，但善于走山路。估计这半年汪家宝就是骑着它完成了地质测量工作，阿牛忍不住伸手要去抚摩马鬃，不料马四蹄一动，颈高昂，让他摸了个空。

拉住缰绳的汪家宝赶紧解释："这家伙除了我不会让别人碰。所以我白天不拴它，让它自个去找草吃。"

阿牛不由得细细打量起这匹西南马，只见一对小三角形的耳朵高高地耸立在硕大马头上，两侧的眼睛圆而亮，闪射两道精光，毛色虽然有些杂，可颈上那排披散鬃毛却一色的浓、黑，加上那丰长的浓黑尾毛，醒目又不失威严。阿牛只好调侃自己："看来这匹功劳马只认有功人，我是没得坐了。"

"哈哈，你这家伙现在说话怎么酸溜溜的，我们这里可都是直肠子，有什么说什么。”汪家宝说到这里，拉住马鞍前后桥，抬左脚套入马镫，翻身就上了马。随后一只手拉缰绳，另一只手朝阿牛一伸：“上来吧。”

阿牛刚拉上汪家宝，西南马突然空踏蹄子，并扬头打了个响鼻。阿牛正犹豫它是不是不让自己上马，果然见汪家宝放下缰绳，边撸马头边说：“小旋风，自己人，别瞎闹。”

话音刚落，小旋风果真不再踏蹄，更没再打响鼻。也不知是为了看阿牛还是方便汪家宝抚摩，反正小旋风没再扬头，而是侧过脸来。这下，阿牛放心地贴近小旋风，借汪家宝的拉力翻身上了马。

等阿牛扶住自己的腰后，汪家宝双脚一夹，同时嘴里轻喝一声：“驾——”

小旋风不疾不缓地沿着通向石油厂里面的马路跑了起来。可能是为了照顾阿牛，汪家宝松着缰绳没有催赶马。阿牛虽常坐马车，但骑马还是第一回。他想起了第一次骑自行车，第一次坐汽车，没想到这一晃就是 6 年，许多人和事就像现在渐渐向后退去的树，消失在自己的视线，却在心中留下了印记。想到自行车和汽车，阿牛不由得好奇地问汪家宝：“你现在出行就靠马？”

“小旋风虽然跟我才半年，但很通人性。”

粗听汪家宝好像是答非所问，其实这比直接简单地回答更有说服力。阿牛也意识到了汪家宝对马的感情，他一直叫它“小旋风”。名字可不是名词，不是泛指，而是特指，区别同类，甚至能超越时间而永恒。想到这里，阿牛也跟着夸道：“小旋风好像不用你指挥，自己知道要去哪儿。”

“这条路小旋风早跑熟了。”

看小旋风不疾不徐地跑着，就像一个人正慢条斯理地踱着方步，阿牛觉得这名字难免牵强，甚至有名过其实、徒负虚名之嫌。可念头刚起，蓦然想起《水浒传》里的柴进，记得汪家宝就是河北人，就追问："你是河北哪里人？"

"沧州。"

阿牛大笑："怪不得你给它取小旋风。"

汪家宝先是一愣，等明白阿牛的意思，转过头来笑问："你不会和《水浒传》的小旋风联系起来了吧？"

这下轮到阿牛愣住了，难道是自己猜错了？好在他反应快，想柴进仗义疏财，喜好结纳四方豪杰，在梁山众好汉中名声好、威望高，于是马上接口打趣："我只是觉得你像柴进，书上也是这么写：马上那人生得龙眉凤目，皓齿朱唇，三牙掩口髭须。"

汪家宝听了更是笑得掩不住嘴，扭回头继续悠然自得地随着马身颠簸而晃动："怪不得我现在老觉得你说话酸溜溜的，原来读了不少书。"

"我就是不吃不睡再读十年也比不了你清华才子。"

"不要谦虚，我知道你在太行工业学校进修过，有过硬的技术。"

"我现在是刺配的林冲，来这里拜访你这个柴进。"阿牛故意又把话题转回到水浒人物，既强调两人的关系，又有让对方关照之意。

"我手上可没有皇帝御赐丹书铁券，在石油厂上班压力大着呢。"汪家宝申明后又大笑起来。

阿牛自然听得懂后半句的意思，仅从汪家宝外形上的变化就可以想象这半年他吃了多少苦。阿牛这时想起汪家宝那能让自己心境变得清纯、明亮和温暖的笛子，可刚才无论从他的身上还是办公室内，似乎都没有看到过笛子，就尝试着问道：“能不能给我吹吹笛？”

“吹笛？”汪家宝反问后愣了一下，是啊，若不是阿牛今天提要求，自己都快忘了这个爱好。

“怎么不乐意？”

“哎——从军乐队出来后，我忙得连笛子放哪儿都想不起了。”

阿牛心想，当年赴延安那么艰难，汪家宝都要找机会吹吹笛，看来刚才说压力大还真不是吹的。本想安慰对方几句，可还没开口，只见汪家宝用手指着前方说道：“前面就是石油厂的炼油装置。”

阿牛眯缝起双眼远眺，随口问道：“石油厂现有几套炼油釜？炼1釜需多久？”

“只有2套炼油釜，现在昼夜生产，3天可炼1釜。”

想到刘所长谈话时提到的加工法，阿牛又追问进行核实：“是用敞口小火脱水蒸馏法？”

“是的。”汪家宝有点吃惊，刚才阿牛问炼油釜他并不觉得奇怪，毕竟阿牛是搞设备的，可现在他怎么连炼油方法也知道？汪家宝忍不住努力侧扭过头，看着阿牛问道，“你要不要去里面看看？”

“不了，先去看井架吧。”阿牛只是又远远扫了一眼炼油装置，收回眼神后，心里暗自盘算着。

“七1井到了。”没骑多远，汪家宝又指着前方提醒。

阿牛手搭凉棚向前眺望，只见不远处有个木房，根本不像采油的井架，迟疑地问道：“这就是你确定的5口可采油井位之一？”

“对，这是第一口已钻探成功的油井。在 79.46 米处钻出油层，现日产油近 2 吨，储存成了最大的困难。”

对汪家宝的最后强调，阿牛并不在意，只是听了钻井的深度有些吃惊，就脱口问道：“需钻这么深才有石油？”

“不，”汪家宝摇了摇头后解释，“其实 35.35 米时已有油，但量不大，我判断这个井应该可以钻到地层裂缝，于是就提出继续往下打。果然功夫不负有心人，在 79.46 米处钻到大油层，石油一个劲地向上冒。”

话音刚落，迅疾传来一声长吁。阿牛先是一愣，但马上明白汪家宝当初的心理压力。如果钻不出油，那不光白费了大量的人力，也会让所有投入都打了水漂。记得当时枪械修造部来过几批石油厂的人，大家背地叫这些人“叫花子”，不但要走了钻头、管钳、钢丝绳等工具物资，还讨要八路军缴获的日军旧山炮筒，说那东西是封堵水层最有效的套管。好在现在不但一口井就让大家惊喜不已，还有更大的收获在后面。阿牛心里痒痒地问道：“能不能带我去看看？”

“我就是想让你先看这个。只有让你看到源源不断从地下喷出的石油，才会和我一样着急要想办法储存油。现在我就像个有粮无仓的大财主，而且这粮还在不断收割。”又逗起趣的汪家宝口吻又得意又着急。

小旋风老练地转过木房停了下来。下马后的阿牛发现这个根本不是木房，有点像铁铺堆放煤的木棚，只是比木棚多了三面的木板墙。也因为眼前这面没有遮挡，所以一眼能看清里面的设施。木房分上、下两层，中间被一个巨大的木盘贯穿。木盘上面有根连杆，与顶部一根被吊住的长柄铁棍相连。只见四个人在一个戴鸭舌帽的人的指挥下，分组摇转边上的两个葫芦。大木盘发出吱吱呀呀的声音，慢慢转动着，使长柄铁棍另一端有节奏地上下移动。兴许听到了下面的动静，戴鸭舌帽的人扭过头看了一眼，叮嘱同事一句后，径直从井架上面沿梯跑了下来，大声问道：“汪科长，有办法了吗？”

汪家宝朝阿牛努了努嘴：“来专家了，放心。”

不等鸭舌帽转过脸，阿牛试探着问道：“你是上海的张师傅？”

不光介绍的汪家宝愣了一下，那个鸭舌帽更是惊奇地打量起阿牛。这里几乎没什么人知道自己来自上海，也因是从江苏这边转过来，所以很多人都以为自己是江苏人。眼前这个年轻的专家有点眼熟，但细看又断定不相识。鸭舌帽只好在衣服上擦了一下手，朝阿牛这边一伸，反问：“专家认识我？”

阿牛一把握住对方的手，几近失声地叫道：“果真是张师傅，我是李阿牛呀。”

“阿牛？！”张师傅厚实的嘴唇张成了一个大螺帽，甚至能看到缩在里面的舌头。片刻后，连连用力摇着阿牛的手：“天哪，我们竟然在这里又碰到了，这些年你怎么过的？怎么也到延安来了？”

汪家宝见一时插不上话，干脆松开手中缰绳，轻拍一下小旋风的屁股，小旋风打了个响鼻，甩开蹄子跑到前面一棵高大榆树前蹭起了脖子。听完阿牛别离后的大致经历，汪家宝对张队长的来历也有了兴致，于是也旁听起了阿牛对他的追问。原来傅筱庵被除后，汪伪政府拿国民党军统局特工没办法，只能把气撒在骂过傅筱庵的方液仙身上，即便方老板已被日军所暗杀，仍不放过他的家人。而日军本就视方老板创办的化工厂为眼中钉，一直

想找机会除掉这个化工厂。于是在日军的默认与暗中支持下，汪伪政府今天偷偷放火烧房，明天又以调查暴乱活动为由带走技术工人，使化工厂无法正常生产运行。一天，张师傅出车回来，刚到胡同口，远远看到门房跌跌撞撞跑到路中间挥手示意停车。张师傅刚摇下车窗，门房就将一个袋子塞到他手上，并慌慌张张叮嘱："刚才来了一批伪警，说有人举报你参与了傅筱庵暗杀行动。夫人让你赶紧离开上海，家里人她会想办法与你团聚。"

也许是经历了太多的惊险，这次面对冲自己而来的陷害，张师傅倒是很淡定地应了一声："那我先避一下，谢谢夫人。"

"车就停在这里，按上面的提示快走！"门房指了指张师傅手上的袋子，说完赶紧离开车子。

张师傅于是迅速推开车门，叫了一辆人力车，消失在茫茫人群中。他按袋子里面的便条要求，及时来到镇江，顺利和新四军接上了头。不久，家人也来到了镇江。得知延安缺石油化工人才，新四军征得张师傅同意，将他全家都迁到了延安。张师傅直到踏上延安，才知道组织要安排自己去炼油，他顿时傻眼了，自己是和油品打过交道，也进过化工厂，可除了开车啥也没干过，生产上的事一窍不通。但既然来了，张师傅就不想打退堂鼓，更不愿当逃兵，于是就在石油厂留了下来。也许是当初开过眼界，也许是肯吃苦，更可能是因为有组织协调能力，前月张师傅就当上了采油队的队长。

"太好了，我们又可以在一起了。"

阿牛话音刚落，胳膊又被张队长用力摇了几下："一起为方老板报仇，为中国人争气！"

"好！"

看两人已介绍完，汪家宝瞧准机会开口催道：“走，上去看看。”

“阿牛，接下来要靠你了，走！”

一行人登木梯来到二层的井架。张队长一边提醒阿牛小心磕到头，一边引他穿过机器与钢丝绳，来到大转盘前，指着下面的井口说道：“现在我们都无法提高转速，下面的油太多了。”

阿牛毕竟学了多年的设备，已大致猜到眼前这套很多部件是木制的钻机工作的原理。他扶着木柱从大转盘空隙处向下探了一眼，果真地面有段和小腿粗细的管子，一个活塞被长柄铁棍拉紧的钢丝绳牵着，随着长柄铁棍上下活动。阿牛似乎看到埋藏在地下八百米的石油，如同井水一样被源源不断打上来。为了验证封堵水层是否采用从枪械修造部拉来的旧山炮筒，就随口问道：“汪科长，这地下管子是不是用日军旧山炮筒？”

“对，没有现成的管子，我们只能用日军旧山炮筒一截截地拼起来。对了，这还是张队长想出的点子，不然下面的水会掺着石油冒出，加工费火不说，还很耗时。”

阿牛松开扶木柱的手，朝张队长竖了竖拇指。张队长不好意思地挠着头皮解释：“这也是没有办法的办法。由于敌人的封锁，石油厂不光钻机配件和钻井器材奇缺，连基础的工具也没有。好在有边区政府和机械厂的支援，我们积极钻研，大胆探索，不仅通过修旧利废把磨秃了的钻头、管钳修理好，还自制了螺丝和配件。你看，这个卡扣就是我们自己做的。”

顺着张队长手指的方向，阿牛清楚地看到钢丝绳上有个卡扣，即便制造有点粗糙，可很实用。虽然阿牛点头赞许，但心里却打起了小九九。设备制造可不能马虎，更不能没有基础的工具，自己来这里是解决石油储存的难题，来制造石油加工设备，可现在看来即便自己设计出图纸，以这里的条件注定结果也是巧妇难为无米之炊。汪家宝没有察觉到阿牛的情绪变化，急性子的他拍了拍阿牛肩膀："这里看得差不多了，我们还是赶紧想存油的办法。"

"走！去储油的地窖。"

张队长还是像刚才一样，沿着木梯送两人下到平地。汪家宝吹了声口哨，不远处的小旋风闻声飞速跑到跟前。辞别张队长上马赶路，由于还在担心在石油厂难作为，情绪低落的阿牛没有再环视周边的环境。汪家宝没有察觉到阿牛的情绪变化，依旧兴致很高地接起了刚才的话题："阿牛，石油厂能如期完成修路、平井场、盖宿舍等任务，其实不光靠边区政府和机械厂的支援，还有群众的支持。刚才那井架上的木板大都是群众自发捐的，许多都是原本给老人做寿材准备的。"

这一说，让阿牛又想到刚才困扰自己的问题，就顺着话题追问："井架为什么一面不围木板？"

"延安板材非常紧缺，能省就省，更何况天热干活通风可舒服些。"

听了汪家宝的解答，阿牛反而更困惑，又问："那为什么另三面还要围木板？"

"起初担心鬼子的飞机会在空中发现油井，这三面木板刚好可以遮挡飞行视线，不过自从鬼子挨打后，这一年没敢再来空袭。现在主要是防冬天的大风，人和设备都得防冻。"

"噢。"阿牛这下终于听明白了。

"我们到了。"汪家宝说完拉住了马缰绳。

阿牛没想到这么快就到了储油的地窖，下马环视一圈，眼前山坡建有几个窑洞，与自己住的窑洞不同，这里的窑洞之间的距离拉得非常开，一些人虽然穿着不同，但同样肩挑两个大木桶进出窑洞。阿牛猜他们挑的就是石油，从采油井架引申到这里后，再由人挑到窑洞内存放。他正要咨询汪家宝，这时，从窑洞走出一个穿背心的中年男子，远远就冲这边招呼："家宝，图纸带来了吗？"

汪家宝从怀里取出图纸，小跑到那个中年男子面前，一边将图纸打开，一边说道："我刚才在办公室又测算了一下，这里石岩层估计可达 5 米，应该是不会渗漏石油。"

中年男子拉起背心的衣角擦了一下脸，很霸气地摇手否定："不行！我不要估计，要肯定。刚才这 3 号地窖一夜过后，油面又下降了 1 厘米！"

因为已有了想法，阿牛插嘴说道："石油虽黏，岩石虽硬，但有勾缝，石油肯定还会从细小的缝隙中渗漏。"

中年男子这才注意到汪家宝旁边还有一个年轻人，听了对方的见解，他上下打量了一番，很自然地问道："他是……"

阿牛认为对方虽然是看着自己，但并不是直接问自己身份，而是用了第三人称，只好扭头求助汪家宝。不承想汪家宝这边早已收起图纸，正朝自己这边一伸手，热情介绍起来："陈厂长，我来介绍一下，他就是机器厂枪械修造部调来帮我们解决储存石油的李阿牛同志。"说完，汪家宝把手又伸向陈厂长，"阿牛，这位就是延长石油厂的陈振夏厂长。"

阿牛有点意外，厂长怎么穿成这样？厂长怎么会在储存石油的地窖？不过他马上又觉得并不奇怪，这恰是毛主席为陈厂长那张“埋头苦干”题字的最好诠释。阿牛细细打量起对方，陈厂长和自己几乎齐眉，但明显要比自己瘦弱许多。凸颧骨，薄嘴唇，本就干瘦的他，由于只穿了件背心，肩胛处那道血痕特别醒目，更让他显得单薄，乍眼一看，感觉像是秋后池塘的一枝残荷。陈振夏也颇感意外，军委后勤部说是尽快安排一个专家来想办法解决石油的储存，可没想到来人居然是个乳臭未干的年轻人。不过他暗自提醒自己，人不可貌相，那个现任115师晋西独立支队中队长的吴忠不才18岁嘛，人家12岁就参军，经受三过草地、雪山的严峻考验，16岁就从抗大毕业。想到这里，陈振夏主动伸出手：“看来自古英雄出少年，欢迎你加入我们石油厂。”

对方传递来的握力，让阿牛暗吃一惊，没想到这个看似弱不禁风的厂长竟然有这么大的劲。怪不得刚才他拉衣角擦脸上汗时，袒露的腹部肌肉虽不大，但如同鹅卵石一样结实，在阳光下闪着油亮的光。阿牛的声音和神态越发谦逊：“陈厂长过奖了，希望能在您的领导下为石油厂做点实事。”

“你已去过宿舍？”陈振夏一边问，一边收回了手。

汪家宝抢着代答：“还没有，因急着想来现场看看，就把行李暂时搁在我办公室了。”

“噢，”陈振夏应声后指了指阿牛，“接着说你的看法。”

由于昨晚阿牛已想过如何解决原油开采增加的问题，刚才现场又看了井架，了解了炼油釜生产情况，阿牛自然胸有成竹地说道：“我觉得现在石油厂这种储存思路有待改进。”

一旁的汪家宝暗自一惊，没想到阿牛上来就是批评石油厂工作，虽然语气与用词较为客气，但本质还是认为厂里的工作有缺陷、有问题。他余光瞥了一眼陈振夏，不料对方不但没有生气，反而笑眯眯地鼓励阿牛："不要停，继续说。"

阿牛朝陈振夏伸出三指，说："原油出路有三,一是加大炼油釜的生产，这是最好的办法。"

汪家宝听了心里暗笑不已，这也算是点子？谁都希望加大炼油釜的生产来抵消储存石油压力，可有这样的条件吗？炼油釜不是炒菜锅，想打造就能打造，现在 24 小时都在加工生产，难不成可以把 1 天变成 48 小时？因为反感不切实际的建议，汪家宝插嘴的语气也变得讥讽："你只要能造出炼油釜，石油厂随时可以加大生产。"

看汪家宝不但间接把自己的建议打回，而且把解决问题的烫手山芋直接抛给自己，阿牛直接道明了当前的困难："其实炼油釜设计不难，但难就难在缺少材料和制造场地。"

"这不等于是白说吗？"爽直的汪家宝最讨厌纸上谈兵，不但语气越发挖苦，眼神也露出一丝不屑。

"不，我说的是无法增加炼油釜实现加大生产目标。"

见汪家宝又想插话，陈振夏抬手制止后嘱咐阿牛："你说具体点。"

"我们可以把两套炼油釜现在的敞口小火脱水蒸馏法，改为加盖大火脱水蒸馏法。我测算了一下，用这个方法可由过去的 3 天炼 1 釜改为 1 天炼 3 釜，炼油量要比过去提高五倍多。"

"加盖如何脱水？"汪家宝替陈振夏道出了困惑。

阿牛没有直接答复，转身从地上捡起一块碎砖，回到陈振夏面前，蹲在地上画起了示意图："我们将釜盖制作成斜盖，这样当水汽在盖顶部凝起水珠后，就会自动向低的一端滚落，再将水从引流槽引出。"

看着地上那简易“设计图”，陈振夏眼前一亮，敞口加工不但慢，而且天越冷越费火。蹲着身子的汪家宝听完后轻声自责：“我怎么没想到这个办法呢？”

“那第二个出路呢？”

阿牛起身后答复陈振夏：“多挖地窖储存。”

“如何解决渗漏？”对于阿牛提出的第二个出路，陈振夏觉得没什么新奇感，但需要解决的是渗漏问题。如果这个问题没法解决，那一切都是妄想。按目前这个渗透量，不但会使延安一带的井水有污染的风险，甚至连延河都有可能漂浮起石油。

其实刚才在汪家宝叙述储存石油发生渗漏现象时，阿牛已想到了解决的办法。上海方液仙工厂的缸体发生裂纹后，不就是采用石灰和胶泥搅拌后涂抹，再也没有液体渗出吗？所以马上接口说道：“其实不用仔细挑地，选靠近油井或炼油釜处挖几个大窖，然后用石板铺上，再用石灰和胶泥搅拌勾缝，肯定不会再渗漏。”

“陈厂长，这的确是好方法！”阿牛话音刚落，汪家宝当即予以肯定，并用专业知识进行诠释，“我们原先采用涂敷胶泥法，其实存在保水性较弱的问题。而石灰具有较强的碱性，与胶泥搅拌后，可以生成有水硬性的产物，产生胶结后具有很好的保水性。”

阿牛没想到方液仙老板告知的堵渗漏法背后还有这么多的知识，看来清华真是个卧虎藏龙之地。陈振夏思绪很集中，听了阿牛的第二个建议和汪家宝的肯定后，他觉得已基本可解决当下的石油储存问题，于是就好奇地探问起第三个出路：“最后一个出路是什么？”

“卖！”

“卖？”汪家宝刚服气的心又被一惊。阿牛这算是什么出路，卖给谁？怎么卖？他对自己辛辛苦苦找到的石油特别在意。

“对，想办法卖到国统区，换我们八路军急需的物资。”说到这里，阿牛把头转向陈振夏厂长，连比带画地解释第三个出路的重要性，“如果汪科长确定的5口采油井位全开采后，我们肯定用不了这么多的石油。卖是我们最终的出路，也是提升八路军战斗力和提高解放区人民生活水平的方式。”

听完阿牛三条开采出来的石油出路后，陈振夏没有立即表态，而是低头迈开两条鹭鸶似的细腿来回踱了几步。按理说，阿牛提议的加工、储存、出售三法都是说到了点子上，可自己的权限只能采纳前两条，最后这卖石油不是自己所能决定的，那就找机会向上汇报吧。想到这里，陈振夏抿了抿薄唇，果断下起了命令：“汪家宝同志，你马上组织人力在东厂挖8个1丈见方、6尺深的大窖。”

“是！”

“李阿牛同志。”

“到！”

陈振夏的凸颧骨动了动，声音变得很缓和：“你刚到石油厂，理应让你到宿舍整理行李，但现在生产任务紧，你马上设计釜盖，争取早点实现加盖大火脱水法。”

设计这样的图纸根本没什么难度，阿牛马上应了下来：“请陈厂长放心，明天一早我就交图。”

陈振夏动情地看着面前两个年轻人说道：“当初美孚公司花巨资聘请11名地质测量专家在陕北勘察石油资源，不但钻了7口探井都以失败告终，还下了此处不可能开采出生产规模原油的妄言。而我们汪家宝第一口井就打出了油，打出了源源不断的石油。现在，石油厂找石油已立了大功，接下来相信你们会让石油厂在储石油、炼好油立上新功。真是长江后浪推前浪，有你们这些年轻人，我们就能在大后方建立起新的工业体系，满足抗战的需要，彻底战胜日本鬼子。”

阿牛心里一震，不是因为陈厂长让自己在储石油、炼好油上去立功的鼓励，而是后一句话多么像当年侠民叔说的。想起侠民叔，阿牛不由得泪花一闪，心里默念：侠民叔，大后方已建立起新的工业体系雏形，请您放心，我一定会为中国工业争气……

十四

当又一场春雨飘落时，延长石油厂已顺利完成汪家宝确定的5口采油井的钻探，除了一口井在产量上不具有工业价值，其余4口井均能出旺油。不光石油的开采量急剧递增，通过各方的努力，阿牛的三条石油出路也完全得以实现。

1945年的春天不同于以往，不断有好消息传来。就在中国共产党第七次全国代表大会召开之际，不但轴心国墨索里尼被处决、希特勒自杀身亡，曾偷袭夏威夷珍珠港、摧毁美国太平洋舰队主力的日本联合舰队，也在经历中途岛海战、硫磺岛战役、马里亚纳海战、莱特湾海战后完全覆灭。更令中国人振奋的是中国军队取得湘西大捷，痛歼日寇2.4万人，导致日本中国派遣军不得不从广西、广东、湖南、江西四地撤回部队。

喜讯一件又一件，可阿牛却有点坐立不安。他想回到机器厂去，回到自己熟悉的枪械修造部，因为从相持阶段进入进攻阶段，八路军战术必将从谋求艰难生存转变为彻底击溃敌人，这时最急需的是能打败日本鬼子的武器，减少自己的伤亡。但阿牛也不想离开石油厂，这可并非阿牛觉得这里工作轻松，相反24小时都在工作或待命中。阿牛甚至习惯了半夜的敲门声，而且还琢磨出声响越大越急，出现的设备问题就越严重。既然难以抉择，阿牛决定找机会听听陈振夏厂长的意见。不料，从延安杨家岭参加完中共七大会议的陈振夏刚回到石油厂，就让人通知阿牛马上来他办公室。

直等走进陈振夏厂长办公室，阿牛还是不明白陈厂长为什么急吼吼要找自己，不过既然早就想找陈厂长听听自己日后的打算，这岂不是好机会。让阿牛大为意外的是，见面后，陈振夏刚让自己坐下，就边批手中文件，边道明急找阿牛的事由："李阿牛同志，看来刘贵福一直惦记着你，我不得不放你回去了。"

阿牛哭笑不得，没想到自己左右两难的问题，现在不用费口舌，直接就有了答案。可更大的好奇心让他不得不开口追问："陈厂长，我们是不是开始要反攻日军？"

"应该是。"

阿牛看陈振夏仍把头埋在文件中，一副漫不经心的样子，极像是在应付自己。想对方在杨家岭中央大礼堂参加近两个月的会议，肯定有不少事急需处理，找自己过来估计也只是口头通知以示重视而已。毕竟自己在石油厂工作还不到一年，日常和陈厂长相处的时间又不长，自然也就没啥好让对方留恋的。想到这里，阿牛起身告辞："陈厂长，那我先走了。"

陈振夏终于把头抬了起来，不过不是送客，而是抬起拿铅笔的手，压了两下，像是下达一道命令："等等，坐！"

阿牛不得不重新坐了下来。房间又响起铅笔画在纸上的"唰唰"声，但没有了说话声。枯坐的阿牛发现西沉的阳光钻进窗户，斜斜掠过陈振夏的凸颧骨、薄嘴唇，给干燥皮肤涂抹上一道明亮的光彩后，把他的影子投在墙面，就像是张完美的剪影，弥散着奋斗而安详的气息。阿牛不由得又想起第一眼看到陈厂长时的联想，不，这绝不是秋后池塘的一枝残荷，而是一棵扎根在沙石中的参天榆树。阿牛特意打量起对方的肩胛，可能今天陈厂长赶路急，现在恰巧也是只穿着那件泛黄的背心，由于低着头，可以看得更真切。虽然血痕早就没了，但却留有一道重茧。两根锁骨像是被斧劈刀削过，左右下陷出对称的两个坑。阿牛蓦然想起了阿爸宽厚的肩膀，也是这样的季节，阿爸一旦用力，肩上的肌肉绷得紧紧，汗珠在光泽的肌肤上一颗接着一颗滑落。一次郑爷说书，阿牛听不明白“细腰乍背”的意思，事后问郑爷，郑爷摇着蒲扇指着仍在忙碌的李大贵打趣：“说的就是你阿爸的肩膀和腰。”那时，阿牛觉得阿爸就是个顶天立地的英雄，抡铁锤时就像是战无不胜的隋唐天下第一好汉李元霸。可现在回想起来，细腰乍背的阿爸只是支起了一个家，保住了一个打铁铺，而陈振夏他们这些人看上去瘦弱单薄的身材，却为中华民族撑起一片天，拓出一片地。

“报告！”

门外传来报告声，即便没扭头，被蓦然打断思绪的阿牛也知道来人定是汪家宝。只见对面的陈振夏终于放下手中的笔，抬起头说道：“进来。”等汪家宝健步走到办公桌前，又指了指阿牛旁边仅有的最后一把椅子：“坐。”

阿牛和汪家宝相视互点了下头，对方意外的眼神，让阿牛更加觉得自己在这里是多余的。他弄不明白陈厂长今天为什么要急着通知自己去向，而且说完事又不让走。刚才自己坐这么久也没见陈厂长停下笔，现在汪家宝一来，不但放下笔，还让他挨着自己坐下，难不成他俩有事要说？该不该起身回避？阿牛还没想好该怎么办，陈振夏却突然转过脸问道："李阿牛同志，知道我为什么要急着找你吗？"

阿牛赶紧回过神来："明白，我这就回去整理东西去机器厂报到。"

"坐。"看阿牛准备再次推椅起身，陈振夏又抢先抬起右手往下压了压，只是这次没有捏笔，而且也不是命令式。

阿牛这下越发困惑，屁股半离椅子就询问："陈厂长还有事要叮嘱？"

"你在石油厂也快一年了，我想听听你对当前工作的看法和日后工作的思路。"说到这里，陈振夏拍了拍自己的额头，"我都忘了给你们倒茶水。"

当前工作的看法？趁陈厂长起身倒水之际，阿牛细细揣摩这句话的意思。陈厂长这是让我提建议，还是担心我回了机器厂说些对石油厂不利的话？可对方朴实的眼神根本不是这个意思。至于所谓的日后工作思路，估计是泛泛而谈，毕竟是两家没有关联的厂。因为吃不准陈厂长的问话，阿牛灵机一动，在接陈厂长递来的茶杯时，指着墙上那张题字试探："石油的作用很大，石油厂人的工作作风都是埋头苦干型。也因为肯吃苦，愿奉献，所以能打出一口口高产井，能炼出一桶桶好油……"

陈振夏腾空的手连摇，打断了阿牛："不要戴高帽，我要听的是看法。"

"什么看法？"阿牛真想不出石油厂还有什么问题存在，如果有，自己早就提出并想办法解决了。

陈振夏没有回复阿牛，而是绕过桌子重新坐下后，把目光又转向汪家宝。不料汪家宝也是一头雾水地摇了摇头。陈振夏只好拿起桌上一份材料，举在手上说道："我也是在这次党的七大会上听了毛主席的《论联合政府》报告后，才有了新的体会。因为李阿牛同志马上要调走，所以我赶着时间把你和汪家宝叫来，我们仨一起聊聊。"

汪家宝一愣，厂长今天这是怎么了，难道开会把自己开傻了？他这几天正忙着找新的采油口，哪有什么时间和闲情，坐在这里避暑似的侃大山。想到这里，汪家宝挑了一下眉毛，夸张地抹了抹脸上几乎已干的汗水，说："我的体会很简单，找到更多的采油口。"

"对，这是你汪家宝的任务，更是你的光荣。我想问你，在找新的采油口时，你依靠的是什么？"

"知识技术。"汪家宝脱口而出。

"还有呢？"

"还有？"汪家宝搜肠刮肚想了片刻，又断断续续掰着手指说道，"组织上的信任和关心，嗯，领导的指导，嗯，边区政府的支持，嗯，同事的协助……"

陈振夏移了移屁股，拿起挂在椅子上的外套，没有耐心地打断对方反问："人民是不是给了你最大的帮助？"

人民？习惯了群众和老百姓的叫法，汪家宝一下子没有反应过来。倒是坐在旁边的阿牛联想到刚才陈厂长举起的《论联合政府》报告，插嘴提示汪家宝："陈厂长应该是问你在寻找新的采油口时，当地的老百姓起到什么样的作用？"

"那就很多了。"汪家宝似乎思如泉涌，信手拈来地像刚才一样掰起了手指，"曾有人告诉我某个地方冒过气泡，有人带我去看以前流出的黑油，还有人告诉我这里美国地质和测量专家来过……"

美国地质和测量专家？阿牛记得来延安的美国人也有几十人，虽然这些人身份各种各样，除了记者、医生和外交家，还有宗教人士和军人，可以肯定没有所谓的地质和测量专家。他不得不也像刚才陈厂长一样，打断并提醒汪家宝：“美国地质和测量专家也来石油厂帮过我们？”

见阿牛绞着手指，眯缝着眼睛努力回忆的样子，汪家宝纠正道：“不是，我说的是北洋政府的时候。”

阿牛马上想起了和陈厂长第一次见面时提到的美孚公司，还没来得及向汪家宝点头，对面的陈振夏就响亮地说道：“这就是人民的力量！”

北洋政府怎么能和人民的力量扯在一起？陈厂长的插话让汪家宝一时不知如何接话。而阿牛又想到前些日子读《解放日报》刊登的毛主席《论联合政府》中，曾有句鲜明的论断：人民，只有人民，才是创造世界历史的动力。就开口求证陈振夏：“陈厂长，您是不是想说打败侵略者、建设新中国，我们一定要实现人民力量总动员。”

穿上外套的陈振夏看上去表情更为严肃，可听了阿牛的话露出难得的笑容：“这话可不是你说的，也不是我说的，是毛泽东主席说的。”

阿牛不但没有不好意思，相反像受到鼓舞似的接着说道：“陈厂长，我明白了，我记得毛主席在党的七大开幕词中还说，我们政策的基本点是放手发动群众，壮大人民的力量。”

陈振夏有些意外，参会的是自己，而面前这个没有机会参会的年轻人居然比自己知道得还多。而汪家宝也终于明白陈厂长今天召集两人的中心话题，毕竟是清华的学子，他把这个话题一下子推前到了抗战初期：“其实毛主席在《论持久战》中就已强调‘兵民是胜利之本’，指出抗日战争胜利的唯一正确道路是充分动员和依靠群众，实行人民战争。从今天的成果来看，我们共产党的决策，可以说是非常的英明。如果没有人民的支持，我们不可能取得石油开采和加工的成就，就不可能制造出这么多的武器，更不可能在解放区与沦陷区凝聚起了国内抗日力量，坚定起了国人的必胜决心。”

等面前两个年轻人说完，陈振夏没有急着接话，而是先朝两人各自点了点头以示肯定，看两人都望着自己不再说话，他干咳一声后，坦诚地说道：“你们了解并掌握这些，我甚是欣慰。现在可以断定，中国抗战及世界反法西斯战争已经取得决定性胜利，急需将全中国抗战力量动员和统一起来，彻底打败日本帝国主义侵略者。但我们更要清楚，这个胜利肯定不是最后的结局，我们要在接下来的较量中获胜，最终建成‘一个独立、自由、民主、统一和富强的新国家’！”

阿牛和汪家宝心里同时一震，再次互视对方，似乎从对方的眼神里验证了心中答案的正确。阿牛心想，看来自己原先不光想法简单了，而且眼界更存在短视问题。估计陈厂长不光是要通知自己的工作调动，应该还会有新任务要交代自己和汪家宝。想到从党的七大会议回来的陈厂长带来的任务必定十分光荣，阿牛的心一下子像要跳出胸膛。他舔了舔嘴唇，双手撑椅子把手，前倾上身，目光炯炯地向陈振夏表态：“陈厂长，有什么任务您尽管下达，我必尽全力完成。”

陈振夏却把身子向后一斜，一只手虚按文件，一只手也像阿牛一样撑着椅子把手，说：“其实延长石油的发展历程已可以证明人民的重要作用，无论是清政府时期聘请的日本技师阿部正治郎，还是北洋时期聘请的美国马栋臣、王国栋这些地质和测量技师，他们不但勘察不到中国的石油资源，相反还得出荒谬的‘中国贫油论’。”

阿牛听了半天，觉得陈厂长还是没有实质性的任务交代，只好耐着性子继续听下去。性子直爽的汪家宝直接问道：“陈厂长，您的意思是让我们在日后工作中要多联系群众，多发动群众？”

“毛主席说过，真正的铜墙铁壁就是人民。想要取得最后的胜利，我们必须注意工作方法，解决好群众的实际生活问题，以便真正将广大群众团结起来，消灭一切反革命力量，夺取全中国。”

“谢谢陈厂长指导。刚才我还在思考，清政府和北洋政府也动员过人民群众。如为了保证从日本采购的钻机和炼油设备能顺利运抵延长，清政府还组织数万民众历经千难万险，耗时一年，修通了金锁关至延长县共二百多公里的马车道。可最后还是没能获得成功，我想就是因为和人民只是简单的雇佣关系，而不是去解决群众的实际生活问题。”

“说得很好！”陈振夏虚按文件的手轻拍了一下，嘴角浮起难以察觉的浅浅笑容。

看陈厂长肯定后转回上身，双臂在桌上交叉一叠望着自己，汪家宝又动情地说道：“相信积贫积弱的中国能够战胜穷凶极恶、不可一世的日本军国主义，这主要是因为中国人民巨大的民族觉醒、空前的民族团结和英勇的民族抗争。无论是现在还是将来，人民群众肯定是社会变革的决定力量，在社会变革中起主体作用。而我们只要牢记密切联系群众的作风，坚持走团结和民主的路线，就可以用最少的财力和人力，实现最大的目标。”

阿牛在一旁又听呆了，好在这次不是糊涂，而是对方的话既说出自己的心声，又提炼出观点。真不愧是清华的学子！阿牛由衷地叹了一声，并扭过头向对方投去一道敬佩的目光。

没想到谈话虽然一直围绕着主题，但越谈越宽，越谈越远。从思想政治工作是一切工作的生命线的理论创立追溯到“三湾改编”，从七大的文风聊到朱元璋在朝堂无奈打茹太素板子的故事，让三人明白只有几近口语的报告，才能使连足不出户的妇女也可以听得懂、记得住。只有这样，才会获得更多人民群众的理解与支持，也就自然会在艰难中取得一次又一次的胜利。

直到陈振夏起身送客，阿牛才明白陈厂长根本没有什么任务要交给自己或汪家宝，只是一次如何更好发动群众的促膝长谈。但在这一个多小时的畅聊中，让他明白了人民群众才是英雄，而不是郑爷说书中那些个别人，只有不把活动在历史舞台前面的少数英雄人物的作用夸大，才能得出正确的英雄史观。

出了陈振夏办公室和汪家宝告别后，阿牛独自下完土台阶，径直向对面的榆树群走去。他并不急着整理行李回机器厂报到，更不想去食堂吃饭。即便现在有几分饿意，但对于阿牛来说，此时精神上的思考远比物质上的填充重要得多。他想借助这难得的机会，在安静的树林下踱步，梳理刚才的谈话。

虽然组织上已决定了自己的命运，阿牛也没有心理上的抵触，更何况机器厂就是自己进延安后的第一份工作，并且在那里自己得到了较好的培养，展示出了才华，并在一定程度上是“唱主角”。可经过刚才的谈话，阿牛又有些不舍，在石油厂自己虽然处于配角位置，但却非常重要，可以说，没有设备的稳定运行，就不可能采出油，更不可能加工出成品油。可现在石油厂的设备实在是太落后了，不光曲柄连杆机构是用木头做的，连井架也只能用砍来的树木搭建，修了又修的电动机和变速箱，真不知道什么时候又闹情绪罢工。而所谓的加工釜，其实也只是用两口大锅扣在一起组成，有没有开始出油品，全凭工人师傅对收集凝结的油流用嗅觉来判断。

一阵微风吹过，阿牛低头发现最后一道晚霞穿过相叠的厚实树叶，筛落在地的斑驳光影就好像是书写而成的神秘文字。远眺，那耸立的塔井和炼油釜被霞光抹上了一层迷人的橘红色，似乎有人给设备镶上了金边。阿牛幡然顿悟，只要心中有光，没有一处是黑暗；只要心中有光，就可以投射出一道明亮。既然战争迟早会结束，如何让国人过上富裕安康的生活自然就离不开经济的发展，而石油正是经济的血脉，将来有机会还是要争取到石油厂工作。

阿牛笑了，困扰半月的问题并不是因为刚才的调动通知而破解，而是自己现在做出的抉择。虽然这个抉择还不能实现，但人往往有了自己抉择的道路，走起来才有滋味，才有激情，才有意义。望着空旷的黄土地，阿牛突然想起旭日刚跃出海平面的场景，那时的大海就像柔顺的丝绸，伴随微风上下涌动。镇海的鼓楼、威远城、炮台同一刻被镀上清澈动人的金色，感觉软软的、暖暖的，很舒服。阿牛定了定神，面对即将沉下的太阳，张开双臂，想拥抱铺洒而来的束束光柱。突然，身后响起了熟悉的笛声。阿牛猛然回头，只见汪家宝正吹着长笛向自己走来，身后还有一人，没错，是张师傅。阿牛赶紧迎了上去，把原本想拥抱光柱的手臂揽紧了两人。

张师傅动情地说道：“阿牛，真舍不得你走。”

“等我，我将来肯定还会回石油厂。”虽然眼泪控制不住滑落双颊，可阿牛语气十分坚定。

“好，我们永远在一起。”

“为了中国的石油事业在一起！”收起长笛的汪家宝刻意强调后，又诗人般地补充了一句，“阳光无痕，掬水留香。”

十五

回到机器厂报到，阿牛才知道急调自己回来并不是刘贵福的安排，也不是边区机器厂的安排，而是八路军总部领导的部署。

1944 年的 7 月 22 日和 8 月 7 日，也就是在阿牛调到石油厂工作后，美军中缅印战区驻延安观察组 18 人分两批抵达延安。考虑阿牛有较好的英语基础，八路军总部准备调回阿牛，和丁浩一起做接待翻译。后由于行程安排不参观机器厂，加上领头的包瑞德、马海德和谢伟思都是中国通，汉语说得特别好，所以就取消了调阿牛回机器厂的决定。不承想谢伟思参观后，不仅被这里人民积极向上的精神面貌所感染，更撰写了有影响的报告，高度肯定了中国共产党领导人的素养，呼吁美国政府重视被国民党封锁隔离的抗日根据地的中国共产党人，给予中国共产党军队援助与合作，并希望能改革蒋介石国民党政府。第二年中共七大召开前，谢伟思特再次“请缨”来到延安考察，可到延安没几天，美国政府却拍电报催其马上回华盛顿。4 月 12 日，谢伟思安全抵达华盛顿时，恰遇美国在任时间最长的总统罗斯福突发脑出血逝世，本就被冷落的谢伟思自然无人理会。可不久，谢伟思在美亚事件中遭遇诬陷与迫害，不但国务卿艾奇逊迅速将他开除，《旧金山新闻报》更以头条《共产党获得了美国机密》的标题进行大肆渲染。次日，又以《赤色分子制造了史迪威和蒋介石的分裂》头条大标题，点名攻击谢伟思。说谢伟思是“赤色分子”，而且成了史、蒋矛盾的“罪魁祸首”。毛泽东得知此消息后，愤而提笔，亲自为《解放日报》撰写社论，认为逮捕谢伟思是美国对华政策的转折标志，并声明“如果美国当局决心支持中国的反动派，那他将从中国人民那里得到应有的教训”。

虽然阿牛在报纸上读过这篇社论，可在刘贵福谈话前，他不可能想到斗争如此激烈，更不可能知道被亲切称为“3S”的斯诺、斯特朗、史沫特莱所写的战地通讯和出版的《红星照耀中国》《西行漫记》《红区内幕》《中共杂记》等书，在美国的影响力是这么大。这次，有位叫阳早的美国人，辗转他人给延安来信，说是读了斯诺作品后，决定只身前来延安，要全力支持中国人民的抗日战争。由于阳早不会中文，而且从美国康奈尔大学农牧专业毕业后，一直从事农具制造和畜牧养殖，八路军总部就让机器厂的沈鸿物色推荐一位能够配合阳早工作的人。接到任务后，沈鸿急得抓耳挠腮，如果说找个会英语的职工，那全厂起码有近十人可挑。即便会英语、懂农具制造，那肯定也有五六人。可想在机器厂挑出一个会英语、懂农具制造又会畜牧养殖的人，那就像是寺庙里找道士，能有结果吗？刚好这天刘贵福到沈鸿办公室办事，听了对方的“诉苦”后，马上脱口激将：“沈总工，我倒是想起有这样的人选，就是不知道能不能调得动？”

“这是当下的一件大事、急事，谁都必须服从大局。如果合适，即便是在前线，那也马上来报到。”

有了沈鸿这句话，刘贵福这才卖关子地接起了话：“你有个小老乡，三个条件都吻合。”

小老乡？沈鸿脑海自然跳出当年西迁时带来的7名工人。可这几个人明明不会英语，而且也不懂畜牧养殖。想了片刻后，沈鸿还是不明白刘贵福说的小老乡是谁，只能摇头后追问：“你说的是谁？”

“来自浙东宁波的李阿牛啊。这家伙祖上就是打农具的，早年还在上海学会了英语，到我们这里后，又在双拥活动中学会了畜牧养殖，应该是最好的人选。”

沈鸿抬手拍了一下自己的脑门：“哦，我怎么把他给忘了！”

刘贵福佯装生气地瞪大眼睛打着手势：“就是，光记得把人从我这里挖走，就不记得还给我，这次得多赔我几个人。”

“哈哈，没想到你小子还想讹我。”

“嗨，我也就说说而已，谁敢讹连毛主席都称边区‘工业之父’的沈总工？”

“别来抬我城隍。”沈鸿笑着抬手打住后，马上拍板，“那我这就向总部汇报，让李阿牛再动动。”

“好！”

给阳早配的人选就这样定了下来。可没想到辗转半年从大洋彼岸的美国来到中国延安的阳早，却提出不要任何人陪同翻译，说只有这样才能学会中国话，才能和这里的人打成一片。于是前期刻苦准备英语和学习畜牧养殖的阿牛顿时成了一名“闲人”，连他自己也觉得可能又要返回石油厂工作。

不料时局让阿牛的想法又一次没能“如愿”。前些日子因前线反映制造的钢子弹与从日军缴获的铜子弹相比，不仅雨季容易生锈，不利于储藏保养，射击精度差，而且对枪支磨损大，严重影响枪支的使用寿命。经过机器厂职工的全力攻关，他们终于掌握了提炼精铜技术，现急需提炼精铜和制造铜弹壳的设备。自然以设备设计和安装见长的阿牛就这样又被留了下来。阿牛也不负众望，迅速拿出设计图，并督查制造和安装，结束了陕甘宁边区不能生产铜弹壳的历史。

1945 年 8 月 15 日下午，满含泪花的丁浩突然冲进办公室，双手握拳举过头顶用力晃动，语无伦次地说道："胜利了！太好了，我们胜利了！"

看阿牛和刘军抬眼不解地望着自己，丁浩拿起刘军面前的茶缸，猛灌几口凉开水，边抹嘴角边补上内容："日本天皇向全日本广播投降诏书，接受波茨坦公告，实行无条件投降，结束战争。"

"这狗 × 的真投降了？"

不光是刘军半信半疑，阿牛更是满腹狐疑。4 天前，八路军总部就传来过日本投降的消息，不但说得有鼻子有眼，而且无论是国民党控制发行的报纸，还是共产党第一张全国公开发行的《新华日报》，都在 11 日刊登了日本投降的新闻。当时街上到处是人们奔走相告胜利的好消息，有人还点上鞭炮庆祝，可次日侵华日军根本没有投降的迹象。刘军当时私下问阿牛这到底是怎么回事？阿牛说，被两颗威力巨大的原子弹轰炸以及苏联百万大军横扫日本关东军后，日本天皇肯定已有投降之心，但在中国手握 80 万重兵的冈村宁次等日军将领却不一样，他们因在中国进行了残酷的大扫荡，甚至实施了极其残暴的"三光"政策，烧杀抢掠，可谓无恶不作。既然自知在中华大地犯下累累罪行，现在即便大势已去，依其顽固思想，定也要做困兽之斗。

丁浩用手背抹了一下眼角，又补充说道："前线来电报，说日军接到命令，不再出岗楼，等待受降安排。"

"看来日本是真的投降了。"阿牛话音刚落，厂部通信员进来通知，说午时到操场集合，传达日本投降的消息。

送走通信员后，阿牛就像是做了一场梦，尤其是看着丁浩又蹦跳着去通报好消息时，阿牛觉得眼前的画面有点熟悉。是的，这样的梦境已有很多次，但往往醒来很失落。为了验证这一次不是做梦，他故意拿起茶缸喝上一口，顿时舌头被烫得一激灵，迫使他扭头张嘴把开水吐在地上。坐在对面的刘军先是一愣，旋即捧腹指着阿牛笑道："你是高兴得糊涂了吧？自己刚倒的开水也会不记得？"

即便被开水烫得口腔起了皮，阿牛心里还是暗自开心，可在同事面前只能佯装无辜："就是，就是，太开心了，我们真的是太不容易了。"

"晚上要不去趟后山？"

后山是吴剑英的埋葬地，三年前刘军等人轮流把班长背出山沟，一起把曾救了全组的吴剑英埋在了后山。阿牛知道刘军的意思，但他不但没有爽快应允，相反还摇了摇头。刘军显然被阿牛的拒绝激得有些恼怒："你什么意思？"

"我看还是星期天吧，把当初的十八罗汉能叫上的都叫过来，让班长点个名。"

刘军起身上来捶了对方一拳："老李，我想你也不是忘恩负义之人，还是你想得周到，一个也不能少。"

为了不让兵工厂的师傅们觉得自己年龄太小，所以李阿牛和刘军在分配到兵工厂后，也像丁浩一样，约定称呼时相互在对方姓前加“老”。这招果然挺灵光，许多老师傅不但没有说乳臭未干的话来刺激他俩，还对他们挺客气。一年后，有的师傅干脆也跟着叫老李和老刘。对于刘军亲密的动作，阿牛没有回应，而是平静地说道：“有的同学一别就是三年，现在终于把日本鬼子打败了，我们也是该碰个面，聊聊今后各自的打算。”

刘军一下子清醒过来，对呀，自己在兵工厂干吗？不就是为了抗日而制造武器吗？既然不用打仗了，那还会要武器吗？他由衷地赞道：“老李呀，你真是诸葛亮投胎转世，什么事都想得远。”看阿牛歪了一下嘴角没接话，刘军试探着问，“老李，那你有什么打算？”

“老刘，我们国家自1931年起就受日本的侵略，经济早已是千疮百孔，有的老百姓甚至连小米粥都喝不上。现在战事一平，那必定要搞经济建设，我想去搞炼油化工。”虽然这个决定阿牛半年前已打定，但从嘴里说出来还是感觉有点怪异，毕竟刚到延安时，自己还对有可能会被调去延长石油厂而担心。这到底是受方液仙的影响，还是刘鼎的教化？阿牛觉得更多的也许是这几年的磨炼和学习，让他懂得了中国当前紧缺什么、急需什么，怎样才能让中国强大起来。当然，阿牛现在说的搞炼油化工和当初刘鼎部长所说的搞炼油化工还是有本质上的区别，刘部长应该指的是如何把石油炼成可用的煤油和汽油，而阿牛现在的想法是发挥自己的设备设计与安装技术，制造出可以炼油的大锅，让延长石油厂生产出更多的产品。

“你还真已想好了出路。”

看刘军有点儿吃惊的模样，阿牛反而耸了下肩，歪着嘴角轻松一笑：“谈不上出路不出路，只是想为国家国防做点事。”

刘军这下听糊涂了，阿牛明明说要搞化工去，怎么还说是为国防做事？就忍不住追问：“既然还想为国防做事，那你为什么还想着要离开兵工厂？”

“经济建设是国防建设的基本依托，没有经济建设这个基础，国防肯定不行。”

刘军这下听明白了，也联想到了王震领导下的三五九旅。这支队伍自 1940 年冬进驻南泥湾后，面对国民党对陕甘宁边区实行严密的军事包围和经济封锁，在“一把镢头一把枪，生产自给保卫党中央”的口号激励下，开展轰轰烈烈的大生产运动，把“处处是荒山”的南泥湾建成了“陕北的好江南”。也因为克服了物质生活困难，全旅士气振作，在国民党顽固派三次反共高潮的军事和政治斗争中表现出色，有力守卫了陕甘宁边区“南大门”。1944 年 10 月，三五九旅又作为八路军南下支队主力，执行开辟新根据地的战略任务。想到这里，刘军拧紧了眉头，说：“老李，你说国民党顽固派会不会借天下太平之机挑事端？”

阿牛拿起茶缸吹了吹，慢条斯理地分析：“老刘，经过了长期战乱伤痛，现在全国人民都渴望和平的生活，国民党脑子再笨、心眼儿再坏，也不会不懂民心不可违的道理。”

刘军并不认可阿牛的分析，为了驳倒对方的观点，说起了自己刚听到的消息：“毛主席在中共七大的《论联合政府》报告中，提出要废止国民党一党专政，建立民主的联合政府。可国民党马上在第六次全国代表大会上拒绝了这个建议，蒋介石甚至还在政治总报告中说，今天的中心工作在于消灭共产党。”

阿牛瞟了一眼刘军反问：“如果抗战还没结束，蒋介石倒是还有浑水摸鱼的机会。可现在日本一投降，全国都盼着和平，他敢冒天下之大不韪？”

“国民党始终想一党坐大，不会接受民主的联合政府的建议。”

刘军虽然没有把话完全挑明，但意思已非常明确，那就是国民党想要的是独裁，既然不容其他党派存在，那必定会用战争的方法。其实阿牛原本也判断抗日战争一结束，结合国民党之前的所作所为，肯定会主动挑起内战，毕竟新四军的项英、周子昆，还有侠民叔都是倒在国民党的枪下，连叶挺将军到现在还关在重庆的监狱。但近来的形势让他有了新的判断，只见阿牛喝了口水自信地放下茶缸，连珠炮地发问：“当下是不是处于国共第二次合作？昨天蒋介石不是拍电报邀请毛主席到重庆共商国是吗？他不是也说大战方告终结，内争不容再有吗？谁敢违背全国人民迫切要求的休养生息、和平建国的意愿？还有，美国和苏联会让蒋介石搞独裁统治吗？阿军，相信我的判断，反正答案很快会揭晓。现在我们还是抓紧干活。”

刘军一下子集中不起思想，觉得自己对形势的判断应该不会错，日军还没投降，国民党就处处为难共产党，现在日军一降，那还不集中精力来对付我们共产党？由于同阿牛相处三年多从没有在事件预判上胜过对方，刘军陷入该不该和阿牛辩论的犹豫中。好在扭头看到窗外的大山后，刘军顿时有了主意。对，反正星期天有许多同学在，届时让他们来判断，究竟我和阿牛的判断到底谁正确？乘准备起身倒水之机，刘军瞄了一眼阿牛，顿时被对方的表情吓了一跳。只见阿牛虽双目紧闭，可眼泪却如断线的珠子，无声地从双颊滚落。再仔细一看，阿牛手中此时多了把小匕首。刘军知道这把小匕首的来历，他赶紧松开正在推椅起身的手，悄然低下头，知道这个时候不要去打扰阿牛，也没有必要去劝阿牛，相信理性的阿牛只是在用独特的方式，把好消息告诉被日军夺去生命的阿爷等家人……

让刘军没想到的是，当同学们听了自己和阿牛的争论后，几乎一致认为国民党会挑事端、发动内战。不但有人耐心劝说阿牛要为八路军留守在枪械修造部，甚至还有人批评起阿牛对国民党没有警惕性，这让原本颇有威望的阿牛一时下不了台。

阿牛内心挺痛苦，和自己有血缘的亲人是被日本人炸死的，对自己有恩情的侠民叔和方老板，可都是被国民党军队和汪伪政府所杀害，他有一万个理由可以不信国民党，但他却也有一万个期盼不要发生内战。当然，他内心还是认定国民党不会挑起战争，即便国民党有着军事上的绝对优势，可民心却不容开启战火，更何况不但国内的经济岌岌可危，国军将士肯定也会反对内战，抗日可强民族壮志，但内战必生厌战之心。

好在第二天又传来蒋介石再次拍电报邀请毛主席赴重庆的消息，阿牛这下更觉得自己的判断是正确的。如果说第一封电报是客套做戏，那再相邀就是真心盼之，这种急切之心当是让老百姓从此过上平安的日子。阿牛这下更打定一旦全面和平，尽快投身到化工厂去的决心。当初阿爷和阿爸没能为方老板打造设备，自己现在总算可以利用所学知识为炼油化工厂做些大事。

但仅仅过了一周，阿牛突然改变了回延长石油厂制造原油加工大釜的想法，而改变这个想法的人竟然就是拒绝请阿牛担任翻译的阳旱。

原来阳旱到延安后，发现当地季节性干旱很普遍，而牧场需要大量的水灌溉，有限的井水导致取水运水较为困难。一天晚上回窑，看到悬在门沿下被风吹得转圈的玉米棒，阳早蓦然有了灵感，于是顾不上休息，冲进窑内点上煤油灯，根据在美国生活的经历，设计出了一架可用于灌溉的风车。

第二天，当八路军总部收到阳早交来的“设计图”后，很多人即便听懂了风车的工作原理，但还是看不懂这张图。有人想到原先要给阳早陪同翻译的李阿牛，毕竟他们之间的交流不用翻译，更何况李阿牛现在的设计很出名。

当阿牛被总部派来的人接到阳早这边后，也就半炷香的工夫，就听明白了阳早的设计方案和工作原理。随后赶到农具厂现场指导工匠，不到两天就成功制造出一架大风车。当阳早看到送到牧场的实物后，兴奋得咧着大嘴连比带画地冲阿牛赞道：“李同志真是太聪明了，谢谢，谢谢你为牧场做了大事，你的功劳很大。”

阿牛听了很是诧异，明明这个设计就是你阳早的，我只是把设计告诉了工匠。如果真要论功劳，那也是阳早七，工匠三，自己作为一个传话筒，哪能分上一杯羹。可眼前这个美国人不但不抢功，而且似乎把自己的功劳也给忘了。也许是受对方的情绪和情怀的感染，阿牛也学着阳早的样子，摇头后竖起拇指夸道：“这不是我的功劳，而是你的。”

“什么你的我的。”阳早捶了阿牛胸口一拳，旋即转过身，挥臂指着前面草地上的牛羊群说道，“这里一切都是我们的，都是为了养好牛羊。”

望着悠闲吃草的成群牛羊，再回头看着意气风发的阳早，阿牛突然萌生了一个念头，既然自己一时去不了石油厂，不如主动留在这里，于是开口询问：“阳早同志，如果我想留下跟你一起养牛羊，你会同意吗？”

没想到阳早听后瞬间收起一直挂在脸上的笑容，连连摇手：“不，不。”

对方断然回绝让自信的阿牛一时挂不住面子，就在他一脸尴尬地不知如何接话时，阳早把手搭在阿牛的肩上，诚恳地说道：“李同志，真的很感谢你对我工作的帮助，更感谢你对我的信任。请原谅我刚才的无礼，但回绝与你共事并非我觉得你不好，而是因为我知道你有设计特长，而具备这样天赋的人不多，尤其是在延安。我在美国康奈尔大学所学的就是农牧专业，这是我的专业，是我的特长，更是我的所爱，我们每个人不要去干自己不擅长的事。”

“我明白了，谢谢您！”阳早豁达的性格让阿牛颇为感动，本想解释自己已学过些养殖的技术，可对方投来的两道清澈眼神瞬间熨平了心里那个疙瘩，阿牛很自然地把下半段话咽了下去，并重重点了点头。

不料阳早却迅速松开手，冲着阿牛又连连摇手：“不，不。你还不明白。”

阿牛糊涂了，刚才你阳早不是解释得很清楚了吗？这次阿牛不想掩饰自己内心的困惑，直率地追问：“为什么？”

阳早一把搂过阿牛的肩，边走边说：“在美国我也可以养殖牛羊，那我为什么要来中国养殖牛羊？”

对于阳早的反问，阿牛自然脱口回应：“阳早同志是来帮助我们的。”

“不能说对，也不能说错。我在美国是为共产党的精神而感动，坚信得到百姓拥护和支持的中国共产党没有克服不了的困难，定能实现伟大的理想。而我既然想要做个解放全人类的世界公民，那就必须来延安，成为这里的一员。也就是把最为擅长的能力用在最为需要的地方。”

“噢。”阿牛只能懵懂地应了一声。

“那你知道哪家单位最需要你吗？”

机器厂？石油厂？虽然阿牛只是干过两个地方，但还真不清楚哪家单位最需要自己，似乎有时缺不了自己，可又好像在哪儿都无所谓。可能在阳早眼里，还有其他的答案。阿牛不想摇头等答案，干脆搞了道二选一的题让对方来做：“是机器厂还是石油厂？”

“当下是机器厂，但日后肯定是石油厂。”

对方给出的答案让阿牛心中怦然一动，这不和自己的安排不谋而合吗？出于求证自己设想的正确性，阿牛故意指着大风车问道：“阳早同志，那为什么是石油厂而不是农具厂？”

“这得由生产厂日后的发展规模来决定。”

对于阳早的不明确答案，阿牛越发好奇，再次追问：“石油厂日后会怎么样？”

“这次世界大战除了武器装备和人员素质，不难发现石油的战略意义凸显。盟军的胜利被公认是很大程度上得益于石油的充分供应，而导致日本的彻底失败，其中一个重要原因也是因为石油的短缺。”

石油的重要性阿牛已有一定的认知，刘贵福所长在自己调往石油厂前的谈话中就说石油是重要战略物资，就因为石油的匮乏，严重制约了八路军抵抗日军、救亡图存的行动。但对阳早的分析，阿牛觉得有点不可思议，陈振夏厂长不是说清政府曾聘请

日本技师阿部正治郎来中国勘测过石油吗？日本怎么会缺原油呢？于是他停下了脚步提出了质疑：“日本也缺石油？”

“对！日本本土挖不出油。我来中国前得知，日本在偷袭我们美国珍珠港前，每年需要进口 500 万吨石油，而其中 90% 就是从美国进口的。”

一年 500 万吨！这个数字就像炮弹一样在阿牛心中炸开了。延长石油厂即便 5 口井位都能日产近 2 吨原油，加上原来的油井产量，一年产量满打满算也不足 5 000 吨，只为日本进口石油量的百分之一。可中国无论是面积还是人口，都是日本的几十倍，也就是说，即便有了石油，可若想达到日本战败前的工业水平，那就需要建设起数千家的延长石油厂！想到这里，阿牛几近有点绝望，这怎么可能实现？他抱着一丝侥幸探问：“有没有可替代石油的东西？”

“目前还没有。”阳早摇手否定后张开五指刻意强调，“应该三十年内找不出更可靠的能源。”

“三十年？！”阿牛又被这个数据惊了，但旋即觉得阳早这说法也太夸张了。石油可不是水，今天河床哪怕干枯了，几场雨后，河水照样又会流淌。既然连日本一年都要消耗 500 万吨，那像美国这样的其他国家，岂不是用量更大，这么算来，估计地底下的石油用不了十年就可能开采完了。

似乎看出了阿牛的想法，阳早咧开嘴笑道：“三十年我还是保守说法，可能我们这辈子都不可能找到能替代石油的东西。”

阿牛轻声嘟囔：“那石油厂还能生产几年？”

“地底下的石油可不少，我曾看过资料，说全世界用上百年也不成问题。现在关键是能不能找到开采石油的地方，石油这东西可不是随意挖个井就有，分布很不均匀，日本就算有技术，但地底下没油也只能干瞪眼。”

“老天有眼。”

对于阿牛的感叹，阳早不以为然，他抬手看了眼手表，说：“我们要干自己擅长和喜欢的事，只有这样才能发挥出最大的作用。李同志，你说是不是？”

“嗯。”阿牛听得懂这句话的潜台词，也明白阳早看手表的意思，所以应声后表态，“我听您的，日后去延长石油厂。”

“不，我不是指延长石油厂，你可以多关注一下和石油有关的工厂。对你这样有水平的人，工厂越大越能干出一番事业。我希望你能为共产党多做点事，为人民多做点事。”

虽然这话和刘贵福在调自己去石油厂时的谈话意思基本一致，但出自一个美国人口中，阿牛很是触动，他越发坚定自己争取早日入党的信念。阿牛发自内心地道了声：“谢谢！”

“不要客气，我们都是为了全人类的解放事业，以后我说不定还要麻烦你。”

“再见！阳早同志。”

“再见！李同志。”阳早握上阿牛伸来的手后，轻摇两下，转身边挥手边向牛棚走去。

十六

形势似乎并没有如阿牛所料，随着国民党第二战区司令长官阎锡山部向晋冀鲁豫解放区控制的长治地区进攻，刘伯承、邓小平领导的晋冀鲁豫军区根据中共中央军委坚决彻底消灭来犯之敌的指示精神，奋起反击，先后歼灭国民党军 13 个师 1 个挺进纵队共计 3.5 万余人。不但给进犯解放区的国民党军以沉重打击，巩固了晋冀鲁豫解放区的后方，更直接促进了重庆的国共谈判。

机器厂依然高速运转，因为有了阳早的指导，阿牛在忙碌的工作中留心对比起各地炼油化工的工厂，并将目光锁定在沈阳油脂化学厂。这家工厂虽然比不上国民党控制的天津永利、上海天原等实力雄厚的大型化工厂，但周边却已建有橡胶厂等，生产既能够形成长链，技术也处于行业领先水平，更为关键的是当初的军工部的刘鼎部长现调任到华北企业部任副部长，应该能在工作调动中帮上忙，毕竟他那时最初的想法是把自己调到延长石油厂去工作。阿牛盘算着等局势一稳定，就写信给刘鼎副部长，他相信这个时间短则一两个月，长也不会超过半年。

随后一个多月中，阿牛不断受到好消息的鼓舞。当 1945 年 10 月 10 日传来国共双方达成《政府与中共代表会谈纪要》后，阿牛觉得“双十协定”不但给中国人民带来了和平、民主、团结的希望和曙光，更给自己插上了飞翔的翅膀，他似乎已看到自己的未来之路。

又过了两天，阿牛觉得自己在机器厂的使命可以宣告结束，于是这天中午在空暇之际，关上房门给刘鼎副部长写了封请求能调到沈阳油脂化学厂的信。写完信刚折好塞进信封，阿牛觉得这事该先和刘贵福汇报一下，于是把信塞进了抽屉，推开门径直向那个熟悉的办公室走去。不承想刘贵福的房门紧闭，阿牛正犹豫着是不是敲门试试，不料里面传来说话声，旋即门打开了。也许是没想到门外有人，走在前面的江副所长始料不及，惊退了一步，看清阿牛后，抬手指着对方笑问：“你小子是不是曹操投胎？”

阿牛没想到房门打开后有这么多的领导在里面，一下子反应不过来。后面有人看一脸懵懂的阿牛没接话，也就插话追问：“怎么正在说你，你就来了？”

说我？阿牛有点紧张起来，房间里这五人可不是普通人，都是枪械修造部的领导。不过阿牛马上从连续反问两人的表情中，揣摩出应该是好事。可还不容他开口回应，不苟言笑的刘贵福也从里面挤到门前，像往常一样，语气沉稳地问道：“你在门口多久了？”

“我刚到，正准备敲门……”

刘贵福打断后又问：“有事找我？”

“嗯。”阿牛应声后赶紧补充，“刘所长您现在忙，要不我过一会儿再来？”

刘贵福却侧身招了一下手：“进来吧。”

不等阿牛迈脚，江副所长抢前跨出门槛，并拍了拍阿牛的肩膀："快进去吧。"

"好，谢谢。"阿牛说完没有急着进门，而是等另外三人出门，礼貌送别后才跟着刘贵福来到那张老旧的木桌前。

"李阿牛同志。"

阿牛一下子反应不过来，记得到枪械修造部报到那天起，刘所长一直称呼自己"小李"，今天这是怎么了？不但没有像以往一样等坐下再说话，还称呼自己全名加上"同志"二字，这么一个逼仄的小空间，就这么俩人，这仪式让阿牛有点吃不消。

"李阿牛同志！"

刘所长那加重的语气让阿牛一下子清醒过来，并瞬时察觉到将要发生什么事，他赶紧挺直身子："到！"

"刚才我们党支部已讨论，决定发展你为中共党员。"

即便已有心理上的准备，但证实猜测后阿牛还是激动得流下了眼泪。刘贵福有点意外，平时能言善辩的阿牛没有高兴得蹦起来，相反只是默默地流着泪，可这反而让他更加感动。刘贵福掏出手绢递向阿牛，说："继续在枪械修造部好好干，不要辜负了组织的培养。"

阿牛脸一下子羞红了，刘所长还不知道自己来他办公室的目的。想到这几年刘所长对自己的信任与帮助，自己却想当"逃兵"，抹干泪的阿牛支吾着说不出话来。刘贵福似乎看出了名堂，问："你今天找我有什么事？"

"我想……"

看做事说话干净利索的阿牛居然像不经世故的女孩一样绞着手中的手绢，刘贵福又好气又好笑，干脆脸一沉："李阿牛同志，有什么事就说，吞吞吐吐像什么话？！"

“刘所长，我来您这里原是想申请去……去沈阳油脂化学厂。”

阿牛鼓起勇气道明来由后，紧张地看着刘贵福，很怕刘所长动怒，更怕那双坚毅明亮的眼神变得失望。不料刘贵福听后平静地指了下边上的椅子：“小李，坐下说。”

等阿牛跟着自己在对面椅子上坐定后，刘贵福这才问道：“为什么要选沈阳油脂化学厂？知不知道离这很远？”

“那厂很大。远我不怕，既没比镇海到这里远，而且又安全。”

刘贵福细品阿牛这短短两句话，答复看上去很简单，可潜台词却很丰富，厂大方可有更大作为，既然镇海到延安能走，那去沈阳也不在话下，更何况那时阿牛不但人小且路上不安全。看着对方忐忑的眼神，刘贵福合起眼皮点了一下头，等张开眼又表明起自己的态度：“小李，我支持你。”

“刘所长您同意了？”

“我不光同意，还会全力支持你。不知你还记不记得刘鼎部长，他现在就是华北企业部的副部长，当初就是他点名带你去了太行工业学校，也算是师生重聚。到时候我会写信给他。”

阿牛没想到一切都这么顺，刘所长写信肯定比自己有用，看来抽屉里的那封信多余了。看一切遂愿，阿牛暗自嘘了口气：“谢谢刘所长！”

“小李，上次我就说过蛟龙要到更宽的天地去施展本领。你有这样的想法我觉得很好，但你当下还必须留在这里。”

对于刘贵福的转折强调，阿牛这才想起刘所长前面已申明过到时候写信给刘副部长，他不解地问道：“为什么？”

“保卫我们的战果。”刘贵福的脸色一下子肃穆起来。

即便没有细说，阿牛也明白了含义。阿牛顿时心里百感交集，当刘所长亲口说出这样的话，那就完全可以驳斥自己战事已平的错误观点。旋即愤怒情绪如汹涌潮水，瞬间漫过阿牛的情绪堤岸，这并不是因为愿望的暂时落空，而是他又想起了被国民党杀害的侠民叔。阿牛咬着牙蹦出4个字："血债血还！"

刘贵福似乎并没有受阿牛的情绪影响，反而平和地说道："先安心当下的工作，只有保卫住了战果，我们才有将来。"

不久，果真传来蒋介石调集110万军队分三路向华北解放区进攻的消息，并扬言要在五个月内消灭共产党领导的人民军队。如同镜中月、水中花的协定，终于让阿牛彻底认清重庆谈判只是蒋介石制造的和平假象，其目的是赢得部署内战的时间。更让阿牛感到恼怒的是美国为了遏制苏联，对华政策由"援华抗日"转变为"扶蒋反共"，不但用飞机和军舰将国民党军运至内战前线，还派海军陆战队帮助接收上海、北平和天津等地的国民党军。而国民党军队也借此机会开始重点进攻东北，并相继控制了松花江以南的大部分地区。随着战事蔓延和扩大，因被蒋介石伎俩迷惑而误判时局的阿牛在气恼中再也不想什么化工厂，而是把所有的精力投在工作中，竭尽全力制造武器。

鉴于中原解放区处于国民党军重兵包围之中，势孤力单，中共中央和中央军委指示中原军区向西突围，转移至豫西、鄂西、陕南和川东地区牵制敌人，配合其他解放区作战。虽然解放军取得了多场的胜利，可战局的变化让阿牛始料不及，1947年3月，中央甚至做出主动撤出延安的决定。当阿牛接到马上转移的命令后，他很是不解，径直想找刘贵福问原因，可组织纪律又提醒他必须按命令执行。出乎阿牛意料的是，自己虽然没有去找刘贵福，可刘贵福却上门来了，而且进门就直接下起了一道命令：“小李，你马上带人去奶牛场。”

“去奶牛场？”阿牛现在可不想被调去奶牛场，虽然去年有过这样的念头，可只是和阳早提过并被对方否决，应该没有其他人知道。

“对。外面已备好马车，带上行李马上走。”

阿牛本想问刘所长，不是强调要保卫我们的战果吗？可现在为什么要主动撤离延安？但看到刘贵福说完匆匆又走向其他地方，阿牛只好把话咽了下去，拎上打包好的行李朝外走去。门口果真停了一辆大马车，上面坐了 7 个人。这些人上来接过阿牛的行李，往车架上一放。等阿牛上车后，赶车人就驾起了马车。

上车后，阿牛才知此行的目的。原来随着撤离命令下达后，延安所有的奶牛也必须要在规定时间内全部转移。阳早将奶牛分成了两批：强壮健康的奶牛将远迁到山西，体弱多病的牛只能被撵进黄龙山深处，避免被国民党掠夺走。无论是山西还是黄龙山，都需要人沿途赶护。由于牧场人手紧缺，总部就从机器厂等地抽调了 30 人来协助完成这项任务。当阳早看到机器厂报来的应急援助队没有李阿牛的名字后，就请求让懂养殖的阿牛一起参与转移奶牛的任务，阿牛于是被紧急调入这支奶牛应急迁移队。

阳早很有组织能力，不光合理安排好了人，连迁移的牛群和草料也安排得妥妥当当。即便踏上迁移之行，阿牛还是无法理解阳早的心境，忙得团团转的他居然一直咧着嘴在乐，是天性的乐观？还是把这次“逃难”式的撤离当成了开心的春游？

就在阿牛苦闷不解时，走在前面的阳早突然停下了脚步，等两人快并肩时，阳早热情地招呼道：“嗨，李同志，我们又见面了。”

“是啊，阳早同志，可没想到是这样重逢。”

“你好像有心事。”

阿牛也不想隐瞒，道出了心里的困惑：“我们为什么要撤离，不是说要保护我们的战果吗？”

“嗨，有意思，我原本也是这样想的。”

阿牛停下了脚步：“哦？那你的意思是现在变了？”

“是的。”一脸坦率的阳早也停下了脚步，面向阿牛耸了耸肩，随后连比带画地说道，“当时，许多人也提出要誓死保卫延安，毛主席却认为作战不在于一城一地的得失，主要是消灭敌人的有生力量。现在敌人有 23 万，我们才 2 万多，要消灭敌人是困难的。想战胜敌人，要采用‘蘑菇’战术。”

“什么叫‘蘑菇’战术？”

“就是牵敌人，磨敌人，让敌人围着周围转。陕北山高路隘，只要牵上敌人，等他们疲劳、迷路、饿肚子，就可以寻找机会歼灭他们。”

阿牛并不认同阳早的说法，要知道这次蒋介石把五分之三的空军调到了西安，不但进攻的国民党军队是蒋介石嫡系第一战区司令长官胡宗南所属的 20 个旅，还调有青海马步芳、宁夏马鸿逵、榆林邓宝珊共计 14 个旅来配合胡宗南，这些人马对山路可并不陌生。于是阿牛质疑道：“现在敌人有充足的粮草，不太可能饿肚子，相反我们没了根据地，倒是很容易吃不饱。”

阳早指着队伍最前面的推车，问：“看见那些推车了吗？”

“是草料车吧？”

“对，这些人和车全是老百姓自发跟来的，不光是我们这里，所有的部队都有这样的场景。”

阿牛觉得阳早没答在点子上，若按这个说法那岂不是吃饭的人更多了？没了土地的人怎么不挨饿？所以他不以为然地反驳：“没了地，人反而多，那不是坐吃山空吗？”

“这些老百姓不但自愿跟着我们，而且自带干粮。中国三国时期有个刘姓皇帝，他也曾带十余万百姓撤离荆州，后来照样成了一代枭雄。只要有人在，就能解决一切问题。”

对于阳早的解释和引用，阿牛吃了一惊，没想到老百姓自愿带着干粮跟着共产党走，更没想到阳早对中国历史也了解这么多，即便是说不出刘备的名字，但能引用这样的例子，足见他对中国的了解。也经阳早这一点，阿牛想起郑爷对刘备带十余万荆州百姓逃难的点评，说曹操后来即便占领了荆州全境，也无法赢得荆州的民心。相反，老百姓会把所有经历过的苦难和不满都发泄到了曹操头上。想到这里，阿牛终于点头说道：“对，得民心者得天下！”

“存人失地，人地皆存；存地失人，人地皆失。”

“你这个总结不错！”

“这话不是我说的，是毛主席说的。”看前面牛群已走远，阳早顾不得再说话，急吼吼地跑了上去。

4 天后，阿牛他们终于将这批奶牛安全护送到了目的地。稍作休整后，阿牛就和机器厂的人告别阳早等人，按指令归队。此时，机器厂也顺利搬迁到了山西，并更名为第一兵工厂，正式列入部队编制，阿牛穿上了解放军的军服。

就在国民党为端了共产党“巢穴”而欢庆时，西北野战兵团各部在彭德怀的指挥下，在青化砭打了一场漂亮的伏击战。不但歼灭 2900 余人，俘虏了旅长李纪云，并缴获其大量装备和辎重。有力打击了胡宗南部的进攻气焰，鼓舞了解放区军民斗志。

时隔两月，华东野战军也在孟良崮打了场令世人震撼的山地运动歼灭战，全歼国民党“五大主力之首”的国民革命军整编第七十四师，一举扭转了华东战局。随后刘伯承、邓小平率晋冀鲁豫野战军主力第一、第二、第三、第六纵队 13 个旅 12 万余人强渡黄河天险，突破国民党军黄河防线，转入外线作战，拉开人民解放军从战略抵御转向战略反攻的序幕。

仅隔五个月不到，1947 年 10 月 10 日，中国共产党就以中国人民解放军名义发表宣言，提出了“打倒蒋介石，解放全中国”的口号。阿牛起初还觉得实现这口号至少要五六年的时间，没想到次年解放军旋即经过 8 昼夜的激烈攻坚作战，顺利攻克拥有 10 万重兵、工事坚固的山东省会城市济南，俘虏王耀武等 23 名国民党高级将领，开创了解放军夺取大城市的先例。

这天早上，丁浩像报童一样举着报纸冲到阿牛面前，把报纸往阿牛怀中一塞，喘着粗气催促：“阿牛，快看美联社的评论。”

阿牛接过报纸轻声读了出来：“……自今而后，共产党要到何处，就到何处，要攻何城，就攻何城，再没有什么阻挡了。”

正如美联社的评论，历经辽沈战役、淮海战役、平津战役三大战役后，人民解放军基本上消灭了国民党军主力。1949 年 4 月，解放军横渡长江，在南京总统府升起了红旗，基本宣告了国民党统治的覆灭。

看建国宏图伟业即将展开，阿牛再也不想耽误时间，于是到已调任山西 342 厂厂长的刘贵福处，请他给华北企业部的刘鼎写推荐信。刘贵福没有食言，马上动笔。

远在沈阳的刘鼎接到刘贵福的信后，非常支持阿牛的想法，马上安排人办理调动工作手续。于是这年的 9 月底，阿牛告别第一兵工厂，脱下军装，怀揣调令和党组织关系介绍信再次远行。只是这一次的远行与 8 年前不同，那不仅仅是由西北行改为一路向东北，而是由当初的几近逃亡之行，变成中国工业事业梦想的挺进之路，这两条远行线将在中国地图上画下一个大大的“V”字。

1949 年 10 月 1 日 14 时 35 分，阿牛顺利抵达太原火车站。由于转乘的是次日火车，阿牛于是出车站找旅馆住宿一晚。不想刚出车站，眼前的景象让他大为感动。此时的太原街头全是高举红旗的游行队伍，人们热情洋溢，载歌载舞，纵情欢呼，耳边不时传来喜庆的鞭炮声。阿牛情不自禁暗呼：“得民心者得天下！”

人群突然一下子安静了下来，阿牛抬头看了一下火车站上的钟表，干脆找了个空地，放下手中的行李，像广场上所有人一样，仰望架设在广场上的喇叭，静静等着那庄严的时刻。15 时，广播果然传来毛泽东主席的庄严宣告声：“中华人民共和国中央人民政府今天成立了！”

广场瞬间万众欢腾。当广播响起军乐团高奏的《义勇军进行曲》时，阿牛泪流满面，他知道一场新的工业建设革命已拉开了帷幕……

图书在版编目（CIP）数据

启航 / 邹元辉著. —北京：中国工人出版社；杭州：浙江科学技术出版社，2022.10

ISBN 978-7-5008-7987-9

Ⅰ. ①启… Ⅱ. ①邹… Ⅲ. ①长篇小说－中国－当代 Ⅳ. ①I247.5

中国版本图书馆CIP数据核字（2022）第198197号

启 航

出版人 董 宽
责任编辑 宋 杨 严 春
颜慧佳
责任校对 丁洋洋
责任印制 黄 丽
出版发行 中国工人出版社 浙江科学技术出版社
地 址 北京市东城区鼓楼外大街45号 邮编：100120
网 址 http://www.wp-china.com
电 话 （010）62005043（总编室）
（010）62005039（印制管理中心）
（010）62379038（社科文艺分社）
发行热线 （010）82029051 62383056
经 销 各地书店
印 刷 北京市密东印刷有限公司
开 本 880毫米×1230毫米 1/32
印 张 8
字 数 194千字
版 次 2022年11月第1版 2024年1月第2次印刷
定 价 46.00元